民国笔记小说粹编编委会

民国笔记小说粹编

餐樱庑随笔
近代轶闻

况周颐 陶菊隐 著

山西出版传媒集团
三晋出版社

图书在版编目(CIP)数据

餐樱庑随笔 / 况周颐著. 近代轶闻 / 陶菊隐著. —
太原:三晋出版社,2022.8
(民国笔记小说粹编)
ISBN 978-7-5457-2306-9

Ⅰ. ①餐… ②近… Ⅱ. ①况… ②陶… Ⅲ. ①笔记小说—小说集—中国—民国 Ⅳ. ① I246.1

中国版本图书馆CIP数据核字(2022)第164123号

餐樱庑随笔　近代轶闻

著　　者: 况周颐　陶菊隐
责任编辑: 落馥香　任俊芳
助理编辑: 董　颖
责任印制: 李佳音
封面设计: 段宇杰

出 版 者: 山西出版传媒集团·三晋出版社
地　　址: 太原市建设南路21号
电　　话: 0351-4956036(总编室)
　　　　　0351-4922203(印制部)
网　　址: http://www.sjcbs.cn

经 销 者: 新华书店
承 印 者: 山西人民印刷有限责任公司

开　　本: 850mm×1168mm　1/32
印　　张: 10.125
字　　数: 200千字
版　　次: 2022年8月　第1版
印　　次: 2022年9月　第1次印刷
书　　号: ISBN 978-7-5457-2306-9
定　　价: 42.00元

总 序

黄 霖

承蒙三晋出版社的错爱，我遵嘱为他们在《民国笔记小说大观》的基础上再做的选粹本作了这个序。说实话，当时我一听这个书名就感到有点头疼，因为自从1912年王文濡推出《笔记小说大观》以来，究竟如何认识“笔记小说”这个名目可以说是众说纷纭，非三言两语能够说清，再加上手头的事情实在太多，不想去算这笔糊涂账了。但后来一想，近年来我正从研究近代文论的圈子里跨出来，在关注现代的“旧体”文学与文论，“笔记小说”这个名目作为一种文类或文体亮相并引发了争议，也正是从近现代开始的，因此也不妨乘此机会来梳理一下吧。

显然，要辨说“笔记小说”，首先要将“笔记”与“小说”这两个概念简要地说一说。好在古代对这两个概念，大家的认识本来就大致相近。

假如从《庄子·外物》《论语·子张》《荀子·正名》分别所说的“小说”“小道”“小家珍说”算起，“小说”之名是出现得比较早的。到汉代桓谭《新论》所提的“小说”就与20世纪前一般学者所认识的“小说”比较一致了。它指出其特点是“丛残小语，近取譬论，以作短书”。尽管“小说”于“治身理家，有可观之辞”，但据《论衡·谢短篇》等篇的解释，这类“短书”，写的都是“小道”，“非儒者之贵也”。到《汉书·艺文志》就明确在史志目录中将“小说”归为一类，并列出了具体的书名，从中可见，“小说”中既有“史官记事”之作，也有“迂诞依托”之书，另有阐发哲理的议论、风俗逸闻的记载，等等，内容庞杂，范围广泛。以此可见，“小说”这个概念的出现，先是从内容着眼，强调它写的是有别于经传“大道”之外的杂七杂八的“小道”，与此相适应的是在形式上都是“丛残小语”。简言之，所谓“小说”，就是并非正面、集中阐述“大道”的杂、碎文字。

至于“笔记”之名，当后起于文笔相分的六朝。刘勰《文心雕龙·总术》云：“今之常言，有文有笔，以为无韵者笔也，有韵者文也。”笔记，当属用无韵之笔随记而成的、有别于经年累月、深思熟虑写就的杂、碎文字。当时之所以起用“笔记”之名，主要是从写作的方式与形式的角度上来考虑的。一时使用这个概念者也较多，如刘勰在《文心雕龙·才略》中明确地提出了有“笔记”之作：“路粹、杨修，颇怀笔记之工”，“温太真之笔记，循理而清通，亦笔端之良工也”。差不多同时的萧子显在《南齐书》卷五十二《文学·丘巨源传》中也提到了“笔记”之名。到宋代就有了以“笔记”为名的书籍，如宋祁的《宋景文公笔记》、苏轼的《仇池笔记》等等，久盛不衰。假如也用一语而言之，则所谓“笔记”，就是随笔而记的无韵杂、碎文字。

于此可见，“小说”与“笔记”之别，主要是在起用这两个概念时的着眼点、出发点不同，一是从内容出发，一是从写作的方式出发，在20世纪以前的文献学意义上，它们的实际内涵与外延应该是大致相同的，所谓“笔记”或“小说”，都是指经（正）史之外的，包括各类内容与多种形式的零简短章。它们一般都用的是文言，所以到现代，有人在“小说”之前加了“笔记”，用来与“白话小说”相区别；它们一般成集，但也有单篇或零星几章的，特别是在报刊兴起之后，单篇之作也很多。正因为“小说”与“笔记”两个名目，有异有同，古人又似未见对此有所辨析，只是在各自的著作中自做不同的分类或赋予不同的名目，于是就分分合合，弄得缠夹不清了。

不过，据我粗略的检视，在20世纪以前的漫长历史中，文人墨客或用“小说”之名，或称“笔记”之作，绝大多数并没有将这两个名称合在一起，没有把“笔记小说”或“小说笔记”作为一个文体或文类的名称来使用的。偶尔有之，也是为了文气的连贯而将两者作为相近文体或文类而并列在一起而已。假如当时有标点符号的话，应该是写成“笔记、小说”更为确切，只是当时没有标点符号，就将两者并写在一起了，如宋代史绳祖在《学斋占毕》卷二“蔆蔆二物”条中说：“前辈笔记小说固有字误，或刊本之误，因而后生末学不稽考本出处，承袭谬误甚多。”[①]再如清代王杰所编的《钦定重刻淳化阁帖释文》中有一文写道，“各有专书以纠其失，其他见于古今诗、文及说部、笔记者指摘不胜枚举”。[②] 这里的诗与文、说部与笔记之间都是应该加顿号的，它们都是并称的。再如江藩在说钱大昕治元史时说：“搜罗元人诗文集、小说笔记、金石碑版，重修元史，后恐有违功令，改为《元诗纪事》。”[③]其“小说笔记”也只能看作是性质相近的两类文字并写在一起，也并没有将“小说笔记”四字合在一起看作是一个文体或文类。

时代跨进了20世纪，在新的文学思潮影响下，1902年梁启超在正式发行中国第一本小说杂志《新小说》之前两个月，在《新民丛报》第十四号上发了一篇《中国惟一之文学报〈新小说〉》，对将要发行的《新小说》的宗旨、形式、内容、发行等问题做了介绍，特别详细地对将要发表的各类小说做了分类说明，指出有历史小说、政治小说、哲理科学小说、军事小说、冒险小说、探侦小说、写情小说、语怪小说等不同，这些显然都是从内容上分类的。接下来就从形式上、或者说从文体上指出还有“札记体小说”与“传奇体小说”。在这里，“札记”与“笔记”义同。他特别在“札记”与“小说”之间加了一个“体”字，意义非

---

① 史绳祖《学斋占毕》卷二，文渊阁四库全书本。

② 王杰等辑《钦定石渠宝笈续编》卷二十三，清乾隆末年内府朱丝栏抄嘉庆增补本。

③ 江藩《国朝汉学师承记》卷三，清嘉庆十七年刻本。

凡。这表明在新潮的西方文学观念影响下，他所认识的“小说”已不再是传统的不论在内容上还是形式上都是包罗万象、混沌模糊的一个概念，而是开始将“小说”看作“文学”中的一种自具特色的文体，而“笔记”也只是一种特殊的表现形式与手段。正是在转变了小说观念之后，他在“笔记”与“小说”之间加了一个“体”字，以示这类小说是“笔记”类文体或形式的小说。后在《新小说》正式发行时，他又将“札记体小说”略称为“札记小说”。这种“札记小说”的代表作就是“随意杂录”的“《聊斋》《阅微草堂》之类”。这也就是说，“札记小说”乃是一种用随意笔记的形式写就的如《聊斋志异》《阅微草堂笔记》一类的有故事、有人物，乃至有虚构的文字，也就是“札记体小说”。现在看来，梁启超在新潮的纯文学观念影响下，他心中的“小说”已不同于桓谭、班固到刘知几、胡应麟及四库馆臣笔下的“小说”了。他已将“小说”作为“文学”中的一种独立的文体，不再与“笔记”混同一体，而认为古代作品中“笔记”与“小说”这两者的关系，只能是“笔记体小说”或“小说体笔记”，因而在他主编的《新小说》中发表诸如《啸天庐拾异》《反聊斋》《知新室新译丛》等作品时所标的“札记小说”四个字的含义，实际上已经与古人所用的“笔记小说”之义大相径庭，赋予了“笔记体（类）小说”的新意。这是一次历史性的跨越。自此之后，“札记小说”或“笔记小说”四字的含义，就不再只是“笔记与小说”或者是“笔记加小说”一解，而是另有了一种新义了。而且在这里也清楚地告诉了人们,“笔记”与“小说”两者是不能相混的:在“笔记”中有一类是“小说”,还有许多并不是小说;在小说中有一类是“笔记体”,还有很多是非笔记体的;所谓“札记体小说”或“札记小说”,就是用笔记的手法写成的小说,或者说是归于“笔记”类中的“小说”。

梁启超的看法立即产生了影响。继《新小说》之后,不久发行的一些小说杂志,如《竞立社小说月报》《月月小说》,乃至如以学术为主的《东方杂志》之类也都在这样理解“札记小说”四字的基础上安排了这一专栏,发表了一系列的“笔记体(类)小说”。同时,商务印书馆出版的规模宏大的“说部丛书”,也据梁氏的分类标准,在每一部的封面上大都醒目地标明了是属于某类小说,如政治小说、军事小说等等,其中也有《海外拾遗》《罗刹因果录》等标明是“笔记小说”。此二书,都是分八则,写了各色人等的故事。这里的“笔记”与“小说”之间虽无一个“体”字,但实际就是“笔记体(类)小说”的意思,都是用随笔的形式写成的有故事、有人物、有虚构的作品。乃至在1929年4月2日的《新闻报》的广告栏中刊载大华书店发售的小说,也标明了不同的分类,除了从内容上区别“武侠小说类”“香艳小说类”及新与旧的不同外,另就形式而言也有“笔记小说类”。显然,这个“笔记小说类”也就是“笔记中的小说”或“小说类的笔记”,与梁启超的认识是一脉相承的。

但到民国年间出现了新问题,好编丛书的王文濡,接连编印了《古今说部丛书》《笔记小说大观》《说库》等将传统笔记与小说混在一起的丛书。其用“说部丛书”“说库”之名当无问题，而其于1912年用进步书局之名出版的《笔记小说大观》一书，共分八辑，收220余种作品，体量极大，尽管其书的《凡例》称“所选趋重小说”，但同时又说，“然关于讨论经史异义，阐发诗文要旨”等“古人笔记中往往有之”之作品也不忍“割爱”。且开宗明义第一条就说：“本编纂辑历代笔记，起六朝，迄民国，巨人伟作，收罗殆遍。”其书在报纸上刊载的“预约广告”也说：“《笔记小说大观》，系集汉魏以来笔记二百余种之汇刊，都五百余册。”[①]都是将“笔记”覆盖了“小说”。可见王文濡心目中还是将“小说”与“笔记”混在一起的。这样一来，同样“笔记小说”四字，自古至今出现了三种理解：一种是古代个别学者将“笔记”与“小说”并称而合在一起；另一种是如梁启超们将“笔记”中可称“小说”的一类称之为“札记体小说”或略称为“札记小说”；再者就是王文濡将“笔记”与“小说”混为一类的“笔记小说”。

由于当时的小说界普遍接受了新潮的小说观，而对古人曾经有过的零星将“笔记”与“小说”并称的情况没有注意，所以一见王文濡将“笔记”与“小说”混为一类就多有不满，如在当时文坛上比较活跃的姚赓夔就撰文说：

---

① 《新闻报》《民国日报》1928年6月19日同载。

“笔记小说”四字，最不可解。笔记自笔记，小说自小说，岂可相混？笔记而名之以小说，是何异画蛇而添足乎？[①]

署名玉衡者也发文说：

笔记与短篇小说，体裁既异，结构亦不自同。而今之作者，往往互相混淆，是无异于孙周之兄不能辨菽麦。[②]

《海上繁华梦》作者漱石生也说：

笔记有笔记体裁，小说有小说绳墨，二者绝不相混也。[③]

与此同时，小说界开始注意辨析“笔记”与“小说”的异同。如《申报》1921年3月20日载《笔记与小说之区别》，列举了九条，如云：“笔记须有记载之价值，次之趣味；小说须有百读不厌之精神，次之勿使阅者意懈，目不终篇。”“笔记重实叙，故曰记；小说可虚绘，故曰说。”“笔

① 《小说杂谈》，《星期》1922年第29期。
② 《小说管窥》，《星期》1923年7月29日。
③ 《余之古今小说观》，《新月》1925年11月1日。

记叙人物、地址皆有名,示翔实焉;小说多以'某'代之,或并某字而无之,如'生''女'皆成名称,不妨虚衬也。"为了避免将"笔记"与"小说"混淆,一些学者重拾梁启超的旧话,用"笔记体的小说"①"笔记式的小说"②或"笔记的小说"③等提法来取代容易混淆的"笔记小说"。应该说,假如大家都遵循这样的提法的话,后世就不会产生歧义了。

但问题比较麻烦的是,实际上从梁启超始,既创用"札记体小说"之名,又将之略称为"札记小说",自乱了阵脚。现经《笔记小说大观》热炒畅销之后,特别经过一些"笔记+小说"类的"笔记小说"选本与丛书的不断亮相(选本与丛书中也有一些是只收"小说"的或只称"笔记"的),还是有相当一部分人将"笔记小说"看成是"笔记+小说"的。"笔记小说"一个名目、两种理解状况就始终存在着。

更使人缠夹不清的是,尽管自20世纪二三十年代后,大多数小说史家与文学史家笔下的"笔记小说"的实际含义已是"笔记类小说",但他们还是乐此不疲地沿用"笔记小说"来论文与著史。最典型的如郑振铎先生,他在1930年写的专论小说分类的《中国小说的分类及其演化的趋

---

① 叶楚伧《中国小说谈》,《民国日报》1923年7月24日。

② 赵芝岩《小说闲话》,《半月》第3卷第14号。

③ 周群玉《白话文学史大纲》,上海群学社1928年版,第123页。

势》长文中，一方面指责《笔记小说大观》收之太滥，强调“笔记小说”丛书应当编成“故事集”，另一方面还是沿用“笔记小说”之名。他说：

> 第一类是所谓“笔记小说”。这个笔记小说的名称，系指《搜神记》（干宝）、《续齐谐记》（吴均）、《博异志》（谷神子）以至《阅微草堂笔记》（纪昀）一类比较具有多量的琐杂的或神异的“故事”总集而言；范围固不能过于狭小，内容的审查，固不能过于严格，然也不能如前之滥，将一切“杂事”“异闻”“琐语”都包括了进去，有如近日出版的通俗本的“笔记小说大观”。我们应该将他们限于“故事集”的一个标准之下，或至少须是具有大多数的故事的。所谓“琐语”之类的东西，像《计然万物录》（编者注：托名计然著，东汉时成书，原书佚，清茆泮林辑）、《博物记》（汉唐蒙）、《博物志》（晋张华）、《清异录》（宋陶谷）、《杂纂》（唐李商隐）、《幽梦影》（清张潮）、《板桥杂记》（清余怀）；所谓“异闻”之类中的《山海经》《海内十洲记》《神异经》；所谓“杂事”之类中的《摭言》（唐王定保）、《云溪友议》（唐范摅）、《北梦琐言》（宋孙光宪）、《归田录》（宋欧阳修）、《侯鲭录》（宋赵德麟）等

等，都是不能算作“笔记小说”的。[1]

在民国时期另作专论“笔记小说”的是王季思先生。他写的《中国的笔记小说》《中国笔记小说略述》两文内容大致相同。其基本意思也同郑振铎。他说：“就笔记说，凡是纯属学术的讨论与考订的，如《困学纪闻》《日知录》《廿二史札记》《十驾斋养新录》，虽是笔记，却非小说。”除此之外，笔记的“轶事、怪异、诙谐”三类中，不论所写“幻想幻觉”还是“所见所闻”，凡有故事，有人物，“最可见作者及所记人物个性”的，就是“笔记小说”。[2]

民国时期两篇有关“笔记小说”的专论，都是认同用四个字来表达笔记中的小说是一种独立的文体。这样的认知与表达实际上也反映了民国以来绝大多数的文学史、小说史作者的看法。不但如此，以后的文学史、小说史作者大都也是如此，一直到20世纪90年代所出的几本具有代表意义的“笔记小说史”，乃至目前最流行的袁行霈先生主编的《中国文学史》与袁世硕先生主编的《中国文学史》，都是将“笔记小说”理解为“笔记体小说”而不是“笔记与小说”的。苗壮先生的《笔记小说史》定义“笔记小说”时说：“以笔记形式所写的小说，它以简洁的文言、短

---

① 郑振铎《中国小说的分类及其演化的趋势》，《学生杂志》1930年第17卷第1期。

② 王季思《中国的笔记小说》，《战时中学生》1939年第9期；《中国笔记小说略述》，《新学生》1947年第4卷第2期。

小的篇幅记叙人物的故事。”[①]而袁行霈先生主编的《中国文学史》说“笔记小说”是“采用文言,篇幅短小,记叙社会上流传的奇异故事、人物的逸闻轶事或其片言只语”。[②]显然,他们都将“小说”之外的“笔记”排斥在“笔记小说”之外。但是,时至今日,人们在沿用这个歧义的“笔记小说”的名目时,已经很少有人再想起历史上曾经用过的“笔记体小说”“笔记式小说”“笔记类小说”这类比较确切的提法了。

从梁启超到郑振铎、王季思,到当代的文学史、小说史作者们,为什么明明心里想要表达的是“札记体小说”,要将“笔记”与“小说”区别开来,认为混入了不少笔记的《笔记小说大观》收得过滥,而最后还是没有鲜明地表示“笔记自笔记,小说自小说”,还是用了一个容易混淆视听的“笔记小说”呢?我想可能主要是汉字构词的特点所造成的。我们的汉字富有弹性,构词时常常留下了活络的空间。“笔记小说”四字,的确可以包容“笔记与小说”“笔记体小说”“笔记小说这一类小说”这三种不同的理解。谁都可以用这四个字来表达,谁都不能算错。再加上传统写诗作文,用四字构词比较上口,特别如梁启超,在为未出的《新小说》做广告时拈出了“札记体小说”,而当《新

① 苗壮《笔记小说史》,浙江古籍出版社1998年版,第4页。

② 袁行霈主编《中国文学史》第三版,第二卷,高等教育出版社2014年版,第153页。

小说》正式付印时，考虑与“历史小说”“政治小说”“科学小说”等并称，就略称为“札记小说”。当时在他心目中，肯定觉得这“札记小说”就等于“札记体小说”，殊不知“札记小说”也可理解成不是“札记体小说”的呢！

再看，从《笔记小说大观》问世以来，陆陆续续用“笔记小说”之名出版的一些选本或丛书，其总体数量虽不能与一些史著与研究著作相比，但其混乱的程度却非常突出。当然，其中也有一些选本或丛书用“笔记小说”或“小说笔记”之名来编选作品时，基本上都是选录了一些有小说意味的作品，如1934年江畬经编选的规模不小的《历代小说笔记选》就是一例。1949年后，如2004年天津古籍出版社出版的《唐宋笔记小说释译》就明确说，“所选篇目以故事性、趣味性的轶事为主”。对于“笔记小说”概念的辨析最为清楚的，要数严杰先生在他编选几种“笔记选”时所写的前言中说的：“笔记小说只是笔记中的一大类”；“笔记大致可以分为三类”，“第一类以记载短小故事为主”，“第二类以历史琐闻为主”，“第三类以考据辨证为主”；“把笔记划分为三大类，并确定笔记小说的范围，需要注意的是，其间界限并不是非常清楚的，只能划出大略的轮廓而已。在确认第一类笔记为笔记小说的同时，也应该承认第二、第三类中也存在着相当数量的小说。笔记小说毕竟不能算是有意识创作的产物，其中的文学成分不是很纯净的”；“我们就不便再把唐传奇当作笔记小说看待了，尽管它同笔记小说有着渊源关系”。[①] 但是，毋庸讳言，还有编选者对于“笔记小说”的概念是缠夹不清的。比如，自《笔记小说大观》之后，1978—1987 年台北新兴书局出版的《笔记小说大观丛刊》，1990 年、1994 年先后由周光培编辑出版的《历代笔记小说汇编》（辽沈书社）、《历代笔记小说集成》（河北教育出版社），1999—2007 年上海古籍出版社出版的《历代笔记小说大观》，规模都很庞大，然其所收的没有小说意味的笔记触处可见，显然它们都是受王文濡的影响，将笔记与小说混为一类的。还有的，甚至将传奇、通俗长篇小说都纳入“笔记小说”之内，如有《清代笔记小说类编》一书，其《总序》说：“全书以传奇体小说为入选重点，从清人所作的约一百五十部笔记中选取二百余位作家创作的约一千九百篇作品，按类分编成十卷。”[②]我真不知道他选的究竟是传奇还是笔记。还有的竟然将《岭南逸史》《儒林外史》这样的长篇通俗小说也归入“笔记小说类”。[③] 此外，还有不少人将“笔记小说”与从语言上分类的“文言小说”混为一谈。如江西人民出版社 1984 年出版的《历代笔记小说选》称：“我国古代短篇小说，可分为两种：一是笔记小说，一是话本小说。前

① 严杰《唐五代笔记小说选译前言》，《唐五代笔记小说选译》，巴蜀书社 1990 年版，第 1—6 页。

② 陆林《〈清代笔记小说类编〉总序》，《清代笔记小说类编》，黄山书社 1994 年版，第 3 页。

③ 《新闻报》1929 年 4 月 2 日载大华书局广告。

者是用文言写的，后者是用白话写的。”诸如此类，可见对于“笔记小说”的理解真是五花八门，难怪程毅中、陶敏等先生站在不同的角度上大呼“笔记小说”的提法“于古于今都缺乏科学依据”，[①]“造成了许多混乱”。[②] 的确，这种混乱的局面再也不能继续下去了。

如今，我们要厘清“笔记小说”这个概念，就应该既要尊重历史演变的实际，又要解开一个结。这个结，就是要在正确认识传统的“大文学观”与目录学的基础上，去顺应近现代中西文学交流下的文学观念的通变，接受新的“小说”观，从而重新审视传统的“笔记”与“小说”。我们不能简单地认为接受新的小说观就是“以西律中”，抛弃传统。事实上，中国传统的包括叙事文学观在内的文学观本身也是在不断地发展变化，对于“文学”不同于学术乃至其他所有“文字著于竹帛”者而自具特性的认识也在不断发展与深化。就“小说”而言，对于这一文体的叙事、写人、虚构等特质的认知也是在一步一步地从混沌走向明晰，所以当西方的小说观传入后就能一拍即合，相互融合，形成了一种新的“小说”文体观。20 世纪以来逐步形成的所谓“小说”，乃至“笔记小说”“传奇小说”“话本小说”“章回小说”等名目，都是在立足本土、借镜西方、反复

---

① 程毅中《略谈笔记小说的含义及范围》，《古籍整理研究学刊》1991 年第 2 期。

② 陶敏、刘再华《“笔记小说”与笔记研究》，《文学遗产》2003 年第 2 期。

讨论的过程中形成的具有中国特色的新概念。这种新的小说文体观的确立与分类的细化，正标志着中华民族文化的进步，也显示了我们民族具有包容与消化世界先进文化的胸怀与能力。实际上，我们对于古代与西方的文化，都应该以一种辩证的、发展的、现实的眼光来看待，站在当代的、中国的、科学的立场上来接受与扬弃。承传中华民族文化的优秀精神，不是要倒退，而是要向前。假如今天不接受百年来形成的新的小说观，再将古今两种小说观搅在一起的话，“笔记”与“小说”的糊涂账将是永远算不清楚的了。

当我们辨明“笔记小说”四字的前世今生，再面对现实的发展态势，我相信将来的发展可能不用学者们过多辩说，事实上会“约定俗成”地形成这样的情况：“笔记小说”四字即表达了“笔记体小说”或“笔记类小说”“笔记式小说”的意思。这已为自梁启超以来的百余年历史所证明，绝大多数小说家及文学史、小说史专家，以及多数“笔记小说”的选本、丛书等出版物，都是将“笔记小说”理解为用笔记体写成的、大致符合现代文体分类中具有“小说”意味的作品。它是“笔记”的，也就是不同于有完整故事的传奇，更不是通俗长篇之作，而是一些随意编录的零简短章；它是含有现代所理解的“小说”意味的，其核心是记事的，或实或虚，或真或幻均可，而不同于传统习用的内容没有边界、相互纠缠不清的“小说”“笔记”“说部”“杂说”等名目了。

至于将“笔记”与“小说”混成一体的、甚至再羼杂“笔记”“小说”之外作品的“笔记小说”观，虽然在一些选本与丛书中偶然还看到，但实际数量是并不多的。而且我们还应该注意到，不少选本与丛书的选家，为了避免混淆“笔记”与“小说”，就干脆只用“笔记”之名而摒弃了因古今理解不同而容易引起歧义的“小说”两字，在《笔记小说大观》之后，就出现了为数不少的唯名“笔记”的选本，如姜亮夫编的《笔记选》(北新书局1934年版)、陈幼璞编的《古今名人笔记选》(商务印书馆1938年版)、叶楚伧主编的《历代名家笔记类选》(正中书局1943年版)、吕叔湘编的《笔记文选读》(文光书店1946年版)、刘耀林编的《明清笔记故事选译》(中华书局1962年版)、《历代史料笔记丛刊》(中华书局于1979年起编刊)、周续赓等编的《历代笔记选注》(北京出版社1983年版)、福建师范大学历史系华侨史资料选辑组编的《晚清海外笔记选》(海洋出版社1983年版)、卉子编的《中国古代笔记文选读》(四川少年儿童出版社1986年版)、偬仕编的《魏晋笔记选》(中国文学出版社1999年版)、黄飙编的《历代笔记选析》(海峡文艺出版社2015版)、倪进编的《唐宋笔记选注》(上海教育出版社2016年版)和《元明笔记选注》(上海教育出版社2018年版)等等，其中有的甚至主要或全部收的是“笔记体小说”，也宁可用“笔记”之名而不带“小说”两字了。这与1983年江苏广陵古籍刻印社重刊《笔记小说大观》的序言提到的一种看法完全相同：“笔记就是笔记，联带上‘小说’有点不伦不类，不如叫《笔记大观》为好。”①这的确既遵循了传统，又避开了混乱，可谓是明智之举。以后欲将“笔记”与“小说”混为一类的选家，不妨都照此办理，只用“笔记”或“说部”之类中国传统的概念来标名，恐怕不失为一条坚守传统的老路吧！

至于有时要将“笔记”与“小说”放在一起并称的，那就比较简单，只要中间加个顿号就解决了。

这样，用三种方法来表示三类本来纠缠不清的“笔记小说”，就不会相混了。我相信，历史的发展必然会继续沿着百余年来已被多数学者所认同和走过的这条道路继续前进。

行文至此，话归正传。我们打开山西古籍出版社1995年始出版的《民国笔记小说大观》，共有四辑52种，其中除《曾胡治兵语录》一编外，大致都有现代意义上的“小说”味。如今又出《民国笔记小说萃编》凡24种，已无《曾胡治兵语录》一类的笔记了，但其中有三部书也可能会产生一些不同的看法。第一部是刘成禺的《洪宪纪事诗本事簿注》。假如从传统文献分类来看，它的基本性质是一部诗注。但它是用“笔记小说”类的文字来注的，其注98篇文字编撰了丰富而生动的故事，说它是笔记体小说也应该是可以的。第二部是《寒云日记》。“日记”本身

① 高斯《重刊〈笔记小说大观〉序》，《笔记小说大观》，江苏广陵古籍刻印社1983年版，第2页。

就是一体。这本日记又夹杂了不少有关诗词的著录、名物的考辨等，然“日记”作为按日所记之笔记，作者又以自己作为中心，用其简约、隽永的文字，逐日记事写情，还是具有一点“小说”因素的。第三部就是缪荃孙之《云自在龛随笔》。从此书的主要成分看，实是一部学术随笔，所记多为金石书画、版本目录之学，但中间亦可见多篇记事写人、饶有文趣之作。所以这三部书，虽然显得各有一点另类的味道，但就其实，用比较宽松的眼光来看，不妨也可列于“笔记小说”之中吧。

至于其他著作，几乎都是记述一些社会生活中的大小事件、人物轶事之类，作者当时往往将它们视为“掌故”“杂史”“稗史”之类的史著，未必认同这也是“小说”。本来，在古代笔记中有小说味的作品主要是两类，一类是记鬼怪，另一类是记人事。记人事的也有虚、实之别，当然是写实的居多。凡所谓稗史、掌故、野史、琐记、轶闻等等，名目繁多，都是以记人叙事为主。在晚清民国时期，倡导科学，因而多视记鬼怪者为迷信，不少作者有意回避。与之相应，此时做笔记者大都自命其作是为了补翼正史。作者又多生于高官世家，或本身就是名流学者，熟稔朝廷内外及学界文场的种种故实，所记多自亲睹亲闻，有的还到图书馆里翻阅书刊查证。笔下虽有一些是梳理了历史上的陈迹，但最可宝贵的是触及了晚清民国时期诸如宫廷斗争、外交风波、官场倾轧、吏治腐败、名臣功过、史事曲折、遗老姿态、名士趣闻等方方面面，且多标榜信实，自诩为良史。固然，这些笔记，从作者的写作意图来看，他们主要是想写“史”，而不是要创作小说。后来的历史研究者们，引用这些民国笔记中的片段时，也往往将它们作为故实来证史。它们“史”的本质毋庸讳言。

强调信实的历史著作，与可以虚构的文学创作，从现代学科分类来看，当然是两个门道。但是，它们最重要的一个内核，即记事，是相同的。古代朝中史官之记事，当然是一件十分严肃的事情，所谓“圣人之记事也，虑之以大，爱之以敬，行之以礼，修之以孝养，纪之以义，终之以仁”(《礼记·文王世子第八》)。但后来到民间记事，就未必如此郑重其事了，所记未必都是国家大事，也有的来自道听途说，再有的加些油盐酱醋，甚至有的还故意幻设了一些故事，于是就出现了所谓“稗史”“野史”“外史”，乃至“谐史”“趣史”之类，虽也称之为“史”，但此史已不同于彼史了。更何况，就是一些纪传体、纪事本末体之类的所谓“正史”之作，所记之事，所写之人，也有的富有文学意味，人们也常将它们当作文学作品来欣赏。一部《史记》，不是在“中国文学史”著作中也有着崇高的地位吗？与此同理，民国间那些用笔记的形式，所记的大大小小的故事、形形色色的人物，不也可以当作文学中的一类“小说”来欣赏吗？

事实正是如此。我们就以颇有代表性的瞿兑之来说吧。他在民国期间大力提倡“掌故学”，其主要精神是为了在“正史”之外用“杂史”来保存与发掘真实而完整的史料。有人称他是继王国维、梁启超之后，可与陈寅恪相颉颃的“史学大师”。[①] 他认为，自宋以后，在“正史”中已找不着“政治社会制度之实际情况”了，这是因为“自来成功者之纪载必流于文饰，而失败者之纪载又每至于湮没无传。凡一种势力之失败，其文献必为胜利者所摧毁压抑”。所以治史者“为救济史裁之拘束，以帮助读史者对于史事之了解”，必须“对于许多重复参错之琐屑”加以综合审核之后，“存真去伪，由伪得真”，所以“杂史之不可废”。更何况到了清末，“文字之禁骤然失效，从前闷着不敢说的一切历史上疑案”，人们都敢说敢写了，再加上私家印书方便，报章杂志风行，笔记杂事轶闻之作就纷然而起，以求在“史学上”做出贡献。同时，从文字表达的角度来看，他认为先前的《史记》《汉书》，“叙述一个重要人物每从一二节上描写，使其人之性情好尚，甚至于声音笑貌跃然纸上，即一代兴亡大事，亦往往从一件事故的发生前后经过著意叙述，使当时参加者之心理，与夫事态之变化都能曲折传出，而其所产生之果自然使读者领会于心。”但“后来史家每办不到而渐趋于官样文章之形式。所以然者，秉笔之人多少有一点公务的史职在身，而后代的文网较为苛密，加之私家的传说太多，不是公认的话不敢说，不是官式的史料不敢依据，因此虽然极好的史裁也受

① 周劭《瞿兑之与陈寅恪》，《闲话皇帝》，上海书店 1994 年版，第 113 页。

了限制，不能像《史记》那样活泼泼地了。"[1]所以现在他要从"杂史"中找回"正史"中早就不存在的那种"活泼泼"的文字，这也就使他们的"笔记""掌故"等杂史之作带有了文学味、小说味。他们写的既是史著，但又可视之为"小说"了。且看其《杶庐所闻录》中有一则记张之洞曰：

> 张文襄虽主新政，而思想陈旧，亦出人意表。其在鄂督任时，公文不用新语，必苦思所以代之者。及入管学部，一日稿中偶有新名词。公批曰："新名词不可用。"部员某年少好事，戏夹签于内曰："新名词亦新名词，亦不可用。"次日更定上之，而忘去此签。公见而惭怒，竟日不语，遍翻古书，欲有以折之，卒不可得，乃霁颜谢焉。[2]

此短短数语，将虽主新政、思想仍旧的张之洞，围绕着"新名词"一词，对于属下批评后的神情变化，表现得惟妙惟肖。另见其《辛丑和约余闻》一则，就李鸿章签订和约事，写张之洞与李鸿章因两人所处的地位、经历不同而各持己见，各有意气，只用了一二语，即神情毕现：

---

① 瞿兑之《〈一士类稿〉序》，《一士类稿》，《民国笔记小说大观》第二辑，山西古籍出版社 1996 年版，第 17—27 页。

② 瞿兑之《杶庐所闻录》，《民国笔记小说大观》第一辑，山西古籍出版社 1995 年版，第 27 页。

> 辛丑议和之役，李鸿章一手主持，不免有徇外人之意太过者。当时急于求成，亦无人起而抗争。惟与俄国单独订密约一事，众议哗然，中外皆不以为然，卒未画押。张之洞、刘坤一争之尤力。相传刘、张联衔电李争持，实出张之手。李愤甚，电致军机处，谓："不意张督任封疆二十年，仍是书生意见。"张闻之亦惭怒，谓人曰："李相办和议事二三次，便为交涉老手耶？"①

与瞿兑之同道的有徐一士，写的笔记小说也多，他们两人一吹一唱，所持的观点完全一致。徐一士也认为笔记首先当写得"不违乎事实，而有益于知闻"，同时要有文采，"或为工丽之章，或具闲逸之致"。但在"专制之朝，王者为防反侧"，迭兴文狱，"故以当时之人而为私家之著作，处境綦难，有时饰为颂扬，良非得已。至清之既亡，则野史如林，群言庞杂，秽闻秘记，累牍连篇，又过于诞肆，楚则失矣，齐亦未为得也。"至于民初设清史馆，所编《清史稿》之类，"取材循官书文件之旧，评赞多夷犹肤饰之词"，根本无当于"史笔"。因此，他要将"有清一代，专三百年中华之政，结五千年专制之局，为世界交通新陈代谢之窔键"中的"是非得失"，"爬梳搜辑"，通过"随笔之体"

---

① 瞿兑之《杶庐所闻录》，《民国笔记小说大观》第一辑，山西古籍出版社 1995 年版，第 194 页。

来“贡一得之愚”。[①] 他自幼就好读《三国演义》《水浒传》《西游记》《封神演义》《聊斋志异》《儒林外史》《隋唐演义》《儿女英雄传》《三侠五义》等“闲书”，以听故事为乐，这种熏陶，就使他的笔记更有小说味了。其他收入此编的诸作，虽然文风有异，繁简有别，但大都如这样的一些文史兼备之作，读来皆有兴味。所以此编名之为《民国笔记小说粹编》，也可谓是名副其实，不知读者以为然否？

2022 年 1 月 2 日

---

① 徐凌霄、徐一士《〈凌霄一士随笔〉自序》，《凌霄一士随笔》，《民国笔记小说大观》第三辑，山西古籍出版社，1997 年版，第 8、9 页。

编纂凡例

《民国笔记小说粹编》，选编民国时期笔记小说名家名作，呈现民国笔记小说主要面目，以利阅读和研究。

一、命名。笔记小说是对文史掌故笔记著作的传统称谓。《四库全书总目提要》将掌故著作归于杂家及小说家等类，20世纪20年代有集古代掌故笔记著作之大型丛书《笔记小说大观》出版。至90年代，本社出版《民国笔记小说大观》凡四辑52种49册。本次整理选其精要，亦收新品，精编精校，名之曰“民国笔记小说粹编”。

二、收录范围。本丛书主要收录民国时期(1912—1949)撰写或出版过的文史掌故著作。兼收个别清末出版的重要掌故笔记，因这些清末著作实质上是民国笔记的先声，对民国笔记的繁荣发展起过巨大的推动作用；但只限于其作者为入民国后仍从事创作活动并有相当影响者。丛书所收民国笔记均在万字以上，个别有特殊价值的不受字数限制。

三、排版、文字。简体横排。

四、点校、加注。凡有多种版本的，择一善本为底本，他本作参校，需要时出校记；手稿或单一版本的采取自校。整理时原则上保持底本文字原貌，异体字一般统一为规范字（涉及古地名、人名、译名等的字不在此限），凡明显错讹缺衍之字、词，均做改正并加以标示，符号为：原稿残缺或无法辨识的字用“□”标示；错别字后跟改正字外加“（）”标示（以下情形不做标示：人名前后不一致的，径改为正确人名；词形不一致，原文即混用的，直接统一改为现代汉语规范字，如“看作”“看做”统一改为“看作”）；缺脱字直接补充字外加“〔〕”，衍文外加“〈〉”。丛书正文不加注释，需特殊说明之处，做脚注，或于导言中予以说明。

原书未分段、标点者，均分段并以新式标点标点。如有整段引文或整首诗词等，亦分段。

特别说明：书稿中用语、用字、用法具有时代特征，与现行规范不合的，保留原貌，如“的、地、得”的使用；“右述”“如左”等原有格式标指文字，保留原貌；特殊的公文（如法律条文等），原文未标点，保留原貌；音译外国人名、地名等，保留原貌。

五、撰写导言，拟小标题。本丛书每部书前均由编者撰以导言，对作者生平、版本流变及内容特点等予以简介。对未予随事标题之笔记，凡有条件者，均酌情拟小标题（此种情况须在导言中说明），以便索引及阅读。

六、原书中有“胡清”“发逆”“拳匪”“蛮”“夷”等歧视性称谓，以及某些不当观点，为保存原著全貌，保存原著作者观点，均未予删节或更改，特此申明。

由于时隔久远、资料不足，加之其他种种原因，本丛书虽纠正了原著诸多误载，但绝难尽善尽美，敬希读者予以指正。

民国笔记小说粹编编委会

2022 年 2 月

目　录

餐樱庑随笔

近代轶闻

餐樱庑随笔

导 言

况周颐（1859—1926），广西临桂（今桂林）人。原名周仪，因避溥仪讳改今名。字夔笙，号蕙风，别号二云、梅痴、玉梅、餐樱，室名兰云菱梦楼、眉庐、餐樱庑等。光绪五年举人，授内阁中书。南归后，先后入张之洞幕府、端方幕府，并一度任自强学堂教习。晚年居上海，以清遗老自命，卖文为生。

况周颐是晚清大词人、掌故大家，与缪荃孙、王鹏运等相谙熟，博稽古籍，砥励学问，尤湛深红学与词学，卓然大家，声名遐迩。其词情调沉郁，严守音律，时人将他和王鹏运、朱祖谋、郑文焯合称四大家。况周颐是晚清民初著述大家，当时之《国粹学报》《大陆报》《小说月报》《大中华》等著名报刊时时发表他的著述，多侧重于词学专著、考据辨证、掌故拾零。著有《蕙风词》《蕙风词话》《蕙风丛书》《白辛漫笔》《蕙风簃随笔》《选巷丛谈》等，《眉庐丛话》《餐樱庑随笔》则是其掌故代表作。

《餐樱庑随笔》发表于《东方杂志》，共二百二十一则，其内容与《眉庐丛话》近似，涉及面非常广博，主要有宫廷秘闻、官场轶事、典章制度、学术考据、学人风范、艺林趣谈、侠客行迹、民俗风情等。或资料可重，或足资谈助，加之先生神来妙笔，更使前人往事顿生妙趣。如“集《汉书》言为张之洞祝寿”属旷世奇文，“清廷官吏笑话”“羞见江东父老”则嘲讽讥刺有加，“赵秋谷恃才轻薄，宋绵津徒慕风雅”等则述学界名士可笑可叹之遗事，“木板墓志与砖书墓志”等则述金石碑版奇闻。其中第二〇二则“没甚不好意思”则尤为近代世说中神品：

> 康、雍间，苏州有张氏者，其先富甲一郡，继而子孙多占仕籍，其富遂衰。一人独矜有秘术，富转增益，举族求其术不已，则大言曰：“若曹宴九宾，陈百剧，吾当授方略。”众如言华飨，揖其就座说法。众环立屏息拱听，则曰：“吾术只六字诀耳：没甚不好意思。”众哄然散，既而思之，实无以易也。

况蕙风作为清室遗民，寥落居沪，较之往日通达荣耀，颇觉穷困无聊，而好清谈雅谑，故其《随笔》中颇有性变、吟咏美人等记述，格调不甚高，亦聊博一笑耳。

本书据民国年间文海出版社有限公司印行之石印本“近代中国史料丛刊续编”第六十四辑（沈云龙主编）点校，整理时纠正了诸多误载及错别字，并随事拟题，以便阅读。

落馥香

一　公府积弊之例

清制：凡荫生及岁者，经考试然后授官。一品荫生，内用员外郎，外用同知；二品荫生，内用主事，外用通判；三品荫生，内用七品小京官，外用知县。此项考试，非倩人枪替不可。其代价綦微，廑百金而已。曩荫生某，自恃文理优长，毅然赴试。俄朝旨下，竟以程式踳盭，锡命弗及，得要津为之斡旋，廑乃外用。在昔文法之世，公府积弊难返，若斯之类，殆指不胜偻。

二　胪唱

鲰生不第进士，而曾闻胪唱。胪凡五唱：第一甲第一名某、第二名某、第三名某；二甲第一名某等；三甲第一名某等，其声凝劲以长。自科举废后，遂成“广陵散”矣。胪唱之日，榜眼、探花送状元归第，探花送榜眼归第，探花自归第，无人送。某省人归某省会馆，非归私第也。其会馆先已召集梨园演剧，张盛筵待贺客。历科鼎甲在京邸者毕至，循故事也。

三　张文达荐仆

每届乡科之年，京曹典试各直省。命下之日，乡年寅好荐仆从者，沓来纷至，应接不暇，而尤以师门函属为谊不可却。兼录用之后，驾驭匪易，盖隐有挟持以为重也。宛平陈冠生修撰（冕），光绪己丑恩科，拜湖南主考之命。适同年某君来贺，谈次出名条夹袋中，自言深知人浮于事，无可位置，缘某友转托弗获辞，幸损覆寸笺，俾报命前途可耳。修撰亦极言竿牍填委，重以情貌，即简言善辞，亦笔舌俱困。语未终，门者以缄进。启视之，则南皮张相国文达荐仆之书也。文达于修撰，属座师兼同乡，不可却之尤者也。修撰蹙頞久之，勉令来仆进见，则衣履朴野，长揖而外，木立不知所云。修撰殊忻慰，亟奖藉之，留侍左右，加青垂焉。夫长揖之仆之未易多遘，信矣。晚近世风不古，士夫号为贤达，往往矜情饰貌，不惜疲敝其筋骨，囚垢其冠裾，穷极矫揉，以鸣高立异，震骇庸俗耳目，非深求之幽独隐微之地，固确见为黮苦卓绝之操。非有夔犀铸鼎之特识，鲜不受其欺罔而神明奉之者，则夫彼仆，安知其非揣摩风气，而托为朴钝以觊售也?则当考其后之事修撰者，能如修撰所蕲否也。

四　《桂林霜》传奇与《桂林雪》院本

铅山蒋苕生太史（士铨）撰《桂林霜》传奇，演康熙朝广西巡抚马文毅殉吴逆之难事。（按：马公讳雄镇，字锡蕃，号坦公，汉军镶红旗人。康熙九年，巡抚广西。十三年，吴三桂反，将军孙延龄私与通，公被囚土室。十六年，三桂遣其孙世悰收两粤，斩延龄，诱公降。不屈，遂被害。清制：非翰林出身，不得谥“文”，公父鸣佩，官至两江总督，公以大臣子选用起家，得谥“文毅”，亦异数也。）编入九种曲全帙中，流传颇广。又有《桂林雪》院本，为高邮薛冬树先生（名待考）所谱，演明臣瞿、张二公殉国事。（按：瞿公讳式耜，字起田，常熟人。张公讳同敞，字别山，江陵人。明永历建国桂林，瞿公由桂抚入内阁，张公为兵部尚书。清兵破全州，诸将焦琏、丁魁楚等战死。永历奔梧州，以瞿公为留守，张公副之。未几，北兵至，二人力持月余，城破，同被执。主将定南王孔有德欲降之，不屈，幽于一室。二公相对赋诗酌酒，不异平时。孔屡劝降不可回，遂同日俱殉。）世罕知者，亟记之。

五　两湖自强学堂

两湖自强学堂建设于武昌，为中国第一中西学堂。经始光绪中叶，丁酉、戊戌已还，规模灿然大备。遵守当时著各省改书院、设学堂谕旨，以中学为主，西学为辅。注重中文，每日上课时间，中文订一时，自（其）余各门功课，均订半时。其外国语言文字，有英、法、俄、德、东五文。文各有堂，轩敞闳阔，聘外国士人教习。有助教，有翻译，非一知半解者得滥竽充数。此外唯体操、算学，教科不烦，而教法彻真。学生考取入堂，无庸缴学费，斋房整齐，餐膳丰洁，凡所需用中外书籍、笔墨纸张、操衣靴帽（每季一换）等，悉公家办给。中文及外国五文、体操、算学，各有领班、帮领班学生，由各教习凭分数荐补。领班每名每月薪水纹银十六两，帮领班每名每月薪水纹银八两，各八名。每月考课一次（中文论说）。第一名奖龙银十圆，以次递减，至第三十名犹得二圆，第五十名犹得一圆。学生中程度稍高，眷属不多者，兼可无内顾忧矣。张文襄督鄂十数年，此自强学堂之设，不可谓非育才恤士之实政也。余于戊戌、己亥间，充自强学堂中文教习。辛丑自鄂之蜀，甲辰返自蜀，则已改文方言学堂，非复向日章程矣。

六　张之铳辈份

吴昌硕言：安吉有贡生张之铳（音充，去声），寿逾八秩，行辈在文襄相国之前。

七　日人之质朴

尝谓朴质之风，今人不及古人，中国人不及外国人。日本原善公道《先哲丛谈》“山崎嘉”一则云（按：山崎嘉号闇斋，平安人）：“闇斋天性峭厉，师弟之间，俨如君臣。其讲书音吐如钟，面容如怒，听徒凛然，无敢仰见。诸生每窃相告曰：‘吾侪未得伉俪，情欲之感时动，不能自制，则瞑目一想先生，欲念顿消，不寒而栗。’”吾中国人撰述，断不作此等语。矧对于师门，尤必谓近亵而非所敢出。彼都人士，顾夷然不以为讳，是其任真近情处，未可谈笑道之也。

八　赦小过

日本冈本监辅箸(著)《西学探源》，亹亹清言，颇寓哲理。其《言论》弟十三有云："耻于下问，不欲闻己过，是古今为政者之通病也。西谚所谓傲慢之人，以它人之誉为自己之耻者，不其然乎？偶有一二解礼让者，亦止记同量之美，而忘异量之美。忽致拾小过掩大德，与孔子所谓宥小过举贤才者异撰。（按：东国经籍传本，多有异文，当是冈本所据《论语》，'赦小过'句'赦'作'宥'。)贤才不能无小过，小过而不宥，焉得有贤才可举者？"《鲁论》"赦小过"二句，如此诠释，谊亦甚精。

九　钱牧斋撰《明史》

钱牧斋易节事清，以纂修《明史》为词，亦不得志，以礼部侍郎内宏文院学士还乡里。尝游虎丘，见有题诗寺壁者曰：

> 入洛纷纭意太浓，莼鲈此日又相逢。
> 黑头早已羞江总，青史何曾惜蔡邕。

昔去尚宽沈白马，今来应悔卖卢龙。
可怜北尽章台柳，日暮东风怨阿侬。

或云是云间陈卧子所作。又顺治三年十二月，清兵总镇李成栋以精骑三百下广州，旧辅何吾驺投诚（按：吾驺，崇祯朝宰相，与黄士俊同相永历，未久告归，家资三百万），乞修《明史》，门署“纂修明史”扁额。广东人有“吾驺修史，真堪羞死”之谣。大凡易姓改玉之世，前朝史事，关系綦重，彼号为文学旧臣，千钧一发之顷，必不能引决，而又不能无一词自解免，则回迹之门在是矣。《西学探源》有云：“法人安格的尔以修史著，不肯臣事拿破伦，年老贫甚，家有面包、牛乳二味系命，日计不过三苏乌钱。其友劝之受养于拿破伦，安氏曰：‘余岂畏死自辱乎？’年九十四而终。临终语其友曰：‘请视死有生气之人。’”虽欧人主利，亦有如此者，可不谓伟哉！综三事衡论之，中外士夫，何遽不相及若是。

一〇　爱金之国王

《西学探源》又云：

亚理斯德尝有记事曰：“某国王枚达士，遇其臣捕拔甲士神来投诸狱，心怜而释之。神大德之，因告王听其所欲报之。王性贪而无厌，乃谓之曰：‘使予手所触悉变为黄金。’神曰：‘无复志愿过此者耶?’再三言之，王答如前。神乃授王得金之力，悠然升天去。王喜溢于面眉，欲试其力。下庭仰攀树触果，树果皆化为金；俯触瓦砾，亦化为金；指端所及，无一非金者；偶际午餐，就坐时食，将举手食之，食皆化为金；将啜茗，戛有声，不堪啜。如此数日，王苦饥渴，将死于黄金堆积中，则仰天号哭，呼拔甲士神，请去其力，仅乃解免。自是，王幡然省悟，谓国家之富，不必在拥多金，一意奖励事业，遂致民阜国强。”

按：此寓言耳，尤涉滑稽，然确有至理，为吾中国向来书说所未发，亟记之，为当世之枚达士告。

一一 斯格的勤勉

《西学探源》又云：“英人斯格的为诗文巨匠，而终身服吏务，不害学习。”按宋史邦卿（达祖，汴人），相传为开禧堂吏，所著《梅溪词》，同时张功甫镃为之序。称其“分镳清真，平睨方回。纷纷三变行辈，不足比数”。斯格的殆其流亚欤?

一二　金石纪年之法

武林南山磨崖，梁萧《心印铭》(见丁敬《武林金石记》)，末书“天宋皇祐癸巳岁”。向来金石纪年，弁一字于国号之上。有曰大、曰巨、曰皇、曰圣者，而“天”字则唯宋用之。独惜徽、钦南渡，天亏西北，无复女娲炼石补之耳。又政和中，禁中外不许以龙、天、君、玉、帝、上、圣、皇等为名字，于是毛友龙但名友，句龙如渊但名句如渊，余各等字例此（见宋洪迈《容斋二笔》）。四川云阳龙脊石，宣和乙巳人日周明叔、曹嘉父等两题名，并改写鳌脊（见况周颐《卤底丛谈》），亦甚可笑。

一三　名字的对

咸丰朝，即补副将雷风云，谥威毅（见《谥法考》）。光绪中叶，鄂人张翼轸，工行草书，尝游京师，有润格在厂肆，其姓名三字皆星名，与雷风云属对绝工。

一四　托欧阳公词

吴江徐电发(釚)《词苑丛谈》卷十《辨证》有云：

王铚《默记》载欧阳公〔望江南〕双调：

江南柳，叶小未成阴。人为丝轻那忍折，莺怜枝嫩不胜吟。留取待春深。　　十四五，闲抱琵琶寻。堂上簸钱堂下走，恁时相见已留心。何况到如今。

初，欧公有盗甥之疑，上表自白云："丧厥夫而无托，携幼女以来归。"张氏此时，年方七岁。钱穆父素恨公，笑曰："正是学簸钱时也。"愚按：欧公词出《钱氏私志》。盖钱世昭因公《五代史》中多毁吴越，故诋之，此词不足信也。（《丛谈》止此）

按：周淙《辇下纪事》云："德寿宫刘妃，临安人。入宫为红霞帔，后拜贵妃。又有小刘妃者，以紫霞帔转宜春郡夫人，进婕妤，复封婉容，皆有宠。宫中号妃为大刘娘子，婉容为小刘娘子。婉容入宫时年尚幼，德寿赐以词云：'江南柳，嫩绿未成阴。攀折尚怜枝叶小，黄鹂飞上力难禁。留取待春深。'"（《纪事》止此）德寿之词，与《默记》所传欧公之作，廑小异耳。钱世昭《私志》称彭城王钱景臻为先王。景臻追封，当建炎二年，世昭为景臻之孙，愐（景臻第三子）之犹子。以时代考之，盖亦南宋中叶矣（《四库全书提要》于钱世昭、王铚时代，并未考定详确）。窃疑后人就德寿词衍为双调，以诬欧公。世昭遂录入《私志》，王铚因载之《默记》，唯钱穆父固与欧公同时，然公词既可假托，即自白之表、穆父之言，亦何不可造作之有？窃意欧阳文集中，未必有此表也。

一五　要离墓残碑

要离墓残碣，文曰："汉梁伯，烈士要。"石高二尺（据《匋斋藏石记》，依工部营造尺），宽一尺四寸五分，厚三寸二分。二行，行三字。字径四寸强至六寸不等，正书。乾隆时出土于吴门专诸巷后城下。光绪十二年丙戌岁朝，石门李嘉福笙鱼得之（有题字刻石右方，分书）。宣统纪元，归浭阳托活洛尚书忠敏。《匋斋藏石记》编入《梁石》。残碣书势信劲伟，唯定为梁刻，蒙意窃未安也。按：明信州郑胄师（仲夔）《耳新》云："姑苏要离墓，其形如阜，不及城堞者，廑尺许耳。相传初甚低，其后岁高一岁。至万历间，好事者为之竖碑墓上，墓隆起竟高于城。一时城外往往白昼杀人，咸怪异之。因仆碑，乃止。"据此，则乾隆时出土之残碣，疑即万历间所竖之碑，碑仆后乃断残耳，以其地考之亦合。

一六　历代印质地

秦印多玉（多朱文），汉印多铜（多白文，其实非白文也。汉钤印用紫泥，印入泥中，篆文凹入者凸出，则亦朱文矣），间有金印，王侯已上用之。元王元章用花蕊石刻印，而石印乃盛行。其先有用石者不甚著，盖亦廑矣。此外尚有银印、铁印、瓷印，水晶、玛瑙、象牙、犀角、澄泥、烧料、黄杨、竹根等印。又有碧霞髓印（髓或作玨)，至坚不受刀，虽晶玉非其比。在昔印人某能刻之，其姓名偶失记矣。歙县汪氏飞鸿堂（启淑，字讱葊，号绣峰，世业鹾，拥高赀），剖巨珠为小印，侈丽极矣。

一七　作词戏言穷饿

鲰生穷饿海滨，盖五年于兹矣。乙卯六月，大风为灾之前数日，室人以无米告。戏占〔减字浣溪沙〕云：

逃墨翻教突不黔，瓶罍何暇耻奁盐。半生辛苦一时甜。　　传语枯萤共宁耐，每怜饥鼠误窥觇。顽夫自笑为谁廉。

一八　文笔贵简

文笔贵简，“逸马毙犬于道”，作“有犬卧于街中，逸马蹶而毙之”，则赘矣。明祝氏《猥谈》云：“一守禁戴帽，不得露网巾，吏草榜云：‘前不露边，后不露圈。’守曰：‘公文贵简，何作对偶语？’吏曰：‘当如何？’守曰：‘前后不露边圈。’”斯旨可以喻大。《新唐书》《新五代史》，其较胜旧史，亦事繁文简耳。

一九　彭刚直李梅庵之痴梅

相传彭刚直作秀才时，与邻媛名梅者有婚嫁约，事忽中变。迨后刚直通显，故剑不复可求，刚直恫焉。中年已还，酷嗜画梅，所作诗亦十九咏梅，意有托也。临川李梅庵方伯未第时，有长沙余公器重其才品，以长女字之；未婚卒，复字以次女，又卒；更字以三女名梅者，婚未久亦卒。梅庵赋潘岳之《悼亡》，感谢公之风义，因自号梅痴，终身不谋胶续。国变后，黄冠野服，卖字沪滨，署其门曰“玉梅花盦李道士”，盖情之入人至深。武达文通，其揆一也。曩余亦自号玉梅词人，则辛卯客苏州得句云：“玉梅花下相思路，算而今不隔三桥。”（〔高阳台〕）又云：“玉梅不是相思物，不合天然秀。”（〔探芳信〕）此等句殊无当于风格，而当时谬自憙，遂以名词，并以自号，无它旨也。

二〇　潘绎庤高月垞学深品洁

南海潘绎庤（衍桐）辑《雅堂诗话》，即其所编两浙《辅轩续录》之诗人小传，亦犹《静志居诗话》即《明诗综》小传也。其体例于谈诗而外，备载嘉言懿行。如归安姚镜塘先生（学塽），居官端谨，不履要津，部曹每月有印结银，先生独不受。（清制：中外大小官员，引见验看，须同乡京官出印结。结费之多少，视品位之崇卑。京曹五六品有印官，得出结，分结费。软红薄宦，恃此为樵米资矣。某省印结省务，由本省出结官分年轮管，结费即由管结官部分致送。）仁和高月垞先生（凤台）学深品洁，在中书以兄丧去官，有韦义、杨仁之风。夫京之分结费，俨然分所应得，取不伤廉者矣。世固有贪多务得于印结之外者，乃至俗情贪恋禄位，虽三年之丧，或犹有夺情之举，矧在齐衰已下。则夫两先生之所为，固皆晚近所未闻，可以风世励俗者矣。

二一　厉鹗杭世骏等科名

《眉庐丛话》据昆山朱厚章《多师集》，有“赋得三才万象各端倪”七言十二韵诗，自注：“江南三院考取博学鸿词科，知乾隆时特科诸征士，当其荐举之初，须由本省考试，则亦未极隆重，曰考取。殆犹有考而不取者矣。”云云。比阅《樊榭山房集》，末附轶事，记当时试事綦详：

> 雍正甲寅、乙卯，浙江总督程元章三次省试，荐举博学鸿词十人：严遂成、厉鹗、周玉章、杭世骏、沈炳谦、齐召南、张懋建、周长发、汪沆、周炎。正试题《河清海晏颂》《万宝告成赋》，杜氏《通典》，郑氏《通志》，马氏《通考总论》，赋得“冲融和气洽”；补试题《玉烛醴泉颂》《鹏奋天池赋》《九法五政论》，

赋得“禾比君子”；续试题《景陵瑞芝赋》《春雪》诗、《两浙通志》序，评《二十一史》。厉先生应正试，名列第二。程制军批云：“颂体俊伟，赋材丽则。论该洽而当理，诗雅正以和声。诚为于越含香，澥河韫秀。”帅文宗批云：“辞挹群言，体苞众制。以质纬文，以文被质。殆昔人所云无一字空设者。”张方伯加批云：“高华之气，典丽之词，春容之节。加以骨干坚凝，根极理要，扶质垂条，兼擅其美。”

据此，知《多师集》所云三院，即制军、文宗、方伯矣。又王茨檐先生《静便斋集·送杭大宗北行序》云：

吾友厉鹗、杭世骏，博览精核，所为文词高旨深，顾自壮盛，廑充秋赋。仁庙御极之十七年，特辟大科。浙省郡邑荐者，前后合六十人。呈试大宪，掇什之二三。二君以瑰丽卓越，炳乎十八人之列。

据此知考试不取者，多于得取之数。太鸿、大宗、次风诸先生，当时已负盛名，而犹渎考如是，可见先辈醇朴之风，而全盛之世之科名至足重也。

二二　黄子久自号大痴哥

黄子久自号大痴哥，见樊榭诗自注。人皆知大痴，罕知大痴哥者。太鸿方闻，必有所本。

二三　绝奇命名

《樊榭山房集》有幼鲁（按：姓符）第五女生，命名曰却盗，为赋诗。此女名绝奇。

二四　樊榭《吴山咏古》诗

樊榭（清厉鹗号——编者）诗《吴山咏古》二首，其一《麻曷葛剌佛》，序云：

> 在宝成寺石壁上，覆之以屋。元至治二年，骠骑卫上将军左卫亲军都指挥使伯家奴所凿。志乘不载，故诗以箸（著）之。

句云：

> 何年施斧凿，幻作梵相奇。
> 五彩与涂饰，黯惨犹淋漓。
> 一躯俨箕踞，努目雪两眉。
> 赤脚踏魔女，二婢相夹持。
> 玉颅捧在手，岂是饮月支。
> 有来左右侍，骑白象青狮。

狮背匪锦幪，荐坐有人皮。
髑髅乱系颈，珠贯何累累。
其余不尽者，复置戟与铍。

又云：

来观尽毛戴，香火谁其尸。
阴苔久凝立，想见初成时。

按：此佛像今不知尚存否。以诗句绎之，何鬼怪狞恶一至于是。其二《铁四太尉》序云：

在东岳庙庑下，像凡四躯，皆擘拳瞋目，奇丑可怖。相传江中浮来。郡人有忿争凶隙等事，辄迎而诅之，俗名铁哥而（曩甄□“而”字典故，惜未及此）。元至正末重铸，其朔弗可考，大率皆淫祀也。

二五　北齐造像拓本

北齐造名无量声佛象，佛座拓本，高今尺二寸强，宽二尺四寸强，十四行，行二字，字径八分，正书。铭曰：“天保七年，敬造名无量声佛，若有文名者礼拜供养，减无量罪，德无量福。”（按：“德”“得”二字，古通用。）此拓本绝黮致，殊可宝，惜未拓佛像，俗工往往如此。又希腊女神名谬司，嫥司文艺者，则是彼都人士，所当馨香以祝者也。附记于此。“谬司”盖译音，不如作“妙师”为协。

二六　六部相见之礼

光绪初年，都门以“富贵、贫贱、威武”六字，分帖六部，谓吏贵、户富、礼贫、工贱、刑威、兵武也。盖他部司员，见堂官皆长揖，唯工部鞠躔为礼，故或又以《孟子》“天下之贱，工也”句相嘲。未几而兵部效之，户部继效之。癸未七月，诏各部院司员，见该管堂官，不准屈膝请安，以御史文海疏言也。

二七　清宫进出之制

清制：百官进内，东华门止灯，景运门止伞扇。光绪中叶已还，往往甚雨之日，有携灯入景运门者，有持伞上乾清门台阶者。而乾清宫侍卫，皆戴雨帽班直门下，大臣或持伞至养心殿门，盖非复从前严肃矣。

二八　清宫赐谥之制

清制：大臣谥法，除特旨予谥外，例由内阁撰拟八字，圈用二字。光绪辛巳正月，吴县沈相国桂芬卒，内阁拟谥文清、文勤、文端、文恪，因谕旨称桂芬清慎忠勤，老成端恪，是以依此撰拟。及旨下，乃谥文定，既非特旨，亦非圈用。考谥法，纯行不爽曰定，亦美谥也。

二九　日本樱花狩

日本樱花，五大洲所无。有深红、浅绛，绿者尤娟倩，一重至八重，烂漫极矣。三月花时，公卿百官，旧皆给假赏花；今亦香车宝马，士女征逐，举国若狂也。花枝或插于帽，或裹于袖，或系于带。游客归来，满城皆花矣，名曰“樱花狩”。盖虽游乐之事，亦寓讲武之意云。

三〇　樱花与牡丹

中国以牡丹为花王，日本以樱花为花王。牡丹以秾艳胜，樱花何其娟倩也。余谓花王中之樱花，甚似人王中之李重光，高出庸主万万。

三一　“以貌取人”考

《大戴礼记》五帝德第六十二：“孔子曰：‘吾欲以颜色取人，于灭明耶改之；吾欲以语言取人，于予耶改之；吾欲以容貌取人，于师耶改之。’”今人第知以貌取人，失之子羽云云。

三二　义门三关

光绪庚子，拳匪变起。余适在鄂，条呈两湖防守情形于督部张文襄，有云："随州所属之武胜、平靖等关，为由汴入鄂门户。平靖、百雁、武阳，即所谓'义门三关'。明正德中，流寇入境，三关皆要地。今湖北铁路干路，武胜关适当其冲，并宜急驻重兵扼守，以固边圉而保要工。"云云。"义门三关"之说，据《读史方舆纪要》。比阅乌程温铁华（曰鉴）《〈魏书·地形志〉校录》云："义阳三关，谓平靖、武阳、黄岘也。《元和郡县志》：'武阳在应山县东北一百三十里，黄岘在应山县界。'《地理通释》：'《左传》大隧即黄岘。'今名九里关，在信阳军南百里。"温氏所云三关，有黄岘无百雁，与顾说不同。

三三　苏涣奇事

《新唐书·艺文志》著录苏涣诗，注云："涣少喜剽盗，善用白弩。巴蜀商人苦之，号曰'白跖'，以比庄跻。后折节读书，进士及第。湖南崔瓘辟从事。瓘旋遇害，涣走交广，与哥舒晃反，伏诛。"诗人而为盗，盗而第进士，绝奇，矧晚节弗终。不图风雅中，乃有此败类。顾其诗见录于正史，讵以其事奇而故传之耶？抑其诗固犹在可传之列也？

三四　睡王与嚷王并称

辽王述律好睡，国中目为睡王（见宋彭百川《太平治迹·统类》）。大兴王楷堂比部（廷绍），高谈雄辨，都人称为嚷王。长于诗，倚马可待。署中公暇口号云："司中呼小马，堂中坐长麟。"时牧庵协揆（长麟）为大司寇，或谮之。一日，协揆语王："闻近作对联佳甚。"王应声曰："司官曾有句：名医唯扁鹊，良相是中堂。"协揆大笑，意深赏之。谮者闻之爽然（见定远方士淦《蔗余偶笔》）。睡王、嚷王并新隽，顾嚷王捷才若此，未可以嚷概之矣。（宋荆南节度使高保融，弟保勖，体瘠而口吃。保融甚爱之，虽盛怒，见之必释然而笑，荆南人谓之万事休郎君，见《太平治迹·统类》。是诚亲爱而辟，然兄弟孔怀，固当如此，视交相为愈者，有厚薄之殊矣。）

三五　古人笔润

王禹偁尝为李继迁草制，送马五十匹，备濡润，禹偁却之（见《太平治迹·统类》）。即后世文人润笔，亦云厚矣。宋陈藏一《话腴》云："退之欲人辍一饭之费以活己。"而文起八代，上窥至圣，亦濡润之说，断非乞借。

三六　宋太祖喜书

宋太祖性严寡言，独喜观书，虽在军中，手不释卷，人间有奇书，不吝千金购之。周显德中，从世宗平淮甸，或谮太祖于世宗曰："赵某下寿州，私所载，凡数车，皆重宝器也。"世宗遣使验之，尽发笼箧，唯书数千卷，无它物（见《太平治迹·统类》）。古开创之英辟，丁龙犹未飞，蠖不妨屈，其襟抱所蕴蓄，要不啻一日万幾，而顾留意载籍若是，知郅治本原在是矣。若汉萧何为高帝收秦丞相府图籍，事又稍异。

三七　兰陵先生奇见

兰陵先生言："《四书》中，有二怪、一妖、三女子，五龙、九虎、十先生（又九馆、十先生）。"二怪：素隐行怪，怪力乱神。它昉（仿）此。急切记忆，殊难全备。

三八　"岂止一壶"

都下某名宿，好清谈雅谑。一日，宴客于陶然亭，某学究与焉。俄添酒顷，语次，漫引《中庸》"其至矣乎"句，读若"岂止一壶"。学究瞿然避席曰："侮圣人之言。"言之色綦庄。四座愕眙久之，主人末如何也。（学究乃所延西席，授公子读者。）

三九　蕙风词一首

春夏之交，壁间悬名人书画，恐燕泥飘堕染损，于帧首作两绫带下垂，令时时摇动，俾燕不敢近，名曰“惊燕”。蕙风曩有词咏之，调寄〔浣溪沙〕（刻入《新莺词》）：

四壁琳琅好护持，画帘风影乱乌衣。飞近金题才小立，却教回。　　娟素乍同飘绣带，襟红时见涴香泥。傥是双飞来对语，莫惊伊。

按：此调名〔浣溪沙〕，前后段各七字三句者，名〔减字浣溪沙〕。据宋贺方回《东山寓声》乐府，俗以七字三句两段为〔浣溪沙〕，而以此调为〔摊破浣溪沙〕，误也。

四〇　平仄互叶源起

金元已还，名人制曲，如《西厢记》《牡丹亭》之类，皆平侧互叶，几于句句有韵。付之歌喉，声情极致流美。溯其初哉肇祖，出于宋人填词。词韵平侧互叶，丁北宋已有之，姑举一以起例。贺方回〔水调歌头〕云：

南国本潇洒，六代浸豪奢。台城游冶，襞笺能赋属宫娃。云观登临清暇，壁月留连长夜，吟醉送年华。回首飞鸳瓦，却羡井中蛙。　　访乌衣，寻白社，不容车。旧时王谢，堂前双燕过谁家？楼外河横斗挂，淮上潮平霜下，樯影落寒沙。商女篷窗罅，犹唱《后庭花》。

蕙风旧作，间有合者，〔蝶恋花〕《甲午展重阳日，邃父招，同半唐登西爽阁，子美因病不至》（刻入（《锦钱词》）云：

西北云高连睥睨，一抹修眉。望极遥山翠，谁向西风传恨字，诗人大抵伤憔悴。　　有酒盈尊须拌醉，感逝伤离①。何况登临地，剀好秋光图画里，黄花省识秋深未。

原注：

①端木子畴前辈，于数日前谢世。

西爽阁在京师土地庙下斜街山西会馆，可望西山。

四一　“野翰林”

清初鸿词诸征士，当其荐举之初，本省渎考情形，甚非隆重之道，稍有崖岸者弗为也。相传康熙己未科，取中者五十人。授职后，为同僚所排诋，目为“野翰林”，且讥以诗曰：

自古文章推李杜，而今李杜亦稀奇。
叶公懵懂遭龙吓，冯妇痴呆被虎欺[①]。
宿构零骈衡玉赋，失黏落韵省耕诗[②]。
若教此辈来修史[③]，胜国君臣也皱眉。

原注：

①李高阳相国霨，杜宝坻相国立德，冯益都相国溥，叶掌院学士方蔼，皆试官。

②是科题为《璇玑玉衡赋》《省耕诗二十韵》。

③取中者俱令纂修《明史》。

而鸿博之诋甲科，亦不遗余力，尤展成检讨（侗）《题钟馗像》曰："进士也，鬼也；鬼也，进士也。一而二，二而一者也。"以笔墨为报复之具，若水火不相下。揆之古君子彦圣能容之度，则彼此胥失焉。降而至于乾隆丙辰，而风格视前辈益远矣。两次特科，吾广右皆无人。考仁和杭大宗（世骏）《词科掌录》，乾隆丙辰科，广西巡抚金鉷，荐举钱塘廪生袁枚（是时适游桂林）。岭峤白屋之士，闭户自精，姓名不出里闬，对于令闻广誉之随园先生，何能望其肩背于万一耶？

四二 御进戏曲之始末

尤展成自《秋波词》进御，才子名士之目，受两朝特达之知，所著《读离骚》《钧天乐》等传奇数种，教坊内人，镂之管弦，为霓裳羽衣之曲。洪昉思（昇）虽以《长生殿》得罪，而此曲即亦流传禁中。盖清廷当全盛时，九天歌管，犹有雅音；嘉、道而后，遂岑寂无闻焉；乃至今日，风雅扫地，瓦釜雷鸣，虽日星河汉之文字，不惜弁髦弃之，矧选声订韵之末技，夫孰过而问者，则章掖贱而琴书苦矣。

四三 龙夫人事略

阅歙县程春海侍郎（恩泽）所撰《湖南提督杨君继室龙夫人墓志序》（按：杨君名芳，一等果勇侯，谥“勤勇”）及武进张翰风先生（琦）《记杨军门龙夫人事》，事绝瑰玮。两家叙述，互有详略，兹参综缀录如左。

夫人姓龙氏，四川华阳县人。幼读书，洞晓大义，温淑而敏断。年二十二归军门，时军门已贵显为总兵。嘉庆十一年春，以宁陕镇总兵摄固原提督，夫人留宁陕署。先是，镇所辖兵六千名，例月给米折银三钱，遭匪贼蹂躏，物值益昂，所领不给食。军门白经略某，具疏申请，部议权加二钱，俟三载后再定议。及是，执事者停支待报，兵忍饥两月。夫人知将有变，使谓署总兵参将杨之震：“速借给以安其心，虑有它者，吾家当代偿之。”之震曰：“众兵恐我耳，乌敢反？且衅非由我，何惧？”更以威胁之，众益怒。七月六日，头人陈先能、陈大顺等请见曰：“吾辈将反，顾受大人恩至重，愿送太太去乃发。”夫人以义晓之，且曰：“汝等造反，而先免我，疑知情无以白。且我一妇人，去何为？宁死此耳。”挥众出。外委王清山，公之亲随也，贼令入卫，又分数十人守大门，约余人不得入。而公前所释教匪二百人，为之室家者，知有变，悉入守中门，曰愿以死报。是夜，贼遂杀参将及中军游击、城守营都司，焚南、北二城，枪炮号哭之声不绝。妇女多从睡梦起，知贼不犯镇署，多就避，廊室为之满。时未叛者哗于内曰：“夫人勿死，我辈受主帅恩，贼入，当以死拒；脱不敌，主帅归，见我辈尸，见我辈心。”已叛者哗于外曰：“夫人勿惊，我辈受主帅恩，今迫而叛，不与夫人。即仇怨有避夫人侧者，亦不报也。”夫人端坐后堂，戒奴婢曰：“死生有命，敢号泣者惩之。”向明，陈先能等又请见。避难者皆绕夫人哭，乞勿纳。夫人曰：“愚哉，若辈欲入即入，孰能御之？请见则见，何惧为？”命启门，叛首数十人，手血淋漓，环伏堂下，痛哭曰：“我辈罪大恶极，将欲窜身山谷，缓须臾死。恐去后有惊及夫人者，求夫人行。”夫人大声谓曰：“若辈虽戕官，为首诚不可逭，于多人何尤？主帅旦夕归，且为若辈白其事于朝，非尽歼也，可各罢归伍。不然，斩我首去。”众曰：“我辈血誓同死生，能聚不能散。”乃舁舆以俟。夫人将升舆，避难者千数百人齐恸曰："我辈死矣。"夫人复谕叛众："此总总者须随我出，毋伤残。"众皆唯唯。于是，出婢子衣履，与在官眷属，结束先行。乃肩舆殿其后，出署。贼传呼立队，贼在五郎城者悉来。夫人叱之曰："止！何等狂悖，而犹循此规制耶？"始退。贼凡送二十里，至石泉县。县令陈某，闻警惶惧，民人惊窜者众。知夫人来，贼不敢逼，请夫人留。而总兵王兆梦至，夫人谓兆梦曰："宁陕兵二千余，非尽反，首事者百余人耳。速驰谕，令缚头人来，事可定。"兆梦怯不敢往。夫人留六日，乃之兴安，兄太守龙君署。越十有四日，公子承注生。会军门自固原策单骑驰千二百里入叛军，收降抚逸，笼束归伍。乃诛其尤凶横者，而众情汹汹，有悔降意。于是叛首蒲大方等，请于军门，往迎夫人，以测军门心。军门推诚待之，不介一奴，许其咸往。夫人方乳公子，未满百日，即冒雪抱公子，泰然登程。中途蒲大方与其徒王凤争，刀伤凤手。是日宿汉阴，夫人命借官刑具，坐中庭，召大方骂曰："汝反叛，幸宥不死；更弄刀杖，又待反耶？"杖之四十，加桎梏焉。从者惶惧终夕。未至宁陕二十里，十九人偕大方固请，乃释之。初，夫人之行也，署中物不暇顾。后四日，石泉民请往取之，门洞开，阒无人，而一匕一筯无失者。有庖人朱子勇者，为贼所怨，夫人匿之复壁中。夫人已去，子勇入上房携铜盆出。遇贼，将杀之。子勇曰："夫人命取盥具，汝杀我，汝自赍往耳。"摔铜盆于地。贼信之，竟得免。吁，亦奇矣。当军门抚叛卒时，自谓功足以赎过，且已革翎顶，宜无虑。夫人曰：“朝廷事自有法度，兵叛大案，不容无任其咎者，非君而谁？”已而公果遣戍伊犁。后公自川返贵州，或劝带盐，可获利三千金，已积之舟畔矣。夫人曰：“以气机观之，未必能享多金，盍卜之？”公卜不吉，遂辞焉。行六十里，过黄瓜槽险滩，舟几覆，载重者皆溺，其才识固不可及也。夫人教子极严，善鼓琴，工画兰，时时为之不倦。居恒谓军门曰：“方寸静洁，则理胜欲；念虑牵萦，则欲胜理。人生最忌情流为欲。”斯言非寻常闺媛能道。

四四　谐咏眼镜

番禺有李星辉者，咏眼镜云：“白发几人非借力，红颜对尔独无情。”（见倪鸿《桐阴清话》）今日风气一变，凡绣闼仙姝，绛帷高足，莫不以晶片金丝之丽制，为春山秋水之美观。李诗对句，改无情为多情，庶几切当。

四五　于晦若答袁世凯书

贺县于晦若侍郎（式枚）客岁自青岛移寓沪上，月前于旅次病殁。侍郎庚辰通籍后，以兵部主事，居李文忠幕府有年，海内知名。嗣乃洊跻卿贰。丁未，充出使考查宪政大臣，曾自使署两上封奏，力纠宪政编查馆之失，一时传诵。国变后，叱咤悲愤，形容憔悴，日抱故国之思，有张苍水之忠忱，而无其事实。素与项城大总统交际甚深，芸台公子，尝受业于侍郎者也。去夏项城专使赍书青岛，聘其就参政一席，侍郎辞焉。兹得见其答书原稿，节录如左：

> 参政一席，于鄙人性质，甚不相宜。前承公推举为考查宪政大臣，前后奏章，均可覆案，然亦不欲显有辞避，致负公知爱之深。曾托菊相代达私衷，事前已先与芸台有秋后来京之约。积病之后，尤畏炎蒸，一切情形，知蒙鉴及，良觌有日，统容面陈。承致食品多珍，拜领饱德，并惠川资优厚，本不敢当，谨留以为证行之券。回忆十年门馆，千尺深潭，受惠已多。大德不谢，本不应自外也。

其书首称“慰庭四兄大人”，末又别附数行，有云：“封题是官样文字，自应从同。函内是平日私交，不敢改二十余年布衣之旧。”抗节不移，于言外见之矣。

四六　果园漆器

顾云美（苓）撰《河东君传》，有云：“宣德之铜，果园厂之髹器。”按：果园漆器，明永乐时制。《桐阴清话》云：“临川李芗甫观察（秉铨）在京师琉璃厂，购得髹漆木碗一进，面径七寸有奇，底口坦平，周身作连环方胜纹，雕镂工细，作深赤色。碗底有‘沆瀣同瓯’四字，正书阳文，浓金填抹，古色缤纷，系明代贡珍无疑。成果亭中丞思以汉玉盘易之，不可得。同人赋诗歌以宠异之。”

四七　马湘兰小像题词

古美人香奁中物，流传至今，以马湘兰为独多。《眉庐丛话》所述，犹有未尽。歙县程春海侍郎（恩泽）家藏马湘兰小砚一方，背镌湘兰小像，一时名流题咏甚夥。祥符周稚圭中丞（之琦）《三姝媚词》云：

> 蟾蜍清泪洒，晕脂痕犹新，粉香初研。翠斫妆楼，想镜中眉样，半蛾偷借。斗叶闲情，偕象管鸾笺消夜。悄炙红丝，沈水浓薰，枣花帘下。　仿佛冰姿妍雅，恰手撚兰枝，练裙歌罢。旧匣空寻，甚石桥新月，尚矜声价。过眼云烟，随梦影铜台飘瓦。认取南朝遗墨，青溪恨惹。

按：词云“手撚兰枝”，则必非《丛话》所述阿翠像砚，与湘兰面貌巧合者，彼像手不执兰也。周稚圭著有《金梁梦月词》《怀梦词》，合刻为《心日斋词》，自命得南宋人嫡传，此词非其至者。

四八　槐花黄，举子忙（一）

“枇杷黄，医者忙；橘子黄，医者藏。”宋陈藏一《话腴》引《世说》语。今人第知“槐花黄，举子忙”云云，斯语罕有知者。

四九　蚕神

九宫仙嫔，蚕神也，见《蜀郡图经》。今人但知马头娘。

五〇　汉西王母镜

南陵徐积余（乃昌）小檀栾室藏汉西王母镜，径汉尺七寸五分，背文六乳，分六格。一格画女仙，题“西王母”三字。一格一女鼓琴，一格一女折旋而舞，腰肢纤长，手据地而足腾起。一格龙，一格兽独角而马蹄，一格一女羽衣若击球。按：《汉武帝内传》：“西王母命诸侍女董双成吹云和之笙，许飞琼鼓震灵之簧，石公子击昆庭之金（按：上言“命诸侍女”，且与董双成、许飞琼同列，则石公子当是女人男名），婉凌华拊五灵之石。”此女所击物圆形（钲镯之属，后世乐器中有云锣，即小锣也），疑即所谓昆庭之金矣。其舞女腾起之足，纤削若菱（拓本绝朗晰，双翘宛然，尖锐颖脱，非廑作弓式而已），可为汉时已有纤足之证。昔人或云始自唐，或云始自五代，殆不然矣。镜铭："尚方作竟真大巧，上有山人不知老，渴饮玉泉兮。"十九字。山，"仙"省。

五一　苏轼《麦岭题名》拓本

得宋苏文忠《麦岭题名》拓本，字径二寸强，四行，行四字，正书左行。文曰："苏轼、王瑜、杨杰、张琦同游天竺过麦岭。"文忠书，无论碑版磨崖，方宋党禁严时，悉数铲削。其后禁弛，悉依拓本复镌，乃致痴肥臃肿，尽失庐山面目。据余所见，唯《麦岭题名》《雪浪盆铭》及《宣城县北门外双塔寺石刻如意轮经》（庚戌秋访获，石凡二）皆未经铲削真迹，书势秀劲绝伦，其它殆不多靓。

五二　讽雀嬉诗

清之末季，雀嬉风行，达乎诸侯大夫及士庶人，名之曰："看竹，何可一日无此君。"迹其穷泰极侈，有五万金一底者矣（一底犹言一局，某贝子过沪时事）。会稽陶心筠（濬宣）作长篇咏之，托旨鉴诫，移录如左：

罡风吹鸟名鸺鹠，无昼无夜号啾啾。
飞向人间啄大屋，宾客欢笑妻孥愁。
一啄再啄金屋破，啾啾唧唧号未休。

初翔江之右，倏忽腾九州。
问制何自始，易竹乃废纸。
非簺亦非蒱，无卢亦无雉。
索长矩方规以圆，自一至九环无端。
马融六簙赋所遗，李翱五木经久删。
呼龙喝凤揣梅竹，四座鸣对声关关。
鸺鹠来，欢颜开，蒲桃美酒夜光杯。
犀筋餍饫鸾刀催，金珰翠钿名姝陪，
箫管哀韵杂喧豗。
宾极欢，主大醉，华灯四照开博台。
鸺鹠去，鸡号曙，胜者忻忭负皇遽。
面色如土不敢怒，脱下鹔鹴裘，低首长生库。
到门踟蹰惭妇孺，誓绝安阳旧博侣。
明朝见猎眉色舞，枭化为狼蝮为蝎。
破人黄金吮人血，枯鱼过河泣何及。
自言我本不祥物，方将取汝子，弗廑毁汝室。
吾闻东晋陵夷铜驼没，大地五胡乱羌羯。
士夫饮博供清谭，牧猪奴辈亡人国。
桓桓我祖长沙公，取投簙簺江流中。
天地鼎沸人消摇，千年时局将毋同。
沉沉大梦真竹醉，白昼黄昏为易位，
咨余往射岂得已①。
枭惊堕粱魂破碎，血其爪肉贯翎翅，
焚灭毂卵断噍类。

君不见万国人人习体操，强身强国五禽戏。

原注：

①用韩句。

五三　潘申甫夫妻同生同死

吴县潘申甫侍郎（曾莹），大学士文恭之仲子，学有根柢，尤长于史学，著有《小鸥波馆文钞诗钞词钞最》二十卷、《画识》三卷，《画品》《画寄》《墨缘小录》各一卷。画以青藤白阳为宗，书则初学吴兴，晚学襄阳，尤得其神髓。配陆夫人，亦知书，工书画。（按：夫人名韵梅，字琇卿，曩见侍郎《鹦鹉帘栊词钞》有同夫人连句《雨后坐月》〔清平乐〕一阕。《闺阁诗钞小传》："琇卿工画花卉。"）同时女史汪小韫（端）镌小印以赠，文曰"潘江陆海"。夫人性仁恕，每大雨初霁，闻门前有衒瓜果者，曰："清凉如此，谁与售者？徒赪其肩耳。"命尽买之。偶有两瓯堕地，一瓴一否，顾诸子曰："汝曹识之：薄者破，厚者完也。"晚年颇信佛法。光绪戊寅二月既望，夫人已示疾，犹诵经礼佛如平时。时侍郎亦寝疾，与夫人异室而处，得南中所寄金橘，呼次公子使奉其母，夫人犹问："汝父寝未？"明日鸡鸣时，夫人遽卒。侍郎未之知也。俄而曰："天明耶？"公子祖同对曰："尚蚤。"命进饮，饮已复睡，日加巳，亦卒。侍郎生于嘉庆戊辰十一月，夫人生于是年七月，至是岁皆七十有一。生同年，死同日，士大夫以为美谈。相传侍郎之兄功甫舍人（曾沂）中岁已还，就所居凤池园，构一椽曰船盦，键关谢人事，终日焚香读书，究心内典。俗所用署名小红笺，摈不具者二十余年，其后亦预知化去之期。若而人者，夙具慧根，而又生长阀阅，养尊处优，无所为谋生之计，束缚驰骤之，得以涵养性灵，习虚静而成通照，虽曰得天独厚，抑亦所处之境，有以玉之于成焉。世有兰清玉敻之质，日消磨风尘奔走米盐凌杂中，对于身心性命之大原，欲稍稍自料检而苦乏清暇。青春荏苒，白发骎寻，乐苌楚之无知，与草木而同朽。乾坤清气得来难，宁不自爱惜若是。天之厄我，谓之何哉？

五四　石赞清高节

石襄臣少寇（赞清），贵州人。先是，知天津府数年，勤以敷政，严以持躬，吏慑其威，民怀其惠。咸丰戊午，英吉利犯天津，直督某走，太守以巨瓮二，贮水置堂阶曰："彼入胁，则吾与妻死此。"未几，相国桂良与议和去。庚申，英吉利、法兰西入天津，督部以次，横被侮辱，其将卒分驻官廨，赞清坚持不为动，挥令去，曰："断吾头可，衙署不让也。"一日，英将以五百人持兵入署，扶赞清坐肩舆，导入舍馆，曰："非敢相难，闻有兵欲烧吾船，姑假君为镇耳。"赞清愤不食。仅数日，民情汹汹，重失赞清，薪与英将拼命。英将慑，命之去。赞清不可，曰："吾如何来，当如何归耳。"复命五百人前导，具肩舆送之。将则竖其指，称之曰："真好官也。"天津扰数月，赞清迄未离府署。事闻，不次迁擢，官至刑部左侍郎。

五五　吴廷栋受母教成名

霍山吴彦甫少寇（廷栋），为咸、同间理学名臣。母叶太夫人，博通书史。公四岁，即能授以经籍，过目成诵。有过，手挞之。公泣，太夫人曰："汝头有鲠骨，痛吾手矣。"公捧母手拊抹再四，曰："母再挞儿，可用绛细裹也。"太夫人为之霁颜。公每欲著好衣，又欲以功名显，太夫人训之曰："人以衣服爱汝慕汝，是汝徒以衣服重矣。功名者，傥来之物，无学问济之，何贵乎功名耶？"公恍然曰："儿知之，天爵为贵。"太夫人曰："然。"邻有质库，公尝嬉戏其中，司事某欲试之，闻公来，以碎金散置于地，自匿帐中。公入门，见即扬声止步不入，某起询之，公谓金在而不见人，脱遗失，岂能自白。某大惊叹。其后扬历中外四十余年，清操绝俗。引疾后，归无一椽，日食不给，处之晏然。时曾文正督两江，念公贫，值中秋节，欲以三百金赠，携以往，晤对良久。微询公近状，公答以"贫吾素也，不可干人"。文正唯唯，终不敢出金而去。公之亮节清风若此，育德培材，攸关母教，讵不然欤？自富贵利禄中于人心，虽世家劭族，父诏其子，兄勉其弟，唯高官厚禄是计，甚且以夤缘奔竞，胁肩谄笑，为家传秘密之心法。功名者傥来之物云云，求之士夫犹难，矧在闱闼，而叶太夫人倜虖远矣。

五六　朱为弼谐语

平湖朱茮堂漕帅（为弼），道光四年，由顺天府丞擢府尹。有蝗孽，单骑驰视，属官供张备，公曰："吾为蝗来，若乃蝗我耶?"斯言颇近雅谑，却有至理。

五七　纸煤之制

王湘绮赋纸煤词，调寄〔一萼红〕，楚蜀人士多和之。纸煤之制，卷径寸纸作长条，纸相属成侧理，如筯稍细，中通外直，吸淡巴菰者用以爇火。大约有淡巴菰，即有纸煤，托始于明末，盛行于清初，多出闺人纤手。岁在甲辰，吴门柴琼，问字于余，素心晨夕，香初茶半，清事如昨。尝以纸煤三条，其一原式无变，其一曲其一端约寸许，其一曲其两端各寸许，嘱余集合成一字。审谛良久，忽然得之，则"乃"字也。原式无变之纸煤为弟一笔，曲其一端者为弟二笔，曲其两端者为弟三笔。离神得似，极见惠心。

五八 “乃”字故事

曩尝甄□“而”字故事矣（见《眉庐丛话》）。“乃”字故事，不及“而”字之多。其尤隽颖可憙者，乾隆某年，翰林馆课题《痀瘘丈人承蜩赋》以“用志不纷乃凝于神”为韵，时献县大宗伯纪文达（昀）方入词垣，课作押“乃”字官韵云：“沈几观变，耸肩第觉其成山；定息凝神，拄杖休嘲其似乃。”（按：唐无名氏《嘲伛偻人诗》：“拄杖欲似乃，插笏还肖及。”）又韩愈撰《董公行状》：“汴州自大历来多兵事，刘元佐死，子士宁代之，其将李万荣逐之。万荣为节度使三年，病风，其子乃复欲为，士宁之故监军使俱文珍，执之归京师。”以“乃”为名亦廑见。

五九 《天马媒》传奇考

明古吴刘晋充撰《天马媒》传奇，演唐人黄损事。损字益叔，连州人。先是，与妓女薛琼琼有啮臂盟。琼因谢客，牾权奸吕用之。损家传玉马坠一枚，绝宝爱。氤氲使者幻形为道人，诣损乞取，损慨赠之。未几，损应襄阳张谊之招，别去。用之以琼善筝上闻，即日召入后宫。损途次邂逅贾人裴成女玉娥，娥亦善筝，损闻筝顷，赋词极道爱慕，乘间掷与之。词云（见《缔缘》出）：“生平无所愿，愿作乐中筝。得近佳人纤手子，砑罗裙上放娇声。便死也为荣。”娥与损约，中秋夜继见于涪州，以父成是夕当往赛神，舟无人，得罄胸臆。损届期往，得娥船，娥属移缆近岸。甫解维，缆忽断，船流遽覆，娥溺焉。会琼母冯送女归，道涪，拯娥舟次，相待如母也女者。俄损状元及第，上疏劾用之误国。用之因劾损交通琼宫掖中。适张谊内转官京朝，旨付用之、谊会审。谊伸损，得直，钦赐与琼毕婚，用之罢归田里。用之愤怒，其门客诸葛殷、张守一献计，谓入宫之琼，雁鼎也，真琼固犹在母所，盍往劫取？盖误以娥为琼也。氤氲使者知娥有急，托募化赠娥玉马，娥佩不去身。用之迫娥，马则见形，奔奋啮用之，阖府大扰，群以妖孽目娥。仍用葛、张计，以娥赠损，冀嫁祸损。损拒不纳，送女者委损门外而去。娥入见损，成眷属焉，玉马遂腾空而去。传奇关目，大略具此。按：《御选历代诗余》载损此词，调〔望江南〕。（据《传奇》：损，咸通朝人，《诗余》损词，列温庭筠之后、皇甫松之前。）“生平无所愿”作“平生愿”，“纤手子”作“纤手指”。《诗余广选》云：“贾人女裴玉娥善筝，与黄损有婚姻约，损赠词。”云云。（首句作：“无所愿，纤手子。”“子”不作“手”，与《传奇》合。）后为吕用之劫归第，赖胡僧神术复归损。此云胡僧，传奇则云氤氲使者幻形为道人也。又《粤东词钞》第一首即损此词，则传奇所演，未可以子虚乌有目之矣。

六〇　日人作诗之初

日本人作韵语，始于大友皇子。其《侍宴》诗曰："皇明光日月，帝德载天地。三才并泰昌，万国拜丹墀。""地"字读若平声耶？抑平侧通叶耶？曩阅海王村，见高丽国《试录》，诗题"如南山之寿，得寿字"，五言六韵，有诗，惜未录存。

六一　为官秘诀——《仕途轨范》

曩寓金陵，某日，于东牌楼匧董摊，购书二册，一九峰书院本《中州乐府》，比沤尹据以复刻，一写本《长随论》，前序略云：

> 《偏途福》，又名《仕途轨范》，俗曰《长随论》。曩余寄迹涟水官廨，见有《长随福》一书，友人置之案头。据载，国朝庄友恭先生所作，相传已久。开卷浏览，拨冗移录，其篇之语易解，所载之法易明，所述之言，颇有浅俗之句，难登大雅之堂。唯是初入长随诸君子，不可不加意温习。类如卷中"十要"一节，"十不可"一节，"呈词分别刑钱"一节，"用印信条款"一节，"礼部铸印局"一节，"国家喜诏遗诏"一节，皆文墨之要诀。又"梆点金鼓"一节，"朝贺祭祀"一节，"东帖称呼"一节，皆典礼之要

诀。又“接诏迎官”一节，“驿递差徭”一节，“彩觞宴会”一节，“铺垫亲随”一节，皆差务之要诀。至于监狱班管，红衣督护，尤为防范攸关，不可稍涉疏忽。是书条分缕析，理明词达，令读者触目会心，易于效法者也。同治戊辰六月，北平刘炳麟录于祝其捐局。

序后一则略云：

庄先生，讳友恭，广东人，乾隆己未科状元。未第时，父为苏州府司阍，及第后，仍执司如故，经太守婉谢不肯归。嗣先生督学江苏，太守亲送江阴使署，为封翁焉。（按：清制，长随之子，毋许应试。据余所知，光绪丙子科，某省有捷秋闱者，计偕入都。同乡官不肯出印结，竟不得复试。而庄先生不然，讵当时尚可通融，畉晚季稍忠厚耶?）

是书于州县衙门公事程式，记载綦详，可作掌故书观。自比岁变法已还，裂冠毁冕，旧制荡然无存，二三十年后，或欲从事研究而苦无凭藉。长随者，官之臂指也。莅事出治，实左右之。其品其识其才，如庄先生之封翁。凡所叙述，皆得之半生阅历，耳闻目见，信而有征。芟夷其芜薉，稍修饰润色之，即刻入丛书可也。缪筱珊、徐积余两君，今之藏书家也，各借钞一通，知其为有用之书矣。（按：是书庄封翁所作，托名殿撰以为重耳。）

六二　杨花

日本女子设肆卖曲者，呼为杨花。所奏曲多男女怨慕之辞，有萨摩、土佐各派，竹本氏一派最盛行。贫家多业此觅食，玉琢锦缠，役使其母如奴婢。谚曰：“生女勿吁嗟，盼汝为杨花。”吾广右人呼婢曰蕉叶，其旨不可知。某大家一婢绝慧，一日，主人与客谈次，偶及植物之叶何者最大。客未对，婢适擎茶至，儳言曰：“蕉叶最大。”竟无以难也。杨花蕉叶，属对绝工。

六三　余光倬执法严明

武进余幼冰比部（光倬），道光丁未进士，授主事，升郎中。总办秋审处，虑囚详慎，不轻丽人于法。同治壬戌，江督何桂清始就逮至京，光倬实司审谳。据《大清律》，地方大吏逃奔蹶事，比照守边将帅失守城寨斩监候律，拟斩监候。情罪重，则拟斩立决，仍请上裁。时朝中大僚，多为桂清故旧，谓不当加重，冀缓其死。而给事中郭祥瑞等，复交章论劾，请速正典刑。大学士六部九卿翰詹科道议覆，刑部主稿，光倬草奏曰：

已革两江总督何桂清，身膺疆寄，受国厚恩，岂

> 不知军旅之事，有进无退，守土之责，城存与存。况其时常州有兵有饷，并非不可固守，乃首先弃城逃避，致令全局溃散。望亭为无锡至苏州要冲，业经奏明，截留长龙船扎营于此。乃并未身经一战，命杀一贼，忽于苏州失陷之前一日，率师船退驻福山海口。是其撤兵远遁，纵寇殃民，尤罪迹之昭著者。至刑部历年审办军营失事成案，均视此为轻，唯余步云系由斩候加至斩决，情罪相等。虽带兵提督与统兵总督稍有不同，然论疆寄则文臣视武臣为重，论军法则逃官与逃将同诛，论情节则闻警屡逃，非被攻被围变出不测者可比，论地方则全省糜烂，非一城一寨偶致疏防者可比。请仍照原拟从重，拟以斩立决。

六月十三日奏上，得旨改为斩监，候秋后处决。十月，竟奉特旨立决。论者谓光倬执法之力，有以致之。光倬困簿领久，殊磊蕯，不屑修边幅，都人士戏以“糟余”呼之（余、鱼音同）。顾生平伉爽重然诺，承鞫斯案，始终持正，尤踔踸可传。先是，狱方急时，桂清之私昵，或辇巨金置光倬榻，谋少通融；或訹光倬以危辞，皆不为动。盖当时巨公大僚，经强有力者为之道地，业已什九转圜。第光倬一瞻徇，其究军台效力而已。其卒能罪人斯得，上伸国法，而下快人心，俾继此守土握兵之臣,知所戒儆，则光倬一夫当关也。明年，给事中博桂以部有剧盗越狱，复牵涉桂清谳案，劾光倬苛刻锻炼，下部案治，皆不得实。旋因屡被参劾，撤销京察一等及御史记名。未几以内艰归，遂不复出。

六四　左宗棠受宠若惊

《随园诗话》载西林相国文端（鄂尔泰）四十生日句云："看来四十犹如此，便到百年已可知。"道光时，英吉利构祸，左文襄深愤国兵之不竞，当事之澳涊恇怯，顾不肯苟出。年且四十，顾谓所亲曰："非梦得敻求，吾殆无幸。"言为心声。文襄第急于用世，文端尤颓然自放矣。其后日鸾书翠轴，玉铉金瓯，俨然出乎意计之外。穷通失得，政复何常，所谓世事茫茫难自料也。相传文襄授东阁大学士，是日盘旋室中，足不停趾，口中作念"东阁大学士"，至于再四。盖当拜命之始，不免受宠若惊，久乃习为固然耳。

六五　何煊奇遇

萧山何允彪中丞（煊），道光中叶任云南巡抚。为诸生时，尝假馆武林山村小庵中，四顾荒寂。众数相惊以走，公居之坦然。忽夜闻叩门声，则一青衣丽妇再（冉）然入。公咄之，对曰："夫久出，今忽得书，不识字，请先生为我诵之。"公掷不阅，曰："村中岂无识字人，何必乘夜求我？尔可来则可去，毋稍延。"妇惭而出。兹事近怪，丽妇何人，山村安得有是？设蒲留仙闻之，殆必狐鬼之矣。顾中丞而外，绝无知者，诚能秘而不宣，不尤浑然无迹耶。

六六　湘军与楚军

咸丰朝，曾文正创立湘军，军制四哨为营，营凡五百人，诸军遵用之。独王壮武（錱）不用，别为营制。左文襄初出，以四品京堂从文正治军，所募五千人，参用壮武法，有营有旗，旗凡三百二十人，不称湘军，别自号为楚军。楚军名由此起。近人辄以湘军、淮军对举，罕知湘与楚之各别者。

六七　左宗棠论战

左文襄总制陕甘，并授钦差大臣，督办军务。上疏曰："臣维西北战事，利在戎马，东南战事，利在舟楫。观东南事机之顺，在炮船练成后，可知西北事机之转，亦必待军营马队练成后也。春秋时，晋侯乘郑之小驷以御秦，为秦所败，是南马不能当西马之证；汉李陵提荆湖步卒五千，转战北庭，为匈奴所败，是步队不能当马队之证。"援据经史，读书得间。

六八　魏元烺奏军制及演兵之法

昌黎魏丽泉（元烺），道光壬辰官闽浙总督，英吉利船至闽之五虎，要求贸易，元烺檄将弁逐走之。是年，复平台湾匪民张丙、陈办等之乱。戊戌，疏请试习炮阵，略言：

> 闽省为滨海岩疆，武备最要，而火器为先。火器中有速战阵者，于军尤利。能合众志为一心，统全军为一伍。其布阵式，如额兵一千，酌选其半，以五人为伍，五伍为排，为小队，兵百人，为大队。递用外委把总、千总管领，积五队，计兵五百，为一旅，以将弁统之。数十旅，统以提镇。由伍而排而队，使将皆识弁，弁皆识兵。如臂之于身，指挥如意。其操演之法，兵分两翼立。每大队百兵炮二，每旅前列炮十，继以鸟枪，接以矛刀弓箭，如墙而进。对垒交锋，又以马队立于阵之两翼为游兵，四隅关顾，联络相维。其进退疾徐，则分旗色以为号令。法既简明，用又敏捷，无论营之大小，兵之多寡，皆可遵循练习，以寒敌胆而壮军威。

奏入，报可。按：元烺所陈操演之法，巨炮护前，枪队继之，短兵又继之，视今日新式兵操，其规制不甚相远。唯鸟枪呰窳，易以后膛快枪，则利钝迥殊耳。

六九　秦承业宠遇

壎篪之壎，《集韵》《韵会》，并许元切，音暄。俗读若“熏”，误也。嘉庆朝，上元秦尚书文悫（承业），直上书房最久。宣庙在潜邸，承业尽心启沃，每陈说大义，根据经训，即音读务求详核。宣庙尝语侍臣：“壎字读暄音，不读薰音。曩秦师傅所授。”承业尝进见，带扣堕，断为二，侍臣皆失色。承业从容拾起，叩头退。上命将断钩呈视。承业奏：“此系烧料，非玉质。”上命侍监取御用金镶猫儿眼黄色丝绦扣带赐系，并命无庸缴还。清制：唯宗室用黄带子，汉大臣得拜赐者，二百数十年间，文悫一人而已。其承宠遇如此。

七〇　樱花狩

日本人赏樱花，名曰樱花狩（见前），比闻之东友，彼都人凡郊行皆谓之狩。

七一　记云郎事补

曩选《臼辛漫笔》，有辨《茶余客话》记云郎事一则，比又得一确证，可补《漫笔》所未尽，因并《漫笔》原文，纚述如左。《客话》云：

云郎者，冒巢民家僮紫云，徐氏子（字九青），儇巧善歌，与陈迦陵狎。迦陵为画云郎小照，遍索题句。王贻上、陈椒峰、尤悔庵诗皆工绝。（相传迦陵馆冒氏，欲得云郎，见于词色，冒与要约。一夕，作梅花诗百首，诗成，遂以为赠。余曾于宝华龛得见九青小像，亟嘱同人工画者临模一本，今犹在行箧，跣足坐苔石，憨韵殊绝。）一日，云郎合卺，迦陵为赋〔贺新郎〕词，有“努力做藁砧模样，只我罗衾浑似铁。拥桃笙，难得纱窗亮”之句。又《惆怅词》云：“城南定惠前朝寺，寺对寒潮起暮钟。记得与君新月底，水纹衫子捕秋虫。”相怜相惜，作尔许情态，可见髯少年风致。冒子萇原尝语予云：“云郎后随检讨，始终宠不衰，晚归商邱家，充执鞭之役，昂藏高躯，黄须如猬，俨幽并健儿。或烛灺酒阑，客话水绘园往事，辄搤耳汍澜，如泻瓶水也。”（《漫笔》引《客话》止此）

比余收得阳羡任青际（绳隗）《直木斋全集》，有〔摸鱼儿〕词，为陈子其年吊所狎徐云郎云：“想当然，徐娘老去，再生还是情种。深闺变调为男子，偏向外庭恩宠。花心动，曾记得蹋歌玉树娱张孔。红丝又控，爱叔宝风流，元龙湖海，夙世定同梦。　谁知道，才把余桃亲捧，玉容一旦愁重。从今省识莲花面，生怕不堪供奉。真惭悚，趁寒食清明，金碗蘁青冢，髯公休恸。从古少年场，回头及早，傲煞侍中董。”吴天石评：“李夫人蒙面不见武皇，此有深意，非弥子瑕所晓。人皆为髯啥，君独为云幸，是禅机转语。”按：据此词，则是徐郎玉陨，尚在苕（髫）龄，何得有执御商邱之事。任、吴并与迦陵同时，其词与评，可为确证。冒子萇原之言，殊唐突无据，决不可信也。且任词后段，及吴评“独为云幸”云云，若对针萇原之言而发，是亦奇矣。（《漫笔》止此）

偶阅迦陵《湖海楼词》（卷二十）有〔瑞龙吟〕一阕，《春夜见壁间三弦子，是云郎旧物，感而填词》云：

春灯灺，拌取歌板蛛萦，舞衫尘洒。屏间乍见檀槽，与秋风扇，一般斜挂。帘儿罅，几度漫将音理，冰弦都哑。可怜万斛春愁，十年旧事，恹恹倦写。

记得蛇皮弦子，当时妆就，许多声价。曲项微垂流苏，同心结打。也曾万里，伴我关山夜。有客向潼关店后，昆阳城下。一曲琵琶者，月黑枫青，轻拢细砑。此景堪图画，今日怆人琴泪如铅泻。一声声是，雨窗闲话。

此词迦陵自作，视任词、吴评，尤为确证。诚如冒萇原所云：“讵犹作尔许情语耶。”大氐刻祭之士，好为翻成案杀风景之言，往往莛可以楹，西施可以厉，此犹无关轻重者耳。云郎一称阿云，迦陵有《留别阿云〔水调歌头〕惆怅词》，凡二十首，为别云郎作。（“城南定惠前朝寺”云云，其第十二首。）句云：“一枝琼树天然秀，映尔清扬照读书。”又云：“柳条今日归何处，只剩寒云似昔年。”又云：“寄语高楼休挟弹，鸳鸯终是一心人。”（审此二句之意，则迦陵别云郎，殆有所迫而然，非得已也。）蒋大鸿撰《惆怅词序》：

> 徐生紫云者，萧郢州尚幼之年，李侍郎未官之岁，技擅平阳，家邻淮海，托身事主，得侍如皋大夫。极意怜才，遂遇颍川公子，分桃割袖，于今四年。虽相感微辞，不及于乱。若乃弃前鱼而不泣，弊轩车而弥爱，真可谓宠深绿鞲，欢逾绛树者矣。维时秋水欲波，元蝉将咽，公子乃罢祖帐而言旋，下匡床而引别。江风千里，讵相见期，厥有怊怅之篇，曲尽离忧之致。仆岂无情，何以堪此。伤心触目，曾无解恨之方。拊节和歌，翻作助愁之句。

云云。以诗及序考之，当日清扬照读，实只四易葛裘。萇原云“相随始终，迄于晚健”，灼然非事实矣。迦陵又有《题小青飞燕图诗》，序云：

> 娄东崔不凋孝廉，为余纨扇上书《小青飞燕图》，花曰小青，开艳者有九，一春燕斜飞其上，题曰：“为其年题九青小照。”（宝华龛所藏九青小像，即崔

不凋曾题之本）后一日作，意欲拟九青于飞燕也，因题一绝（诗不录）。

又有《书小徐郎扇》诗，自注："云郎侄也。"诗云："旅舍萧条五月余，菖蒲花下独踌躇。筵前忽听莺喉滑，此是徐家弟几雏。"又马羽长最爱云郎，见《惆怅词》自注。

七二 "不登娈童之床"辩

《茶余客话》云："北齐许散愁，自少不登娈童之床，不入季女之室。"（按：二语曾于明人某说部见之，不能举其名矣。《客话》未载明出处。）夫以不登娈童之床，为卓行可表见，不几以分桃割袖为人之恒情耶？谛审斯言，殊有语病。

七三 小红有二

小红，姜白石侍儿，范文穆所赠也。白石《过垂虹》诗，有"小红低唱我吹箫"之句。汤玉茗侍儿亦名小红。乌程张秋水（鉴）《冬青馆》甲集《过临川怀玉茗》诗，句云："唯有《牡丹亭》院本，尊前重听小红歌。"自注："小红，玉茗侍儿。"

七四　阴历二十八日为晦

阳历有月尽二十八日者，明谢肇淛《五杂俎》引《景龙文馆记》云："景龙四年，正月二十八日晦。"以二十八日为晦，讵亦月尽二十八日耶？

七五　绝韵

正月十九日为燕九，昔人诗词多用之。《五杂俎》云："闽中以正月二十九日为窈九，谓是日天气常窈晦然也，家家以糖枣之属作糜饷之。"窈九字入诗词绝韵，顾前人未有用者，殆限于闽之一隅耳。在杭（肇淛字）闽人，故能言之。

七六　何秋涛著《朔方备乘》

黄彭年撰《刑部员外郎何君愿船（秋涛）墓表》：

> 咸丰初年，罢安徽抚幕，还京师，益究心经世之务。尝谓俄罗斯地居北徼，与我朝边卡相近，而诸家论述，未有嫥书，乃采官私载籍，为《北徼汇编》六卷，复增衍图说，为八十五卷。陈尚书孚恩言于上。命以草稿进，上览而称善，更命缮进，赐名《朔方备乘》。召见，由主事晋员外，懋勤殿行走。庚申之变，

书亡，上询副本，黄侍郎宗汉，尽取君所藏稿，将缮写重进，而侍郎寓斋不戒于火，是书遂不复存。

云云。按：《朔方备乘》一书，见今确有传本，沪上有石印缩本（凡八册，密行细字），当是庚申亡失之书，为收藏家所得，付之剞氏耳。

七七　吴和甫事略（附李汝珍《音鉴》）

泰兴吴和甫少宰（存义），道光壬寅任云南学政。边徼士惇朴而信，公翼翼以慎，校艺至丙夜不休。诸生悦教，于于日亲。人囿方音，多不能辨四声。公于音均贯穿今古，乃以李氏《音鉴》教之，岁月改观。是时，□□煽乱，公巡试永昌。竣事启行，出郭数里，城中火烛天。骇询左右，则曰："□□构兵，既期矣。使者清德不敢犯，俟出城而后举火也。"咸丰乙卯，简云南乡试正考官，留任学政。其视学也益诚，士民益亲学使如家人。顾□□益烈，至逼省城围之。城中兵又哄掠各衙门及富家，独不入学政廨一步。民携妇孺藜藿就匿者数千人，号舍皆满。夫先后二十年间，一人之身，督某省学政者再，求之科举之世，殆复未必有二。学使者非亲民之官，顾乃得民心若彼，则夫士者民之秀也，士论归之，即舆论莫不翕然，《诗·甫田》章云："烝我髦士。"斯旨也。

李氏《音鉴》，为卷凡六。首卷释字、声、音、均

(韵)，五声、五音之类，二卷释字母、反切、阴阳、粗细之类，三卷释初学入门，四卷释南北方音，五卷释空谷传声，六卷《字母五声图》。分字母三十有三，以同母二十二字为诀。其无字空声，悉详注翻切，统以同母，叶以本均（韵），随字呼之，其音无不启齿而得，于音均（韵）之学，不啻了如指掌。若闽、粤人不谙官音，得是书以研求，盖事半功倍云。李氏名汝珍，字松石，大兴人。

七八　吴和甫为民屈膝

又和甫少宰以内艰在籍。是岁道光戊申，江北大水，泰兴饥。知县张兴澍，公同年生，相善也，一以荒政听公。公倡士大夫议振，募富人资至跽，曰："吾为数十万人屈也。"昔顾梁汾为营救吴汉槎，屈膝于纳兰容若，汪讱莽为欲得汉杨恽印，屈膝于钱梅溪（见《眉庐丛话》），未若少宰一屈膝为尤可传矣。

七九　金烈女

金烈女，休宁人。父云门，发逆之乱，以黄州知府殉节。贼之攻黄州也，太守先奉檄防守通城，而贼由蒲圻入，烈女随母及姊困危城中。城陷，将自裁，叔父瑾畬止之。女大言曰："叔父何说也？吾第与贼一面即辱矣。"乃为母与姊整冠服，皆缢，然后从容自缢于旁，咸丰壬子十二月四日也，年二十二。夫烈女“面贼即辱”一言，所谓充类至义之尽。昔某贞妇，腕为人握，辄以利刃自断其腕，而烈女尤严絜有加焉，可以愧世之隳节易操，而曲为之辞以自恕者。烈女幼慧能诗，激烈有英气。太守尝以“吟风弄月”，戏命其孙属对，女适旁侍，应声曰：“立地顶天。”太守亟叹赏之，谓夫人曰：“惜哉，女子也。”所著诗曰《纫兰集》。

八〇　华山道士幻术

《五杂俎》一书典丽赅博，多述异闻。其一则云：

相传永乐中，上方燕坐楼上，见云际一羽士驾鹤而下。问之，对曰：“上帝建白玉殿，遣臣于陛下索紫金梁一枝，长二丈，某月日来取。”言毕，腾空而去。上惊异，欲从之，独夏原吉曰：“此幻术也。天积气耳，安有玉殿金梁之理？即有之，亦不当索之人间也。”狐疑不决。数日，道士复至，曰：“陛下以臣为诳乎？上帝震怒，将遣雷神示警。”上谢之，又去。翌日，雷震谨身殿。上大惧，括内外金，如式制之。至期，道士复至，稽首称谢，梁逾千斤，而二鹤衔之以去。上语廷臣，原吉终不以为然，乃密遣人访天下金贱去处，则踪迹之。至西华山下，果有人鬻金者甚贱。乃随之至山顶，见六七道士，方共斫梁，见人即飞身而去，使者持半梁复命，上始悔悟。

按：《明外史》："夏原吉，字维喆，湘阴人，永乐朝官户部尚书，加太子少傅，进少保，卒谥忠靖。"夫索金梁弗获，即遣雷神示警，有若是颟顸之上帝乎？兹事不经至极，亦成祖之惭德，有以致之。稍通达事理者，类能察其诞妄，即如原吉所见，亦未为卓绝高深，顾何以师济盈廷，而能辨伪破惑者，原吉而外无闻焉？讵亲近者不敢直言，疏逖者不获进言欤？虽然，诪张为幻，自昔恒有，汉武帝之文成五利，唐玄宗之罗公远、叶法善，何一非道士者流，此道士尤鹘突耳。

八一　谢在杭论五行相生相克

《淮南子》曰："水生木，木生火，火生土，土生金，金生水。"五行生克之说，由来旧矣。谢在杭以己意推演之，欲穷生克之变，以破生克之说，俾世知子平家言，不足深信。其言曰：

> 五行有生中之克，有克中之用；有反恩而成仇，有化难以为恩。如火生于木，而焚木者火；水生于金，而沉金者水。火本克金，而金得火乃成器；金本克木，而木得金乃成材。

又曰：

水生木矣，而木中有液，谓木生水亦可；火生土矣，而石中有火，谓土生火亦可（按：石，土之类也，以金击石，则火迸出，石不能离金以生火，犹水不能离土以生木也），此两相生者也。水克火矣，而火爇则水干，谓火克水亦可；土克水矣，而水浸则土溃，谓水克土亦可。此两相克者也。水不能离土而克土，土不能离水而克水，此相亲而相克者也；火燎木而生于木，土遏火而生于火，此相憎而相生者也。

又曰：

洱海水面，火高十余丈，蜀中亦有火井，是水亦能生火也。火山地中，不生草木，锄镬所及，应时烈焰，是土亦能生火也。至于阳燧火珠，向日承之，皆可得火，火固不独生于木也。

又曰：

五行唯金生水，颇不可解。说者曰："金为气母，在天为星，在地为石，云自石生，雨从星降。故星动摇而占风雨，石础润而占雨水，故谓金生水也。"予谓金体至坚，而有时融液，是亦生水之义也。至周兴嗣《千文》，谓金生丽水，则水反生金矣（按：沙金自水中淘出，是水生金之确证）。夫生克之变若彼，则生克之说，庸可泥乎？世论以生克断吉凶，孰能神明变化，而观其会通也，而顾可深信乎？

谢氏硕学方闻，淹贯群籍，《五杂俎》一书，分天、地、人、事四部，多有独到之处，心得之言。明人中若胡应麟、曹能始堪伯仲，以视杨用修、陈眉公辈，相去不可道里计矣。（蕙风曰："钟彝出土多剥蚀，土何尝不克金；户址帖地积朽腐，土何尝不克木；地经耰锄辄坎窞，金何尝不克土；刃遇坚节恒齿缺，木何尝不克金。"）

八二　为徐珂女画稿题词

徐仲可舍人（珂）以其女公子（新华）山水画稿二帧见贻，冰雪聪明，流露楮墨之表，于石谷麓台胜处，庶几具体。仲可嘱作题词，调寄〔玉京谣〕云：

玉映伤心稿，凤羽清声，梦里仙云幻①。故纸依然，韶年容易凄惋。乍洗净金粉春华，澹绝处山容都换。瑶源远，湘蘋染墨，昭华擒管②。　茸窗旧，扫烟岚，韵致云林，更楷模北苑。陈迹经年，蟫奁分贮丝茧。黯赠琼风雨萧斋，带孺子泣珠尘潸。帘不卷，秋在画图香篆。

原注：

①用徐陵母梦五色云化为凤事。

②徐湘蘋、徐昭华皆工画。

按：此调为吴梦窗自度曲，夷则商犯无射宫腔。今四声悉依梦窗，一字不易。余之为词，二十八岁以后，格调一变，得力于半唐。比岁守律綦严，得力于沤尹。人不可无良师友也。

八三　自集楹联

曩自集句为楹联云：“余唯利是视（见《左传·晋侯使吕相绝秦》），民以食为天。”（见《通鉴》贾闰甫谓李密语下句：“而有司曾无爱惜眉越。”）所谓吃饭主义也。

八四　好书到手莫论钱

偶于友人处见集句楹联，上句“旧诗改处空留韵”，下句未佳，余易以“好书到手莫论钱”。斯愿未易偿耳。

八五　牵牛织女隔银河七十二度

牵牛去织女，隔银河七十二度，见宋陈藏一《话腴》。

八六　“免”字考

《大戴礼记》公符第七十九：“推远稚免之幼志，崇积文武之宠德。”注：“免，犹弱也。”蕙风曰：“当作‘子生三年然后免于父母之怀’之‘免’字解。”

八七　“㑳”“㨯”之解

㑳，《字汇》：“作甸切，音荐，屋斜用㑳。”㨯，音簟。《广均（韵）》：“徒念切，支也。”《集均（韵）》：“揞也。”《字汇》：“支物不平，一作磹。”此类通俗需用之字，或有记忆弗及，故著之。

八八　清初拟议禁缠足禁做八股文

康熙七年七月，礼部题为“恭请酌复旧章，以昭政典事”，覆左都御史王熙疏，内开：

一、顺治十八年以前，民间之女，未禁裹足。康熙三年，遵奉上谕，议政王贝勒大臣九卿科道官员会议，元年以后，所生之女禁止裹足。其禁止之法，该部议覆等因，于本年正月内，臣部题定。元年以后，所生之女，若有违法裹足者，其女父有官者，交吏、兵二部议处，兵民交付刑部责四十板流徙，其家长不行稽察，枷一个月，责四十板。该管督抚以下文职官员，有疏忽失于觉察者，听吏、兵二部议处在案。查立法太严，或混将元年以前所生者，捏为元年以后，诬妄出首，牵连无辜，受害亦未可知，相应免予禁止可也。

一、康熙元年以前，考取乡、会试，做八股文章。二年八月内，因上谕："八股文章，实于政事无涉，自今以后，将浮饰八股文章，永行停止。唯于为国为民之策论表判中，出题考试，钦此。"自甲辰改制科，历丁未至康熙八年己酉，礼部题定。嗣后照元年以前例，仍用八股文章考试，俱奉旨依议。

夫禁缠足、废八股，皆清之末季，所谓新政也。盖二百数十年前，而其几已动矣。天下事由敛抑入宽舒易，由宽舒复敛抑难，缠足、八股，皆束缚人之具，禁之废之，所谓由敛抑入宽舒也，则其事易行也。

八九　性变奇谈

宋宣和六年十二月，都城有卖青果男子，有孕而诞子，坐蓐不能收，换易七人，始分娩而逃去。兹事绝怪，殆未之前闻，其分娩奚自耶？又丰乐楼酒保朱氏子，其妻年四十余，忽生髭髯，长六七寸，疏秀甚美，宛然一男子之状。京尹以其事闻于朝，诏度朱氏妻为女道士（已上两事见《宣和遗事》)。明时有妇人生须，事出大家阃闼，尤奇。仁和孙夫人杨氏，名文俪，工部员外郎应獬女，礼部尚书余姚孙文恪公升之继室。诸子登进士榜者四人：太保吏部尚书清简公铫，礼部尚书铤，太仆卿镕，兵部尚书钉，皆夫人教之。《四库提要》称，有明一代以女子而工科举之文者，文俪一人而已。夫人髦而有髯，年过百龄，有诗集，刻入《武林著述丛编》,丁丙跋云云。

九〇　六如

《心经》偈云："如梦幻泡影，如露亦如电。"明唐寅一号六如，用此。宋靖康元年，遣李邺使金军求和。邺归，盛夸虏强我弱，谓虏人如虎，使马如龙，上山如猿，下水如獭，其势如太山，中国如累卵。时号邺为"六如给事"。见《宣和遗事》。

九一　《神异经》述西方奇闻

《神异经》(汉东方朔撰）云："西方深山有兽焉，面目手足毛色如猴，体大如驴，善缘高木，皆雌无雄，名绸顺。人三合而有子，要路强牵男人。"今沪上流妓（俗名雉妓）丙夜邀客于路，三五为群，奚啻数百十辈，当以"绸顺"名之。《神异经》又云："西方日宫之外有山焉，其长十余里，广二三里，高百余丈，皆大黄之金。其色殊美，不杂土石，不生草木，上有金人，高五丈余，皆纯金，名曰金犀。入山下一丈有银，又一丈有锡，又入一丈有铅，又入一丈有丹阳铜，似金，可锻以作错涂之器。”按：此诚佳矿，殆五大洲所无。设令矿学家得而有之，其人必化为金犀。

九二　陈小鲁词

仁和陈小鲁（行）《一窗秋影盦词》《题〈山外看山图〉》〔减字浣溪沙〕云：

> 踞虎登龙心胆寒，上山容易下山难。幸君已过一重山。　　前面好山多似发，一山未了一山环。问君何日看山还。

按：唐李肇《国史补》载韩退之游华山，穷极幽险，心悸目眩不能下，发狂号哭，投书与家人别。华阴令百计取之，方能下。此事可作小鲁词第二句注脚。

九三　葛氏多仙翁

平湖葛词蔚以其尊人毓珊部郎遗像嘱题，因检《尚友录》，甄葛姓事，列名廑七人，而其五以神仙称。周葛由（羌人也，成王时，好刻木羊卖之。忽一日。骑羊入蜀中，王侯贵人追之，上绥山。山在蛾嵋西北，最高无极，随之者不复还，皆得仙。谚曰：“若得绥山一桃，虽不得仙亦豪。”）、**吴葛元**（字孝先，初从左慈授九丹液、仙经，后得仙，号为仙翁）、**晋葛洪**（事见《晋书》）、**葛璝**（亦称仙翁，彭州有葛仙山，因璝得名）、**宋葛长庚**（琼州人，母以白玉蟾呼之，应梦也。后隐于武夷山，号海琼子。事陈翠虚九年得道。嘉定中，诏封紫清明道真人），**灵迹蝉嫣，它姓殆未曾有。沤尹题［临江仙］词，余亦寄此调云：**

家世列仙官列宿，才名小集丹阳[①]，当湖雅故在青箱[②]。太冲原卓荦，叔度自汪洋。　三十六年回首忆，共攀蟾窟天香[③]，几人寥廓遂翱翔[④]。沧州余病骨，辛苦看红桑。

原注：

①宋葛胜仲，著《丹阳集》二十四卷。

②部郎辑《当湖文系》。

③己卯同年。

④《瘗鹤铭》：“天其未遂吾翔寥廓耶。”

歇拍云云。所谓鲜民之生，不觉词之凄抑也。

九四　“目迷五色，坡失方叔”解

近人作寿序、墓志等文对于科第失意者，辄用“目迷五色，坡失方叔”语。按：宋叶梦得《石林诗话》：“李廌，阳翟人。少以文字见苏子瞻，子瞻喜之。元祐初知举，廌适就试，意在必得廌以冠多士。及得章援程文，以为廌无疑，遂以为魁。既拆号，殊怅惘，以诗送廌归。其曰：“平时谩识古战场，过眼终迷日五色。”盖道其本意。（按：《吊古战场文》《日五色赋》，皆唐李华作。子瞻盖以华比廌，“目迷五色”作看朱成碧解，亦非。）廌自是学亦不进，家贫不甚自爱，尝以书责子瞻不荐己。子瞻后稍薄之。竟不第而死。据此，则李方叔事，以不用为宜。

九五　槐花黄，举子忙（二）

今人但知“槐花黄，举子忙”，不知“枇杷黄，医者忙”（见前）。按：《石林诗话》云：“前辈诗材，亦或预为储蓄。余尝从赵德麟假子瞻所阅《渊明集》，末手题两联云：‘人言卢杞是奸邪，我觉魏徵殊媚妩。’又‘槐花黄，举子忙。促织鸣，懒妇惊，或将以为用也。”据此，则“槐花黄”云云，斯语亦已旧矣，顾亦未详所出。

九六　薛涛笺辨

蜀姬薛涛之名见于记载夥矣，未见作薛陶者。宋李济翁《资暇录》有一则，辨以“松花笺”为“薛涛笺”之误，凡言薛涛，并改“涛”作“陶”，意者（避）其家讳耶。

九七　驴别称“卫”考

《资暇录》云：“代呼驴为卫，于文字未见，谓卫地出驴，义在斯乎？一说以其有轴有槽，譬如诸卫士胄曹也，因目为卫。”（按：《资暇录》凡应用“世”字处，并作“代”，疑亦避家讳也。）按：北魏关胜《诵德碑》凡“鸿胪”字，并作“鸿驴”。考“鸿胪”，即秦典客之官，掌诸侯及蛮夷降者。“鸿驴”云者，谓凡属附之国，举有保卫之责欤？《正字通》云：“驴鸣以正午及五更初，不舛漏刻。”鸿胪之职，主传声赞导。曰鸿驴者，取其宣达以时欤？亦作“鸿卢”。见《唐书·和逢尧传》。

九八　妙对

“三才天地人，四始风雅颂。”“五行金木水火土，四位公侯伯子男。”皆相传以为绝对。明陆粲《说听》载一联云：“五事貌言视听思，七音宫商角徵羽。”（按：

琴七弦，一宫、二商、三角、四徵、五羽、六少宫、七少商，即此七音之名。）亦谓不能有二。蕙风幼时，曾以“五子周程朱张”，对“四杰王杨卢骆”。

九九　冯妓与洞庭商

《说听》云：

> 洞庭叶某，商于大梁。眷妓冯蝶翠，罄其资，迨冻馁为磨佣。一日，在街头晒麦，冯适骑驴过，下驴走小巷中，使驴夫招叶，叶辞以无颜相见，强而后至。冯对之流涕曰：“君为妾至此乎？”出白金二两授叶，属更衣来访。如期而往，冯以五十两赠之。曰：“行矣，勉为生计。”叶恋恋不舍，随罄其资，仍佣于磨家。久之，邂逅如初。冯谓叶：“汝岂人耶？”要之抵家，重与十镒，且曰：“速作行计。傥更留，必以一死绝君念。”叶遂将金去，贸易三载，货赢数千，以其千取冯归老焉。

夫蝶翠者，能与人十镒，其声价可知。顾犹骑驴，盖大梁近北省，丁明之世，犹有朴质之风焉。十年前，沪上征曲户轿捐，诸妓出应征召，则坐佣奴之肩以行。虞或坠也，则一手据其颅，虽年逾花信者亦然。奴若意甚得者，腰脚挺劲而趋风。又浙省江山船妓，凡登岸上船，皆佣奴作钟建之负，亦甚不雅观，不如骑驴之为愈矣。

一〇〇　郗夫人戒其弟

王右军郗夫人戒其二弟愔、昙曰："王家见二谢来，倾筐倒庋；见汝辈来，平平尔。可无烦复往。"（见《世说新语》）按：二谢谓安、万也。万字万石，安弟。《晋书》谓其器量不及安，而善自衒曜，则其为人盖浅甚。其后受任北征，矜豪傲物，常以啸咏自高，未尝抚众。兄安深忧之，谓万曰："汝为元帅，诸将宜数接对，以悦其心。岂有傲诞若斯而能济事也？"万乃召集诸将，都无所说，直以如意指四坐云："诸将皆劲卒。"诸将益恨之。未几，率众入涡颍援洛阳，会北中郎将郗昙以疾病退还彭城，万以为贼盛致退，便引军还，众遂溃散，狼狈单归，废为庶人。斯人材器亦复尔尔。安在高出愔昙辈上，矧昙之退师，犹因疾病，虽未能力疾致果，以视万疑贼遽退溃众败名，犹为彼善于此。观人难于未然，郗夫人之精鉴容犹有未至欤？

一〇一　陶潜有无侍儿考

《竹坡诗话》："或问坐客：'渊明有侍儿否？'皆不知所对。一人曰：'雍端年十三，不识六与七。'（《责子诗》，雍名份，端名佚。雍、端皆小名。）此岂非有侍儿耶？"

《懒真子》亦谓："雍端年十三，则固非一母，其为庶出可知。"蕙风曰："安知其非孪生也？"

一〇二　昭君妹未出塞

白香山诗《同诸客嘲雪中马上妓》句云："雪里君看何所似，王昭君妹写真图。"后人据此，遂谓昭君有妹。蕙风曰："昭君有妹，事无足异。唯是昭君曾经出塞，故有雪中马上之说，讵其妹亦曾出塞耶？是诗殆比况之词，谓夫画中情景与昭君出塞相同。则马上之人，竟似昭君之妹耳。"

一〇三　白乐天笔润之丰

白乐天《修香山寺记》曰：

> 予与元微之定交生死之间，微之将薨，以墓志文见托。既而元氏之老，状其臧获舆马绫帛洎银案玉带之物，价当六七十万为谢文之贽。予念平生分，贽不当纳，往反再三，讫不得已，回施兹寺。凡此利益功德，应归微之。

云云。按：一墓志文而以七十万为贽，唐人重润笔至是，可以为侈矣。杜少陵诗《闻斛斯六官未归》云：

故人南郡去，去索作碑钱。本卖文为活，翻令室倒悬。
荆扉深蔓草，土锉冷疏烟。老罢休无赖，归来省醉眠。

白、杜二公时代相距不数十年，胡丰啬迥殊若是。意者，斛斯藻翰，远逊香山，唯是少陵故人，固宜健者，抑或嘱其作碑之人，家世不逮元氏。然既有泐碑刻铭之举，即亦非甚简陋之家。昔人尝谓唐宋文人，为巨公掩，湮没不彰者，不知凡几。以此观之，即其及身遭际，已有穷达之不同，可知声气之习入人甚深，而寒士谋生之大不易矣。

一〇四　毛子晋小传

太仓陈言夏（瑚）所著《确庵集》版式昉（仿）钱牧翁《列朝诗集》，传本绝少。缪筱珊、傅沅叔及余所藏皆不全。余所得之本，书心尚未刻字，当是剞劂甫竟，送校之样本。确庵与毛子晋交契甚深，文稿中有《为毛潜在隐居乞言小传》一首。考牧翁《有学集》有《子晋墓志》，羌无故实，不足资尚论。此小传叙述綦详，凡藏书家所快睹也。亟录如左，以广其传。《传》云：

今海内皆知虞山有毛子晋先生云。毛氏居昆湖之滨，以孝弟力田世其家。祖心湖，父虚吾，皆有隐德。而虚吾强力耆事，尤精于九九之学。佐县令杨忠烈堤水平振，功在乡里者也。子晋生而笃谨，好书籍。父母以一子，又危得之，爱之甚。而子晋手不释卷，篝灯中夜，尝不令二人知。蚤岁为诸生，有声邑庠，已而入太学，屡试南闱不得志。乃弃其进士业，一意为古人之学。读书治生之外，无它事事矣。江南藏书之富，自玉峰菉竹堂、娄东万卷楼后，近屈指海虞。然庚寅十月，绛云不戒于火，而岿然独存者，唯毛氏汲古阁。登其阁者，如入龙宫鲛肆，既怖急，又踊跃焉。其制上下三楹，自子迄亥，分十二架。中藏四库书及释、道两藏，皆南、北宋内府所遗。纸理缜滑，溪潘流沈。又有金元人本，多好事家所未见。子晋日坐阁下，手翻诸部，雠其讹谬，次弟行世。至滇南官长不远万里，遣厚币以购毛氏书。一时载籍之盛，近古未有也。盖自其垂髫即好锓书，有屈、陶二集之刻。客有言于虚吾者曰："公拮据半生，以成厥家，今有子不事生产，日召梓工弄刀笔，不急是务，家殖将落。"母戈孺人（钱牧斋《初学集》有《毛母弋孺人序》，亦空文不具事实。）解之曰："即不幸以锓书废家，犹贤于樗蒲六博也。"乃出橐中金助成之。书成而雕镂精工，字绝鲁亥，四方之士，购者云集。于是向之非且笑者转而叹羡之矣。其所锓诸书，一据宋本，或戏谓子晋曰："人但多读书耳，何必宋本为？"子晋辄举唐诗"种松皆老作龙鳞"句为证，曰："读宋本然后知今本老龙鳞之为误也。"子晋固有巨才，家畜奴婢二千指，同釜而炊，均平如一。躬耕宅旁田二顷有奇，区别树艺，农师以为不逮；竹头木屑，规画处置，自具分刌。即米盐琐碎，时或有贻一诗、投一札者，辄举笔属和，裁答如流。其治家也有法，旦望则率诸子拜家庙，以次谒见师长，月以为尝。以故一家之中，能文章，娴礼义，彬彬如也。生平无疾言遽色，凝然不动，人不能窥其喜愠。及其应接宾朋，等杀井井。顾中庵尝笑曰："君胸中殆有一夹袋册耶?"崇祯壬午、癸未间，遍搜宋遗民《忠义二录》《西台恸哭记》与月泉吟社《河汾谷音》诸诗，刻而广之。未几，遂有甲申、乙酉南北之事。每自叹人之精神意思所在，便有鬼物凭依其间，即予亦不知其何谓也。变革已后，杜门却扫，著书自娱，无矫矫之迹，而有渊明乐天之风。与耆儒故老黄冠缁衲十数辈，为佳日社，又为尚齿社，烹葵翦菊，朝夕唱和以为乐。间或临眺山水，当其得意处，则留连竟日。遇古碑文碣志，急呼童子摩拓数纸，然后去。尝雨后与予探乌目诸泉，穷日之力。予饥且疲矣，回顾子晋，方行步如飞，登顿险绝，乐而忘返，其兴会如此。居乡党好行其德，笃于亲戚故旧。其师若友，如施万赖、王德操辈，或橐饘终其身，或葬而抚其子。建黄泾诸桥，亘一十八里，无望洋褰涉之苦。岁大饥，则赈谷代粥，周邻里之不火者。司李雷雨津尝赋诗赠之曰："行野渔樵皆拜赐，入门僮仆尽钞书。"

人谓之实录云。所著有《和古人诗》《和今人诗》《和友诗》《野外诗》若干卷，《题跋》若干卷，《虞乡杂记》若干卷，《隐湖小识》若干卷。所辑有《方舆胜览》若干卷，《明诗纪事》若干卷，《国秀》《隐秀》《弘秀》《闺秀》等集，海虞《古文苑》《今文苑》各若干卷。予与子晋交阅数年矣，久而敬之，如一日也。明年丁酉改岁之五日，为其六十初度之辰，其子褒、表、扆，犹子天回、象谦、云章，暨其倩陈錤、张溯颜、冯长武辈，请予一言介寿。予因作一小传，以乞言于缀文之家，亦书予之所及知者而已。子晋初名凤苞，字子九，后更名晋，字子晋，潜在其别号也。

按：据《小传》，子晋六十生辰，岁在丁酉，为顺治十四年，则是生于万历二十四年丙申。甲申入清朝，年四十七。确庵《娄江集》有《和陶挽歌辞哭毛子晋并序》云："子晋弃我先逝，在己亥之秋七月。"盖年六十二也。又按：缪、傅二君所藏《确庵集》皆无《子晋小传》。

一〇五　兰陵歌妓

《确庵诗稿·淮南集》《兰陵美人歌示辟疆》云：

辟疆豪气今人独，客来便肯开醽醁。

生平杯勺未能胜，劝客千觞欢不足。
笋舆迎我向园亭，夜夜纷纷奏丝竹。
妒杀杨枝鹦鹉歌，恼乱秦箫凤凰曲。
徐郎窈窕十五六，发覆青丝颜白玉。
昔之紫云恐不如，满座猖狂学杜牧。

原注：

杨枝、秦箫、紫云，皆歌者。

按：歌者三人，紫云最知名。陈其年《湖海楼诗集》有《杨枝曲》七言长篇及《赠杨枝》七言绝句，阮文达《广陵诗事》云："冒巢民歌童紫云，色艺冠流辈，陈迦陵画其小影，同人题咏甚多。又有杨枝，亦极妍媚。后二十年，杨枝已老，其子尤丰艳，因呼小杨枝。"邵青门题其卷云："唱出陈髯绝妙词，灯前认取小杨枝。天公不断消魂种，又值春风二月时。"而唯秦箫未闻品题，赖确庵诗以传矣。确庵有《秦箫歌》云：

堂上醉葡萄，堂下奏云璈。
左盼舞徐蓁，右眄歌秦箫。
秦箫秦箫调最高，当筵一曲摩云霄。
邯郸卢生横大刀，磨崖勒铭意气豪。
渔阳挝鼓工骂曹，曹瞒局蹐如猿猱。
长安市上悬一瓢，义声能激□家獒①。
一歌雨淙淙，再歌风萧萧。

三歌四座皆起立，欲招鸣鹤惊潜蛟。
喜如苏门啸，思如江潭骚。
怒如秦廷筑，哀如广武号。
引我万种之愁肠，生我一夕之二毛。
泪亦欲为之倾，心亦欲为之摇。
吁嗟乎秦箫，尔居楚地但解作楚歌，
胡为乎悲壮慷慨，乃能为燕赵之长谣。
我爱秦萧声，不惜秦箫劳。
愿将义士忠臣曲，遍付秦萧缓拍调。
君不见，黄幡绰，敬新磨，嘲笑诙谐何足慕。
唯有千秋雷海青，凝碧啼痕感行路。

原注：
①歌邯郸、渔阳、义卢獒诸曲。

又《和有仲观剧断句十首赠别巢民》，其二云：

十五徐郎舞袖垂，秦萧歌罢又杨枝。
魏公未是知音者，但有新词付雪儿。
秦箫北曲响摩天，刻羽流商动客怜。
拟谱唐宫凝碧恨，海青心事倩伊传。

就诗意审之，当日秦箫按歌，殆必擅场生净，以彼铜琶铁板，非不沨沨移人，未如低唱曼声，尤为靡靡入听。此题咏所以弗及，而名字为之翳如也。确庵有心人，其所感触，出于徵歌顾曲之外，不惜长言咏叹之耳。

一〇六　闱中戏占小词

光绪间，某京卿督学福建，值秋试，巡抚别有要公，学使代办监临，闱中戏占小词，调〔减字木兰花〕云：

冷官风调，半外半京君莫笑。文运天开，体制居然学抚台。　　尽人撮弄，线索浑身牵不动。何物相侔，请看京师大肘猴①。

原注：

①都门影戏有所谓大肘猴者。“肘”字不可解，疑“种”之声转。

出闱后，示诸幕友。并先与约：如有一人不笑，则学使特设为此君寿，或二人三人不笑亦如之；如皆笑，则幕友醵资宴学使。稿出，竟无一人不笑者，乃公同置酒，极欢而罢。

一〇七　四川乡试丑闻

同治丁卯科，四川乡试，将军某代办监临。头场发题纸，每百张率九十五张，洎不敷分布，考生哗索，仅乃补发。又供给所循例奉监临院门包银壹千两，历届皆然，盖陋规也。是科门包入，因成色不足，退换至于再三。无名氏撰联云："题纸发来九五扣，门包退换两三回。"

一〇八　王半塘谏帝后驻跸颐和园

曩岁在甲辰，撰《兰云菱梦楼笔记》（时客常州），记王半塘侍御谏园居事甚悉，其折稿当时匆匆一读，以未经录存为惜。比由沤尹辗转乞借得之，亟录如左，并笔记亦节述焉：

> 掌江西道监察御史王鹏运奏：为时事多艰，园居侍养，请暂缓数年，恭折仰祈圣鉴事：窃自今年入春以来，皇上恭奉皇太后驻跸颐和园，诚以听政之暇，皇上得以朝夕承欢。而事机之来，皇太后便于随时训迪，圣慈圣孝，信两得也。况御园驻跸，祖宗本有成宪，如臣梼昧，尚复何言？然罜罜之忱，以为皇太后园廷驻跸，顺时颐养，以迓祥和，诚天下臣民所至愿。若皇上六飞临驻，揣时度势，有不得不稍从缓图者。臣职在进言，苟有所知，何敢安于容默，谨为我皇上敬陈之：自和议既成之后，财匮民离，敌骄国辱，固久在圣明洞鉴之中，无俟微臣赘述。恭读去年四月朱谕："我君臣当坚苦一心，力图自强之策。"至哉王言，今日非力持坚苦之操，难策富强之效。圣言及此，真天下之福也。昔齐顷公之败于鞌也，归而

吊死问疾，七年不饮酒食肉，而涙阳之田以归。夫饮酒食肉，诚何碍于政？史臣特举人所至近易忽之处，以状其日不暇给之忱。是以风声所树，不必战胜攻取，邻国畏沮之心自生。实效先声，理固相因而至。夫人情不远，援古可以知今。而环伺綦严，返观能无滋惧。臣非不知我皇上宵衣旰食，在宫在园，同此励精图治。然宸衷之艰苦，左右知之。海内臣民，不能尽悉也；在廷知之，异域旅人，不能尽见也。恐或以温凊之晨昏，误以为宸游之逸豫，其何以作四方观听之新，杜外人觊觎之渐也哉？臣又闻前次皇上还宫，乙夜始入禁门，不独披星戴月，圣躬无乃过劳。而出警入跸之谓何，亦非慎重乘舆之道。又今之颐和园，与圆明园情形迥异。其时承平百年，各署入直之庐，与百官待漏之所，规模大备，相习忘劳。今则芜废已逾三十年，一切办公处所，悉皆草创，俱未缮完。大臣虽仅有憩息之区，小臣之踟蹰宫门，露立待旦者，不知凡几。而缀衣趣马后先奔走于风露泥淖之中，更无论矣。体群臣为九经之一，亦愿皇上垂鉴之也。又近读邸抄，立山奉命管理圆明园，皇上两次还宫，皆至园少坐。外间讹传，遂疑有修复之举。臣愚以为值此时艰，断不致以有限之金钱，兴无益之土木。且借贷业已不赀，更何从得此巨款，此不足为圣明虑。然臣因之窃有进者：当同治改元之始，其时御园甫经兵燹，兴葺匪难，乃竟听其芜废者，岂惮劳惜费哉？盖

> 欲使深宫不自暇逸之心，昭示于薄海内外，是以数年之内，海宇敉平，武功克蒇。前事具在，圣谟孔彰。伏愿皇上念时局之艰难，体垂帘之德意，颐和园驻跸，请暂缓数年。俟富强有基，经营就绪，然后长承色笑，侍养湖山，盖能先天下之忧而忧，自能后天下之乐而乐。其所谓以天下养者，不且比隆虞帝哉？臣愚昧之见，是否有当。

云云（光绪二十二年三月十三日）。《笔记》云：

> 半塘谏驻跸颐和园事，时余远在蜀东，未闻其详。及晤半塘扬州，乃备悉始末。先是，内廷即逆料言官必有陈奏者。越日而张侍御（仲炘）上封事，枢臣咸相趋动色，曰："来矣。"及启视非是，则额手称庆，盖侍御亦以直谏名也。不三日而半塘之疏上。时恭邸、高阳相国同直，相国谓恭邸："此事大臣不言，而外廷小臣言之，吾曹滋愧矣。此人不可予处分。少迟入对，唯王善言保全之。"（蕙风曰：半塘乃得力于高阳，绝奇，亦天良发见，不能自已耳。）恭邸亦谓然，而顾难其词。及入对，上欲加严谴，恭邸以相国言，婉切陈论。上曰："寇某何为而杀也？"（内监寇某，以妄奏正法，所奏即此事。）恭邸复奏："寇某内臣，不应干外事。所奏无当否，皆有辠。御史谏官，讵可一例而论。"上意稍解，徐曰："朕亦

何意督过言官，重圣慈或不怿耳。汝曹好为之地，但此后不准渠等再说此事耳。”于是枢臣于原折内夹片附奏，略谓“该御史冒昧渎奏，亦属忠爱微忱，臣等公同阅看，尚无悖谬字样，可否吁恩免究”云云。意在声叙宽典之邀，出自臣下乞请也。疏留中，旋车驾恭诣请安，面奉懿旨：“御史职司言事，余何责焉。王大臣面奉谕旨：此后如再有人妄言及此，侥幸尝试，即将王鹏运一并治罪。王大臣钦遵传谕知悉。”盖自是不闻驻跸颐和园，圣驾还宫亦较早矣。半塘允录此折稿寄余常州。别后，半塘匆匆之镇江，之杭州、苏州，遭两广会馆之变，竟不果寄。（《笔记》止此）

余甚欲得此折稿，十一年于兹矣。秋阴积雨，沤尹携来共读，俯仰陈迹，销魂黯然。

一〇九　穆相爱才雅事

道光丁酉科，顺天乡试，二场春秋题“楚屈完来盟于师盟于召陵（僖公四年）”。某中式卷，文中牵涉鲁事，与题跡盭。磨勘官以文理荒谬签出，部议总裁降级留任，同考官革职，举人褫革。同考某官部曹，谒其座师某公，极言簿领清寒，积资匪易，一旦罢斥，殆将无以为生。某公殊悯念之，谓之曰：“子姑少安，试代求穆相(穆彰阿)。”

磨勘官某，穆之门生也。越日，穆相入直，为言于祁（寯藻）、汤（金钊）两文端，二公亦云兹事可从宽典，第部议已定，恐难挽回。穆退直，商之于某太史。太史稍踌躇，对曰："某卷云云，固有所本。盖唐人啖助之说也。"穆曰："得之矣。"明日入对，玉音及磨勘事，即以是说陈奏，得加恩改为总裁、同考皆罚俸，举人某罚停三科。其实啖氏所著书，今日绝无存者，顾安得有是说？穆氏相业无得而称，兹事独能保全士类。相传曾文正简在伊始，颇得穆相汲引之力（见《眉庐丛话》）。盖犹有爱才恤士之雅，未可以其碌碌无奇节，遂并其可传者而亦没之也。

一一〇　再谈女子缠足

女子纤足，不自南唐窅娘始。比余考辨之，数矣（见《眉庐丛话》及前笔），兹又得一确证。唐段成式《酉阳杂俎》载叶限女金履事云："陁汗国主得之，命其左右履之，足小者履减一寸，乃令一国妇人履之，竟无一称者。"诺皋固属寓言，可见当时妇女以足小为贵，其不始于五代可知。

一一一　瑟长

妓之管领者名瑟长，《霞笺记》传奇（元无名氏撰，演李玉郎、翠眉娘事）第十三出《访求佳丽》科白云：

“不免在教坊司唤瑟长来问它。”殆即绿巾跨木（见前笔）者之流亚欤？

一一二　乌古论黑汉杀妾啖士

《金史·忠义传》：“乌古论黑汉为唐邓元帅府把军官，权刺史，行帅府事。城中粮尽，杀其爱妾啖士。”此又一张睢阳，千古忍人，不图无独有偶。

一一三　元英宗禁白莲佛事

《元史·英宗纪》：“至治二年闰五月癸卯，禁白莲佛事。”即今所谓白莲教也。

一一四　唐人写佛经

陆放翁《老学庵笔记》云：“永康军导江县迎祥寺，有唐女真吴彩鸾书佛《本行经》六十卷，多阙唐讳。今人但知彩鸾书《唐韵》矣。”女真即女冠，谓为女仙，亦属傅会。

一一五　叶梦得有两人

《宣和遗事》：

崇宁二年夏四月，诏毁《唐鉴》、苏、黄等集，又削景灵宫元祐臣僚画像。是秋九月，蔡京与其子攸，并其客强俊明、叶梦得，将元符末忠孝人分正上、正中、正下，奸邪人分邪上、邪中、邪下，为六等，凡五百八十二人。诏中书省籍记姓名。又将先朝大臣司马光、文彦博、范祖禹、程明道、程伊川、苏轼、苏辙、吕公著、吕诲等，凡一百一十九人，籍为奸党，御书刻石，立于端门。又诏书颁行天下，立石刊刻元祐党籍。

按：《豫章漫钞》云："宋有两叶梦得，俱号石林。吴县石林字少蕴，官至宰执。贵溪石林，南渡朝进士，官至秘书丞，知抚州。今《性理大全》所引石林叶氏，次西山真氏后者，非少蕴也。"（《漫钞》止此）据《宋史》少蕴本传（贵溪石林，不见史传）"徽宗朝，自婺州教授召为议礼武选编修官，用蔡京荐召对"云云，则遗事所称蔡氏之客，决为少蕴无疑。少蕴为有宋名臣，列传文苑，而乃托足权门，抑且参预党籍，名德之累，孰大于斯。讵遗事近于稗官家言，未足尽信耶？然而自是宋人之笔，去少蕴之世，若此其未远也，其书尤流传有绪，未可以齐东之语目之也。

一一六　柯劭慧《楚水词》

友人至自京师，持赠胶州女史柯稚筠（劭慧）《楚水词》，偶一幡帋〔减字浣溪沙〕（和凤孙二兄），起调云："叠叠山如绣被堆，盈盈水似画裙围。"颇有思致。近人某词句云："裹衾如茧学红蚕。"意与柯词近似。又柯词〔虞美人〕过拍云："夕阳一线上帘衣，正是去年游子忆家时。"则渐近浑成矣。

一一七　隔窗观天象百不失一

明嘉靖中，周公相由天文生，历官钦天监监正，洞晓历算占候之术，尝与唐荆川先生反复辨难，其言曰："候占星宿，不但知其分野度数而已；星之光色，各各不同，要须隔纸窗穿隙观之，一见其光，便知为某星，百不失一，方可言占候耳。"（见明顾起元《客座赘语》）此论为西国天学家所未及。

一一八　骑驴习俗

明陆粲《说听》载大梁妓冯蝶翠骑驴事（见前）。比阅《客座赘语》引《四友斋丛说》："前辈服官乘驴者，在正、嘉前，乃常事，不为异。"又云："顷孙冢宰丕扬尝对人言，其嘉靖丙辰登第日，与同部进士骑驴拜客，步行人部。”据此，则明之中叶，虽达官新贵，往往骑驴，何论妓女。《赘语》又云：“景前溪中允为南司业时，家畜一牝羸，每诣监辄乘之，旁观者笑之，亦不顾。”凡此质朴之风，盖至明末而已漓矣。

一一九　皇太子

齐武帝时，有小史姓皇名太子，帝易名为犬子。斯人命名绝奇。

一二〇　墨匣趣话二则

近人来雪珊（鸿瑨）《绿香馆稿》有制体文一首，题曰《墨匣》，殊隽颖可诵，移录如左：

置墨以匣，适于用矣。夫墨有用之时，即有不用之时，不可无以置之也。有此匣焉，不已适于用哉，且昔人有磨穿铁砚者矣。夫墨而至磨以砚，且以临时而磨墨于砚，盖不胜予手之拮据焉。乃有独运匠心，特设一器以预为备，而为开为闭，有不必耗以铁，而直须制以铜者，则有如墨匣是，谋安置之方者，有墨床以为之所。然墨床者，闲寄之时，非应用之时也，苟无浓汁以待涵濡，临颖不免研求之苦。具浸淫之滀者，有墨池以设其旁。然墨池者，倾储之用，非舒写之用也。苟无善贮以资帖妥，挥毫谁收明试之功。必待用墨而始调治乎，则倚马千言之会，临书猝办，或乞灵鸜鹆而太劳；抑或澹墨而轻挥写乎，则涂鸦万点之余，着纸无光，纵笔走龙蛇而减色。遂乃有墨匣之制。匣所以善护藏，麝丸螺点之清芬，其势不容以暴露。使漫置之，其尘将聚而封也。墨匣则护藏有法，而文机勃发，应手而物便取携；佳句推敲，捻髭而时堪耐久。匣之宜常宜暂者，觉墨花挥洒，起讫无断续之痕矣。至于嚼墨一喷，可以横扫千人军者，尤见文人慧业也已。匣所以供多蓄，苏海韩潮之抒写，其汁正藉乎加增。使浅置之，其涸可立而待也。墨匣则多蓄能容，而预备不虞，落纸而云烟如染，逢源自得，题笺而风月常新。匣之为圆为方者，觉墨采飞腾，罗列皆浓酣之气矣。至于磨墨数斗，群将号为一笔书者，无非才人乐事也已。且不第此也，凡物之以干而舍者，则终事易弃其余，而墨匣则有盖相连，既成急就之章，而移时仍可开而染翰。砚匣笔床之处，不啻未雨而为之绸缪矣。湿则晒以微阳，定见飞花浓蘸；燥则滋以涓滴，遂令枯管春生。况冰瓯雪碗之旁，光明拂拭，有藉此为观美之资矣，不且重厥位置也哉。凡物之与石相攻者，则毫芒易致其损，而墨匣则以绵最软，不恃轻胶之杵，而濡毫较更快于临池。笔酣墨饱之余，居然垂露而弥形沆瀣矣。时而供之几案，不令滴水之它沾；时而取便舟车，无患倾筐而遽倒。况寸晷风檐之地，伸纸直书，且利此为场屋之用矣，不尤贵于调和也哉。其在寒士生涯，终岁以石田为活，而墨匣则价非甚贵，而力透纸背，具见大笔之淋漓。抑在豪家习气，大都以金玉饰观，而墨匣亦缠而增华。而磨异盾头，益见文房之宝贵。

墨匣为用如此，又平湖钱起隆《制艺》一卷，名《采芳集》，皆摘《四书》中艳丽字句，游戏成文，妁之言文有云：

宿瘤也以为仙姬，姣童也以为骄客。在媒或以众见共闻，尚存廉耻，而妁乃备极其形容。优隶也以为俊秀，贫寠也以为豪华。在媒早以甘言温语，任意相欺，而妁乃更从而点缀。

又云：

本以妇人轻信之耳，妁复鼓彼如簧，遂使母氏专权，父虽欲禁之而不得。本以深闺独处之娇，妁竟诱诸觌面，遂使高堂未许，女先遥慕之而如迷。妁之巧者，意仅切于肥囊；妁之拙者，幻亦生于阅历。傥以彼列诸冠盖，即是苏张游说之俦。妁之老者，口舌既堪惑女；妁之少者，容貌并可悦男。故以彼略试逢迎，遂谐秦晋婚姻之好。

精警圆澈，亦当收入《制艺丛话》。

一二一　联语咏魁星

魁星承尘，分咏诗钟。脍炙人口之联云："曾将彩笔干牛斗，不许空梁落燕泥。"又一联云："文章自古须钱买（魁星右手执笔，左手持元宝），台阁而今半纸黏。"尤为超以象外，得其环中。顾此联罕闻称述者。

一二二　某学士春联

乙未、丙申间，京师宣武门外绳匠胡同，某学士宅门署春联云："但将酩酊酬佳节，孤负香衾事早朝。"岁朝后数日，易而去之矣。

一二三　唐代银锭

托活络忠敏藏唐时锭银（锭字通俗为文），厚约今尺一寸弱，长五寸许，两端圆阔而腰敛，阔处约二寸五分，狭处一寸七八分（当时未记尺寸，兹仿佛其大略，重量亦未详也），上有"开元八年"字。忠敏戏问余："君爱此银否？"余笑应曰："余是银皆爱，微特爱唐朝银，即清朝银，尤爱之甚，恨不多得耳。"忠敏为之听然。当日清谈雅谑如在目前，讵意桑海眴迁，山河邅邈，雨窗记此，感怆交并矣。

一二四　李汝珍著《李氏音鉴》

大兴李松石（汝珍）精研音韵之学，著《李氏音鉴》六卷，有《三十三字母行香子词》云：

> 春满尧天，溪水清涟。嫩红飘，粉蝶惊眠。松峦空翠，鸥鸟盘翾，对酒陶然。便博个，醉中仙。

按：三十三字母，即本华严字母，参以时音，别为考订者。昌茫（阴平）阳（阴平）○（梯秧切）羌商枪良（阴平）囊（阴平）航（阴平）○（批秧切）方○（低秧切）江○（呜秧切）桑郎康仓○（安冈切）娘（阴平）滂（阴平）乡当将汤瓤（阴平）○（兵秧切）帮冈臧张厢。（三十三字，分八句读。前七句，句四字，末句五字。）松石〔行香子〕词以双声求之，与字母恰合，次序亦顺，作为字母读，可也，词句亦复工丽。

一二五　称兄为府君

府君之称，托始隋、唐碑志，取家人严君之谊，为子对于父之通称。明杨循吉《蓬轩别记》载袁某景泰中游京师，为石驸马行降笔法，决某月某日复官。丰城侯李公母目盲，袁召天医行治，辄得复明。又为总兵石亨作游仙梦法，致玉黄子王瓜。末云："三事皆予伯兄武略府君所目击。"则兄亦称府君矣。

一二六　莫难珠考

《古今注》："莫难珠，色黄，出东方。"蕙风曰："莫难即木难，木莫一声之转。《南越志》：'木难，金翅鸟沫所成碧色珠也。'当作沫难，莫难、木难，皆同声传讹。"

一二七　八旗人名上不具姓

清朝八旗人名上不具姓，元人亦间有之。康里巎巎，（按：巎巎，巎字，从山，从夒，或作猱、巙。《说文》："夒，奴刀切。"与夔龙之夔不同。见《金石屑》第四册。元文宗永怀二字，北平翁氏跋："世传从夔，作夔，误。"）笔札流传者，只书巎巎，不著康里。明解大绅（缙）《春雨杂述》"学书法"一则云："巎子山平章每日坐衙罢，写一千字才进膳。"亦如近人称旗人，竟以名之上一字为姓矣。

一二八　年号之不可考者

古碑志中年号，间有不可考者。唐大泉寺《新三门记》称："刘宋开明二年，邑令颜继祖舍宅移寺。"考宋无开明之号。又宋开宝六年，《重书龙池石块记》，首称："大汉通容元年，岁在甲辰，其年大旱。"阳湖陆氏曰："甲辰，后晋出帝改元开运之岁，后汉高祖以开运四年二月即位，仍称天福十二年。六月，改国号曰汉。明年正月，改元乾祐，终汉二世，无以通容纪年者。"又托活络忠敏所藏黄丙午葬砖文曰："政通三年三月黄丙午葬。"政通年号无考，且有三年，非僭号为日无多者比，殊不可解。又唐《赵夫人墓志》，亦忠敏藏石，《志》云："以元和十五年，少帝即位，二月五日，改号为永新元年。"所谓少帝者，自指穆宗而言，但穆宗初改号永新，考新旧《唐书》，并无其事。已上各年号，为向来记载所未有，讵皆出自杜撰耶？又元泰定五年，《赠宁海州知州王庆墓表》文云："父生于扩庆庚申，妣生于扩庆丙辰。"按：丙辰，庆元二年也。庚申，庆元六年也。古碑刻追述亳社之年多矣，直斥帝讳（扩字，宋宁宗讳），而配以年号上一字，仅见此一碑，亦新奇可纪也。

一二九　苏轼号老泉、字子平说

近人但知老苏称老泉，而不知子瞻亦称老泉。叶少蕴云：“苏子瞻谪黄州，因其所居之地，号东坡居士，又号老泉山人，以眉山先茔有老人泉也。子瞻尝有‘东坡居士老泉山人’八字共一印，见于卷册。其所画竹，或用‘老泉居士’朱文印。欧阳文忠作《明允墓志》，但言人号老苏，而不言其自号老泉。”叶、苏同时，当不谬也，见《茶余客话》。（按：据此，则老苏并无号老泉之说矣。）又子瞻一字子平，世人亦罕知者。同时与子瞻往来诗，常有称子平者。文与可《月岩斋》诗有云：“子平一见初动心，辇致东斋自磨洗。”又云：“子平谓我同所嗜，万里书之特相寄。”诗题下注云：“诗中子平，即子瞻也。”见《黄妳余话》。

一三〇　满文与日文读音略同者

《茶余客话》云：“清文对音七字，乃歌、麻、支、微、齐、鱼、虞七韵之音。字头中，又以阿、厄、衣、窝、乌五字喉声为主。凡声皆出于喉，传于鼻唇齿之间，而又收声于喉。”按：日本字母首五字，フメクェォ（母音、喉音），フ读若阿，メ读若衣，ク读若乌，ェ读若阿耶切（此切音之“耶”字，须读若“叶”字之平声，不读若“鸦”），音近厄。ォ读若窝，上声，与清文字头略同。盖清、日皆东土，其元音不甚相远也。

一三一　秦晋之好新见

世俗以秦、晋称姻家，据《春秋传》，秦、晋世为婚姻，而世寻干戈，今人甫联姻，则仇衅渐开，嫌隙无已，用秦晋之好语，最是的切耳，讵可用为称美之词。亦若对于科名偃蹇者，不当以李方叔事为比例也（说见前笔）。

一三二　墨琴夫人

偶阅书肆，有常熟瞿梦香（绍坚）《吹月填词馆剩稿》、瞿子雍（镛）《铁琴铜剑楼词草》合装一册。以其为藏书家之作，亟购之。《剩稿》有诗题云：

> 曹梧冈三妹兰秀，字澧香，幼学诗于令姊墨琴夫人，工词，并善画，才名藉甚。松江沈生闻而慕之，请铁夫蹇修获成，纳素珠、名帖为聘。女以玉颖十枚、珍书一部答焉。吴之人艳其事，赋诗以传之。时戊辰岁正月下浣，予与艮甫有西湖之棹，出示新咏，并述此事嘱和，口占四绝，即示梧冈。诗云：

幼妇词称绝妙才，问名亲系色丝来。
牟尼百八如红豆，颗颗圆匀贮镜台。

笔自簪花抵佩琚，搴帷争说女尚书。

鸳鸯两字郎边去，写到鸥波恐不如。

东风一线判冰华，昨夜春灯灿玉葩。
倚袖漫题红叶句，定情诗早赋梅花。

春帆水急待云軿，端整催妆赋锦笺。
一付吟奁兰一朵，载花端合米家船。

曹艮甫（楙坚，著有《昙云阁诗集》）原作云：

新来妆阁试羊裙，坦腹应知是右军。
不独鸥波传墨妙，刘家三妹总能文。

玉管银毫裹十枝，缄题珍重射屏时。
阿兄替与安排好，半待簪花半画眉。

异书几卷付新装，绝胜它家百两将。
料得金莲花烛下，双声先拟赋催妆。

莺帘春静费吟哦，巧夺天孙凤字梭。
点检柳金梨雪句，它时留付小红歌。

按：墨琴女史，为王铁夫（芑孙）夫人（名贞秀，长洲人），著有《写韵轩集》，以书法闻于时，尤工小楷，所临十三行石刻，士林推重。兹据瞿诗，知其妹亦工诗词，精绘事。双璧双珠，允为玉台佳话。至于嘉礼互答，率用文房珍品，尤为雅故可传云。

一三三　埃及古碑

英人斯宾塞尔所著《群学肄言》，侯官严几道（复）译本，有云：“摩阏伯断碑，出土于亚西之大坂。（按：据此则非洲亦有大坂，译音与日本地名同。）系腓尼加古文，语与希伯来大致相似。所纪者鄂摩黎征服摩阏伯，自阿洽之死，及攻以色列种人，皆中国周初时事。今其石在法国鲁维省。”按：吾中国石刻，以周宣猎碣为最古，后于此断碑，殆犹数百年。然埃及诸石刻，则尤敻乎邈矣。托活络忠敏藏埃及碑数十石，多象形字，若禽鱼亭台云物之属。又有古王及后像，王像长躯巨目隆准，轩昂而沉鸷，后亦隆准，短小而权奇。（王像高今尺一尺二寸五分，后像高八寸三分，皆半身像，阳文。）忠敏题云：“五千年外物也。”

一三四　方琦父子疏宕不检束

赣友某言：“新建勒少仲方伯（方琦）未达时，癖阿芙蓉甚深，率竟日卧不起，于枕边稍进饮食，亦不少溲，并不转侧，如是者或三五日以为常。一日，有友过访，值委卧三昼夜矣。呼之不起，强拉之，直其躬，怀中有物堕地，厥声嗤然。亟视之，一巨鼠惊而跳踉，数乳鼠蠢蠢动。盖鼠委身于其怀，而彼惛不知也。”此事似乎言之已甚，而赣友则云当时固确有目击者。其公子名深之，字省旃，亦能诗，跅落无检局。尝客吴门，眷妓张少卿，制联赠之云：“少之时戒之在色，卿不死孤不得安。”可谓有是父有是子矣。

一三五　施旭初不屑自洁

浙友某言，其乡人施旭初孝廉（浴升）工制举艺，淹雅可谈，顾癖嗜阿芙蓉，刍狗尘事，不屑自洁治。曩春闱下第留京，同寓会馆。某日，施约阅市，归途购爆羊肉，为下酒计，裹以荷叶，索而提之，肉浮于叶，俄迸出坠于地。方相助掇拾，仍纳叶中。施曰：“勿庸。”时届秋末，施已絮其袍，缎制也，且新制。则撵其前幅，若为袱，左手摄衣两角，右掬肉而兜之，夷然洒然，意若甚得者。既入其室，则抖而委之于榻，狼藉而咀嚼之。且以嘱客，客谢弗遑也。客呼馆人以盘至，则朵颐者泰半矣。客不呼馆人者，殆将寝其皮，不止食其肉矣。即如其人，政复非俗，其藞苴者形骸耳，乌知其非有托而狂也。

一三六　三元楼

明山阴张宗子（岱）《陶庵梦忆》云："吾乡缙绅有治沅堂者，人不解其义，问之，笑不答。力究之，缙绅曰：'无它意，亦止取三台三元之义云尔。'闻者喷饭。"蕙风避地海上，皆楼居，客岁得元版书三种（大德本《尔雅》、天历本《楚辞》、五卷本《图绘宝鉴》），名所寓曰三元楼。裘葛甫更，三元已易米，即楼亦易主矣（易所主也）。

一三七　古玩趣话

《花村谈往》二卷，不著撰人名氏，有"古玩致祸"一则："万历末年，娄东有一白定炉，下足微损，乡村老媪佛前供养。偶有觅古者一金易之，则为拂拭，碾去损处，锦袭以藏，售云间大收藏家顾亭林，得四十金。亭林又售董宗伯，价已翔至一百二十金。"云云。此顾亭林，时代在昆山先生之前。

一三八　汪琬方璠雅量

长洲汪苕文（琬），号钝翁，顺治乙未进士，官刑部郎中，缘事谪北城兵马司指挥。钝翁夷然赴官，不谓尘㵒不屑也。吾粤（桂平）陈鹿笙方伯（璠）先是官浙江同知，受知于巡抚蒋果敏（益澧），擢杭嘉湖道。未几，牾果敏，被劾，降同知原官。鹿翁即以同知需次浙垣，随班听鼓，绝无愤懑不平之态，有钝翁之遗风焉。其后年逾古稀，开藩四川，护任总督。俄卸督篆，仍回藩司本任，遂引疾归。论者谓才猷如鹿翁，设不经盘错，则指晋疆圻，殆可与曾、左诸公分镳平辔（鹿翁宦浙，丁洪杨乱事方剧，以防堵悉臧机宜，见重于蒋果敏），卒以意气牾触上官，致名位坎坷，即事功亦未竟展布，未尝不佩仰其节介，而惜其涵养稍未臻至也。又汪钝翁小字液仙，程可则小字佛壮。王阮亭有诗云："佛壮谈诗登秘阁，液仙趋府算钱刀。"（钝翁先除户部）一佛一仙，天然对偶。

一三九　桃花源考

梁任昉《述异记》云："武陵源在吴中，山无它木，尽生桃李，俗呼为桃李源。源上有石洞，洞中有乳水。世传秦末丧乱，吴中人于此避难，食桃李实者皆得仙。"按：此即渊明所记桃花源也，而曰桃李源者，任昉时代，距渊明未远，当别有所据。后人或云，陶此记属寓言，并无所谓桃花源者。今以任记证之，而知其非然矣。又据陶记，入桃源者，武陵捕鱼人，是谓源在武陵，而任记则云源在吴中，第名武陵尔，亦与陶说异。

一四〇　枣梨故事

枣梨皆坚木也，世人以为刻书所用。《述异记》云："北方有七尺之枣，南方有三尺之梨，凡人不得见，或见而食之，即为地仙。"此枣梨之又一故事，特彼言其材，此言其实耳。

一四一　炼土为铜

《陶庵梦忆》云："沈梅冈先生牾相嵩，在狱十八年。读书之暇，旁攻匠艺。尝以粥炼土，凡数年，范为铜鼓者二，声闻里许，胜暹罗铜。"按：炼土为铜，殆仅亚于点石成金一等。铜可范鼓，即可铸钱，此法若传，则邓氏铜山，不能专美于前矣。设令泰西人得之，不将诩为新发明耶？

一四二　集《汉书》言为张之洞祝寿

光绪乙未，南皮张文襄相国总督两湖，值六十寿辰，门下士姚汝说集《汉书》句为制锦之文，比事属辞，如天衣无缝，求之向来寿言中，殆未必有二，移录如左：

自古受命及中兴之君（《恩泽侯传》），必有非常之人（《司马相如传》），待以不次之位（《东方朔传》)。所与共成天功者(《功臣表》),成周郅隆(《司马相如传》),周召是辅(《郎颉传》),孝宣承统(《公孙宏传》),丙魏有声(《魏丙传》)。莫不赖明哲之佐(《崔寔传》),爰作股肱(《傅毅传》),受任方面(《冯异传》)。外攘四夷(《武五子传》),内亲附百姓(《王陵传》)。洪亮鸿业(《班固传》),国以富强(《食货志》)。是故四方仰望柱石之臣(《郎顗传》),延颈跂踵(《扬雄传》),相与嗟叹元德(《班固传》),翼宣盛美(《徐稚传》),雍容揄扬(《班固传》),著于竹帛(《东方朔传》),所从来远矣(《司马迁传》)。今皇帝仁圣(《王吉传》),即位二十二年(《礼乐志》),盛日月之光(《终军传》),化于陶钧之上(《邹阳传》)。尊养三老(《晁错传》),表章六经(《武纪》),丙申(《律历志》)秋八月(《安纪》)三日(《文纪》),南皮(《地理志》)张公(《古今人表》),德为国黄耇(《师丹传》),春秋六十(《郊祀志》),耆老大夫缙绅先生之徒(《司马相如传》),大众聚会(《五行志》),皆奉觞上寿(《司马迁传》),于是缀学之士(《楚元王传》),佥尔而进曰(《班固传》):

尚书(《百官公卿表》)历金门,上玉堂(《扬雄传》),职在太史(《律历志》),身为儒宗(《萧望之传》),甚得名誉于朝廷(《尹翁归传》),方见柄用(《谷永传》)。不知(《叙传》)乡(向)者(《张耳传》),专心坟典(《马援传》),博贯六艺(《章纪》),

通古今之谊（《儒林传》），以揆当世之变（《刘向传》），努力为诸生学问（《翟方进传》），未有高焉者也（《韦贤传》）。起家（《刘歆传》）甲科（《匡衡传》），当天下多事（《西域传》），德器自过（《杜周传》），不希旨苟合（《孔光传》）。时有奏记（《朱博传》），手自牒书（《薛宣传》）。居无何（《李广传》），天子有诏（《匈奴传》），使持节（《荀彧传》）东游会稽，渡浙江（《项羽传》），选豪俊，举孝廉（《武纪》），崇化厉贤（《儒林传》），称述品藻（《扬雄传》），彬彬多文学之士矣（《儒林传》）。是岁（《沟洫志》），乘轺传（《申公传》），入楚（《项羽传》），察风俗（《魏相传》），修经学儒术（《宣纪》），增博士弟子员（《儒林传》）。文章尔雅（《儒林传》），角材而进（《贾谊传》）。其有茂才异等（《武纪》）、卓行殊远者（《霍去病传》），莫不拔擢（《扬雄传》），以厉其余（《朱云传》）。间不一岁（《伍被传》），至于蜀都（《司马相如传》），未及下车，而先访儒雅（《儒林传》），兴廉举孝（《武纪》），遣诣京师（《成纪》）。又修起学官于成都市中（《文翁传》），能通一艺以上（《儒林传》），得受业如弟子（《儒林传》）。士有被容接者，名为登龙门（《李膺传》）。于是诸儒始得修其经学（《儒林传》）。是后，外事四夷（《食货志》），自敦煌至辽东，万一千五百余里（《赵充国传》），以与戎界边（《匈奴传》），北夷颇未辑睦（《武纪》），使外国者

(《西域传》)，颇增其约（《匈奴传》）。公曰（《五行志》）：“朔方（《食货志》）最为强国，（《西域传》），非可以仁义说也（《匈奴传赞》）。然不可使隙（《匈奴传》），定地犬牙相入者（《赵佗传》），其勿许而辞之（《匈奴传》）条对（《梅福传》）。”天子遣使（《食货志》），除前事，复故约（《匈奴传》）。晋阳（《地理志》）股肱郡（《季布传》），被山带河（《娄敬传》），据势胜之地（《诸侯王表》），岁比不登（《成纪》），赤地数千里（《夏侯胜传》），元元困乏（《翼奉传》）。公至（《循吏传》），转旁郡钱谷以相救（《元纪》），数下恩泽（《黄霸传》），蠲削烦苛（《王尊传》），举错曲直（《元纪》），信赏必罚（《宣纪》），壹切治理，威名流闻（《赵广汉传》）。当是之时（《徐乐传》），西南外夷（《叙传》），便于用舟（《朱买臣传》），通商贾之利（《匈奴传》），船交海中（《郊祀志》）。百粤（《高纪》）为九州膏腴（《地理志》），处近海，多犀象毒冒珠玑（《地理志》），异方珍怪（《梁冀传》），四面而至（《西域传》），南海番禺（《地理志》），咸乐开市（《匈奴传》），朝议（《卢植传》）以公可属大事当一面（《张□传》），天子诏（《匈奴传》）浮海从东方往（《西南夷传》），宣国威泽（《皇甫规传》），问民所疾苦（《循吏传》），为民兴利，务在富之（《召信臣传》）。其于技巧工匠（《宣纪》），便器械，积机关（《艺文志》），运筹算（《货殖传》），穷智究虑（《艺文志》），伐材治船（《严安传》），云合电发（《扬雄传》），以通（《沟洫志》）殊邻绝党之域（《扬雄传》）。有越裳（《南蛮传》）为楼兰所苦（《西域传》），杀属国吏民（《段颎传》），唐突诸郡（《段颎传》），三边震扰（《杨震传》），此诚忠臣竭思之时也（《朱邑传》）。公运独见之明（《王莽传》），远抚长驾（《司马相如传》），为诸军节度（《西羌传》），更选有勇略仁惠任将帅者（《南蛮传》），国士皆言愿属大树将军（《冯异传》），识边事（《王霸传》）若冯（《冯岑贾传论》），建节衔命（《寇恂传》），即率所属驰赴之（《段颎传》），身当矢石（《段颎传》），战一日数十合（《李陵传》），杀伤大当（《霍去病传》）。于是楼兰（《西域传》）怖骇，交臂受事（《司马相如传》），即西北远去（《匈奴传》），厥功茂焉（《宣纪》）。粤与楚接比（《地理志》），久之（《龚遂传》），调补（《匡衡传》）于湖（《郊祀志》）南北（《地理志》），亦善其政教（《卫飒传》），表贤显善（《王尊传》），观纳风谣（《循吏传》）。诸儒往归之（《儒林传》），传业者浸盛（《儒林传》）。乃更修黉宇（《儒林传》），立精舍（《包咸传》），凡所造构二百四十房（《儒林传》），修道桥（《南蛮传》），受南北湖（《地理志》），水圜宫垣（《郊祀志》），醴泉流其唐（《扬雄传》），台阁周通（《梁冀传》），高明广大（《董仲舒传》），费以亿万计（《司马相如传》）。既成（《京房传》），立五经博士（《儒林传》），选高才生（《翼奉传》)，明经饬行者（《文翁传》)，褒衣博带（《程不识传》)，委它乎其中（《儒林传》)。所以网罗遗佚（《儒林传》)，宣明教化（《黄霸传》)，皇皇哉斯事（《司马相如传》)。惟念夷狄之为患（《匈奴传赞》)，通难得之货（《货殖传》)，利于市井（《货殖传》)，泉刀布帛之属（《食货志》)，鲜能及之（《宣纪》)。浸淫日广（《食货志》)，靡敝国家（《严安传》)，忧虑不二三岁而已（《赵充国传》)，其已事可知也（《贾谊传》)。故善为天下者（《食货志》)，备物致用（《货殖传》)，因时之宜（《西域传》)，立成器以为天下利（《货殖传》)，诸作有租及铸（《食货志》)，尽笼天下之货（《食货志》)，以追时好而取世资（《货殖传》)，而万物不得腾跃（《食货志》)。天子闻之（《李广利传》)，欣欣以为然（《张骞传》)。江南地广（《地理志》)，民殷富（《窦融传》)，东滨大海（《东夷传》)，南近诸越（《严安传》)，有三江五湖之利（《地理志》)，亦一都会也（《地理志》)。先是（《扬雄传》)，朝鲜民犯禁（《地理志》)，东夷横畔（《扬雄传》)，有倭人（《地理志》）习于水斗（《朱买臣传》)，发兵数万（《匈奴传》)，为寇灾不止（《西南夷传》)，天下骚动（《李广利传》)，朝廷忧之（《朱晖传》)。公（《循吏传》）督军（《皇甫规传》)，把旄杖钺（《五行志》)，乘江东下（《班固传》)，广设方略（《皇甫规传》)，重其购赏（《西南夷传》)，激扬吏士（《吴汉传》)，以羽檄征天下兵（《高纪》），义愤甚矣（《逸民传》）。于时言事者（《元纪》），以为海内虚耗（《明纪》），而外累远方之备（《严安传》），又恐他夷相因并起（《赵充国传》），非所以安边也（《严安传》）。议羁縻之（《匈奴传》），使曲在彼（《匈奴传》），岂古所谓怀远以德者哉（《西南夷传》）。楚地方五千里（《西南夷传》），公之所居（《韩彭传》），仍归总揽（《刑法传》），以盐铁缗钱之故（《食货志》），山泽之利未尽出也（《晁错传》），乃更请郡国（《食货志》），即铁山鼓铸（《货殖传》），冶熔炊炭（《食货志》），有机有枢（《叙传》），自造白金（《食货志》），铸钱（《邓通传》）。其文龙（《食货志》）直千（《食货志》），直五百（《王莽传》），直三百（《食货志》），二百（《地理志》），直百（《地理志》），直五十（《王莽传》），是为银货（《食货志》），费数十百巨万（《食货志》）。常以此为国家大务（《扬雄传》），所以制四夷，安边足用之本（《食货志》），朝有所闻，则夕行之（《张衡传》）。习算事（《宣纪》），兴功利（《食货志》），月异而岁不同（《贾谊传》），运情机物（《张衡传论》），民得利益焉（《卫飒传》）。公（《五行志》）才兼文武（《卢植传》），忠清直亮（《陈蕃传》），国家重臣也（《张汤传》），朝廷每有四夷大议（《赵充国传》），常佐天子兴利除害（《晁错传》），宣布恩泽（《董卓传》），怀柔异类（《宋宏传》），改制度，与天下为更始（《司马相如传》），设诚于内而致行之（《董仲舒传》）。然束修厉节（《袁绍传》），不可干以私（《尹翁归传》），岁时但共纸墨（《后纪》），扶微学（《章纪》），延天下士（《儒林传》），能通一经者（《儒林传》），称之皆不容口（《袁盎传》），训辞深厚（《儒林传》）。及揆事图策（《王褒传》），夙夜思惟当世之务（《盖宽饶传》），小心翼翼（《安纪》），展无穷之勋（《叙传》），立功名于天下（《司马迁传》），声闻邻国（《司马迁传》），天子甚尊任之（《王商传》）。故能惠此黎民（《韦贤传》），跻之仁寿之域（《王吉传》）。《诗》云："宜民宜人，受禄于天。"（《刑法传》）《泰誓》曰："立功立事，可以永年。"（《郊祀志》）盛矣哉（《萧曹传赞》），庆流子孙（《樊郦传赞》），声施后世（《萧曹传赞》），虽皋夔衡旦密勿之辅（《班固传》），殆无以过也（《孔融传》）。生等（《宣纪》）瓮牖绳枢之子（《贾谊传》），不能褒扬万分（《谷永传》）。比年（《宣纪》）肄业管弦之间（《礼乐志》），抠衣登堂（《王式传》），说师法（《鲁丕传》），广异义（《章纪》），被风濡化（《扬雄传》），幸得遭遇其时（《王吉传》），诚思毕力竭情（《班固传》），以扬鸿烈而章缉熙（《扬雄传》）。书不能文也（《张敞传》），谨就所闻见言之（《司马相如传》），撮其旨意（《艺文志》），以述《汉书》（《叙传》），而为之叙（《艺文志》）。

一四三　唐时已有老爷之称

刘葱石属校宋本《景德传灯录》“睦州陈尊宿章次”（按：陈尊宿，唐咸通时人）云：“师唤焦山近前来，又呼童子取斧来。童子取斧至，云：‘未有绳墨，且斫粗。’师喝之，又唤童子云：‘作么生是你斧头。’童子遂作斫势。师云：‘斫你老爷头不得。’”“老爷”之称谓，自唐时已有之。

一四四　铺地锦

曩寓京师，尝燕集宣武门外半截胡同江苏会馆，院落绝修广，遍地纤草如罽，名“铺地锦”。时届暮春，著花五色，每色又分浓淡数种，或一花具二色、三色，或并二色、三色为一色。如茶绿、雪湖之类，殆不下数十色，风偃縠纹，蹙绣弥望，当时绝爱赏之。《景德传灯录·涿州纸衣和尚章次》（按：和尚亦唐人）云：“初问临济：‘如何是夺人不夺境？’临济曰：‘春煦发生铺地锦，婴儿垂发白如丝。’”此草绝佳，自唐时已有之，不见于题咏与记载，何也？

一四五　好事不出门，恶事行千里

又《传灯录·寿州绍宗禅师章次》云："问：'如何是西来意？'师曰：'好事不出门，恶事行千里。'"又"千年田，八百主"，见"灵树如敏禅师章次"。（按：两禅师皆唐人）世俗常言，由来旧矣。

一四六　以佛语命名者

又《传灯录·裴休传心法要》云："菩萨心如虚空，一切俱舍。所作福德，皆不贪著。然舍有三等：内外身心，一切俱舍，犹如虚空，无所取著，然后随方应物，能所皆忘，是谓大舍；若一边行道布德，一边旋舍，无希望心，是谓中舍；若广修众善，有所希望，闻法知空，遂乃不著，是谓小舍。"按：南朝陈后主时，有女学士袁大舍，取名用此义也。又毛西河姬名曼殊，厉太鸿姬名月上，亦皆用佛语。《西域记》云："曼殊室利。"唐言妙吉祥。《传灯录》云："舍利弗尊者，因入城，遥见月上女出城，舍利弗心口思维。此姊见佛，不知得忍不得忍否？"（按：元好问《台山杂咏》："对谈石室维摩在，珍重曼殊更一来。""曼"字作平声读。）

一四七　清初不准福建人入境

清朝自康熙已还，东三省每年奏报“并无福建人私行入境”云云，冬夏各一次。当时因郑成功负固台湾，设此禁例，防侦谍混迹也。相沿直至光绪季年，适张元奇巡抚吉林，见此奏报，怫然曰：“我即福建人，何云并无福建人入境也?”乃罢之。

一四八　天台山桃花仙女

刘晨、阮肇入天台山遇仙女事，向来艳称。顾天台艳迹，犹不止此。盐官谈孺木（迁）《枣林杂俎》云：

> 天台二仙女，宋景祐中，□（原缺一字）明炤采药，见金桥跨水，光华炫目，有二女戏于水上，殆水仙洞府也。又天台县桃源，万壑千岩，人烟断绝，其中古桃树，年深化为精魅，常迷人。宋王介甫夜坐读《易》，月照轩窗，忽有一姝容态娟丽，见介甫自言知《易》，遂相与谈论画前妙理，实能发人所未发，介甫喜甚。俄报司马君实来访，介甫出迎至轩中，彼姝即隐身不见。及司马出，彼姝复来，介甫怪而问之，对云：‘妾乃此山花月之妖，司马公正人，妾不敢相见。’介甫爽然。

一四九　明代玉箫女

再世玉箫，重逢城武，事见《云溪友议》，向来亦艳称之。明时亦有玉箫。《枣林杂俎》云："闽人周玉箫，武弁方舆妾，舆上议抚红夷，牾大帅，系狱七年。遣玉箫，玉箫誓不去。及事解诣阙，遇国变，又不得归，玉箫感慕痛没，有诗一百三十首行世。"此玉箫亦以情殉，独惜其无隔世缘耳。

一五〇　闽荔枝有名翰墨香者

闽荔枝有名翰墨香者，产铜山黄氏圃中。陆丹扆《小知录》云："林檎一名文林果。"可属对。

一五一　"𠄏"字考

𠄏，《广韵》："都了切。"《集韵》："丁了切，鸟悬也。"郑樵《通志·六书略》："训童子阴。"

一五二　以篆书写药方

苏州江艮庭（声）精邓学，工篆籀，兼习越人术。每为人治疾，辄以篆字书药方，药肆人以不识故，往往致舛误。先生则恚甚，曰：“彼既开药肆，乌可不识篆隶耶？”其迂僻如此。又德州田山姜（雯）癖好新奇，凡病，医以方进，必书药别名。如人参曰琥珀孙，黄耆曰英华库，甘草曰偷蜜珊瑚之类（按：唐进士侯宁极撰《药谱》一卷，尽出新意，改立别名，凡一百九十品。宋陶谷《清异录》亦有之，盖移述侯谱），书俗名者不饮也。设令艮庭先生为山姜先生诊视，则以篆字书药别名，尤为别开生面矣。

一五三　傅山叶桂行医癖好

医家性癖，犹有可记者。相传太原傅青主（山）善医而不耐俗，病家多不能致。然素喜看花，置病者于有花木寺观中，令善先生者诱致之。一闻病人呻吟，僧即言羁旅贫人，无力延医，先生即为治剂，无不应手而愈也。又雍、乾间，吴县叶天士名桂，以医名于时。有木渎富家儿病痘闭，念非天士莫能救。然距城远，恐不肯来。闻其好斗蟋蟀，乃购蟋蟀十盆，贿天士所厚者诱以来。出见求治，天士初不视，所厚者曰：“君能治儿，则蟋蟀皆君有也。”乃大喜，促具新洁大桌十余，裸儿卧于上，以手展转之，热即易，如是殆遍。至夜，痘怒发，得不死。两名医之轶事如此。好乐而辟，贤者不免，毋亦先玩好而后疾病矣乎？傅先生尤通人，未可仅以名医目之。

一五四　姓名谐语

有知府马姓，知县卢姓，会衔出示，幅小而字多，两姓相并，府先县后，距离绝近。一乡人阅示者卒然曰："驴字何反写也？"旁观者莞尔而笑曰："它日者，吾邑侯不次超迁，官阶在太守上，则驴字当改正矣。"

一五五　"先酌乡人"

清制：各直省府州县缺，概归酌补。某大吏桑梓情深，对于乡人多所迁就，僚属为之语曰："酌则谁先？"曰："先酌乡人。"

一五六　妇人为夫失身而自刎

徐容者，山阳陈某之娈童也，余桃之爱甚深，为之纳妇。成婚未久，值徐妇归宁，陈即蹈隙乘间，往为坠欢之拾。讵妇因忘携奁具，折回，有所见，则恚愤填膺，竟取厨刀自刎死。论者谓妇人因男子失身，而羞忿自尽，殆未之前闻。此妇节烈，可以风矣。陈、徐故事，前有迦陵、云郎（云郎徐姓），艺林播为美谈。迦陵亦为云郎娶妇，为赋《贺新郎》词，有句云："只我罗衾浑似铁，拥桃笙难得纱窗亮。"当时云郎之妇，万一解此，当复何如？

一五七　会社综述

合群结社之风，莫盛于武林，由来旧矣。《月令广义》云：“武林社，有曰锦绣社，花绣也；绯绿社，杂剧也；齐云社，蹴鞠也；角抵社，相扑也；清音社，音乐也；锦标社，射弩也；英略社，拳棒也；雄辩社，小说也；翠锦社，行院也。”明山阴张宗子（岱）尝结丝社，月必三会之。有小檄曰：“中郎音癖，清溪弄三载乃成；贺令神交，《广陵散》千年不绝。器繇神以合道，人易学而难精。幸生山水清都，共志丝桐雅奏。清泉磐石，援琴歌水仙之操，便足怡情。涧响松风，三者皆自然之声。政须类聚，偕我同志，爰立琴盟。”云云。又设斗鸡社于龙山下，仿王子安《斗鸡檄》檄同社。其从父字葆生，善诙谐，在京师与漏仲容、沈虎臣、韩求仲辈结噱社，唼喋数言，必绝缨喷饭。噱亦有社，盖无乎不社矣。厉樊榭诗自注云：“明嘉靖间，西湖有诗社八，曰紫阳社，曰湖心社，曰玉岑社，曰玉岩社，曰南屏社，曰紫云社，曰洞霄社，曰飞来社，社友祝九山时泰，高颖湖应冕，王十岳寅，刘望湖子伯，方十洲九叙，童南衡汉臣，沈青门仕，分主之。”诗社固常有，然而同时并起，如斯其盛，殆亦仅见。

一五八　王献之白居易之妾俱名桃叶

王献之妾名桃叶，见《古今乐录》。白香山妾亦名桃叶。香山诗有云："太湖石上镌三字，十五年前陈结之。"结之，桃叶字。

一五九　王阳明神算

王渔洋《香祖笔记》云："康熙乙丑夏，余游庐山，宿开元寺，观阳明先生《石壁天书纪功碑》，末云：'嘉靖我邦国。'若前知世宗入继大统者。"按：《碧里杂存》载王文成习静阳明洞，预知门人朱白浦、蔡我斋入山事。讵阳明能前知，故于纪功碑中，用"嘉靖"二字，为将来之谶耶？吾邑陈莲史先生（继昌）为嘉庆二十五年庚辰科会状，其廷试策首颂扬处，有"道光宇宙"字。逾年为道光元年，是则无心巧合，亦可谓几之先见者矣。

一六〇　经生黩财，名士好色

相传经生黩财，名士好色，为有清一代风气。王西庄未第时，尝授读某富家，每自馆归，必两手作搂物状。人问之，曰："欲将其财旺气搂入己怀也。"及仕宦后，以贪墨闻。或讽之曰："昔贤清畏人知，先生不清不畏人知，独不为名节计乎？”王曰：“贪婪第腾谤一时，文章足增重千古。吾自信文名必可传世，迨百年后，讥评久息而著作常存，吾之令闻广誉固无恙也。既取快于一时，仍无损于千古，计乌有得于此者？”梁山舟家世品学，冠绝时流，即书法亦并世宗仰。顾有紫标黄榜之癖，尝以阿堵故，受生平未受之辱。先是，谢少宰墉，捐馆于京师，诸子均在籍，唯第三子视含敛，遗资万五千金，平均分授五子。均寄存山舟处，随时付给，以其名高望硕为可恃也。讵后于其第四子应分之数，竟屡索不给，势将干没。谢之长子恭铭，乃至批山舟之颊，登门坐索，诟詈万端。当时致有“钟王石刻中，多一老拳帖”之嘲（山舟工书，故云）。王固经生，梁则名士也。经生与名士，容亦互为风气欤？今之名士，黩财者多，好色者少，盖好色之风，亦已古矣。

一六一　龚自珍奇行怪迹

仁和龚定庵，尝詈其叔不通，父仅半通。子孝栱，初名公襄，屡更名曰刷刺，曰橙，曰太息，曰小定，曰昌匏，晚号半伦，自言无君臣、父子、夫妇、昆弟、朋友，而尚爱一妾，故曰半伦也。以父为半通者，宜其有半伦之子矣。

一六二　古人命名之猥怪可笑者

古人命名猥怪可笑者，见于载籍，指不胜偻，略记如左。

> 《左传》：卫有史狗，郑有堵狗。《史记》：韩有公子虮虱。《汉书·古今人表中》中，有司马狗。（师古曰："卫宣公臣也，见鲁连子。"）又下上有荣驾鹅。（师古曰："驾音加。"）又郦食其子名疥，梁冀子名胡狗，魏元叉本名夜叉，弟罗本名罗刹，北齐有颜恶头，南唐有冯见鬼。《宋史》：刘继元子名三猪，辽皇族西郡王名驴粪。《金史·海陵纪》有刑部郎中海狗；《宣宗纪》有李瘸驴，唐括狗儿；《哀宗纪》有完颜猪儿；又兀术之孙名羊蹄，胡沙虎之子名猪粪，封濮王；《忠义传》有郭虾蟆。又纥石烈猪狗，见《西夏传》；耶律赤狗儿，见《卢彦伦传》。《元史》有郭狗狗，石抹狗狗，宁猪狗。又伯答沙次子名泼皮，皇庆中有驸马丑汉，江浙行省黑驴。

一六三　"朝朝寒食，夜夜元宵"辨

俗谚"朝朝寒食，夜夜元宵"，以为巨室富家，歌舞酣嬉景象。自海澨皀通，沪滨繁华，行院雾合，垂鞭侧帽，挥金易而点石难。于是乎有所谓"朝朝除夕，夜夜元宵”者，谓夫豪竹哀丝，玉钟彩袖，无夕不然。而实则债主雁行，债台高筑，亦无日不然。只此二语，形容尽致。彼纨绔少年，流连忘返，悍然不顾者，未见其苦乐均也。

一六四　男子美髯

欧洲风俗与吾中国迥殊，女子及岁，率以己意相攸，对于男子美髯者辄欣属焉。吾中国古时亦有以须为美者。《晋书·桓温传》：“眼如紫石棱，须作猬毛磔，尚南康公主。”是尚主时已有须也。（按：古人须不经剃，未弱冠即已有须，《金楼子》：晋王彪之，年二十，须鬓皓白，时人谓之王白须。《汉书·昌邑哀王传》云：“故王年二十六七，为人青黑色，小目，鼻末锐卑，少须眉。”盖以少须为病。）宋山阴公主夜就褚渊，渊不敢从。公主曰：“褚公须髯如戟，何无丈夫气？”是公主爱其有须也。唐武后时，朱敬则上疏曰：“近闻尚食柳模，自言子良宾，洁白美须眉，堪充宸御。”是须眉之好者，可进御于武后也。按：《释名》：“口上曰髭，髭，姿也，为姿容之美也。颐下曰须，须，秀也，物成乃秀，人成而须生也。”髭须有美秀之训，由来旧矣。

一六五　铸铜像史话

铸铜像以旌功绩，或志哀慕，亦欧俗也，吾中国古亦有之。《山堂肆考》："翁仲姓阮，身长一丈二尺，秦始皇并天下，使翁仲将兵守临洮，声振匈奴，秦人以为瑞。翁仲死，遂铸铜像，置咸阳司马门外。"《北史》："魏崔挺除光州刺史，威恩并著，风化大行，后为司马。景明四年卒。光州故吏，闻挺凶问，莫不悲感，共铸八尺铜像于城东广固寺，赴八关斋追冥福。"翁像近于旌功绩，而崔像则志哀慕也。《枣林杂俎》云："蒲州田千秋，好学善击剑，尝铸铜像，镌己名氏葬之。语人曰：'使千百年已后人得之，即神仙也。'"此则自铸己像，且藏之幽壤，非置之通衢也。

一六六　妇人生须

前话记妇人生须事，兹又得二事。赵崇绚《鸡肋》："唐李光弼母有须数十茎，长五寸许，封韩国太夫人。"《偃曝谈余》："郑阳一妇人美色，生须三绺，约数十茎，长可数寸许，人目为须娘云。"

一六七　男人生子

前话记男子生子事，兹又得二事。《庚己编》曰："齐门临殿寺，一僧年少美姿容，痛死，其师建斋会众荼毗之。忽爆响腹开，中有一胞，胞内一小儿长数寸，面目、眉、发俱备。"又嘉靖四年乙酉正月，吴县民孔方腹痛，谷道出血，产下一胞。妻沈氏割开，有一男长一尺，发长二寸许，五官俱全。

一六八　年羹尧积威震主

相传年大将军（羹尧）盛时，威重不可一世，事无大小，令出惟行。一日大雪，肩舆出府，材官辈以手攀辕而行，手背雪积寸许。将军悯焉，下令曰："去手。"材官误会意旨，竟各引佩刀，自断其腕。将军亟诃止之，则已筋骨摧残，雪为之赤矣。其积威之势，一至于此，欲不蹈震主之危得乎？

一六九　良乡妓冬儿淮妓姜楚兰轶事

《枣林杂俎》云：

良乡妓冬儿善南曲，入外戚左都督田宏遇家。宏

> 遇卒，都督刘泽清购得之，以教诸少四十余人，其最姝丽者登儿也。甲申，泽清欲侦二王存否，冬儿请自往田氏探之，遂男饰而北。知二王已绝，遂南。泽清镇淮安，书佐某无罪杀之，收其妻。泽清降北朝，摄政王赠宫女三人，皆尝御者，泽清不辞而嬖之。亡何，内一人告变，摄政王录其家，及所夺书佐之妇，泽清供书佐有罪，故杀之。妇明其非罪，且云："泽清私居冠角巾，谓事若迫，不如反耳。"泽清诛，冬儿下刑部，尚书汤□□（原缺二字）尝饮泽清所，出侑酒，故识冬儿。因曰："尔非刘家人。"遂免籍，更嫁吴骏公，作《临淮老妓行》："临淮将军擅开府，不斗身强斗歌舞。"

云云。按：诗见《吴梅村集》，字句与谈氏所录小异。吴翌凤注引尤侗《宫闺小名录》云："冬儿，刘东平歌妓。吴梅村作《临淮老妓行》。"又引陈维崧《妇人集》云："临淮老妓，某戚畹府中净持也，后为东平侯家女教师，其事实弗能详也。"亦不言嫁梅村。

《茶余客话》云：

> 壬癸间，淮妓姜楚兰色艺倾一时。有吴生者，善鼓琴，无志仕进，屏弃人事，嗜饮酒，家日益困。兰一见称赏音，每至辄沽酒尽欢。金尽，典衣钗以继。会刘泽清开藩于淮，有以兰名闻者，吴生莫知所为。

兰曰："小别耳，毋恨。"遂入后堂，歌曲奏艺，擅专房之宠。刘虽武人，亦知爱文墨，聚书籍，园亭花木水石，穷极幽胜。而牙签锦轴，插架连墙。以兰容辞闲雅，有林下风，令典清秘之藏。吴生待之，杳无消息，侯门深海，自分萧郎。一日，泽清率师渡河，幕府空虚，兰卷席珠玉玩好及奇书名画，挟数婢妾泛舟射阳，以简密招吴生，往还海曲，游寓浙西数年。事定返淮，伉俪终身，家以素封。

冬儿、楚兰皆东平故姬，皆得事雅流，幸矣。所事皆吴姓，亦奇。楚兰濡润于东平，何其甚似近日名妓之所为也。而能预知东平必败，其识鉴非碌碌者比矣。

一七〇　二毛

汉毛亨作《诗训诂》，以授毛苌，作《小序》，故曰《毛诗》。世称亨为大毛公，苌为小毛公。清时亦有二毛，萧山毛大可（奇龄）与兄万并知名，人呼万为大毛子，大可为小毛子。《施愚山集》有《毛子传》。

一七一　爱花、爱叶与爱草

中国人爱花，泰西人爱叶，往往层楼杰阁，万绿环之，谓绿色于目为宜，资裨益也。近人某说部云："钱塘蔡木庵布衣，居于武林门内之斜桥，性爱草，沿墙上阶，一碧无隙；湘帘棐几间，盆盎罗列，皆草也。凡草经其栽植灌溉，辄芊绵娟蒨，迥殊凡品。有翠云草，尤所珍惜。”亦嗜好之特别者。朱柏庐《四时读书乐》句云：“绿满窗前草不除。”第不除云尔，非所好在是也。

一七二　王显祚赠朱彝尊玉碗

康熙间，山西布政使王显祚，风雅好客，尤爱重朱竹垞。一日宴竹垞，出玉碗为饮器。盖曾藏晋恭王邸者。碗高五寸，深四寸七分，径七寸许，莹洁逾羊脂，昔人所称一捧雪，弗逮也。缀黄点数十如金粟，相映益璀璨。竹垞沾醉，持碗几坠地，每罄一酬，碗辄触案有声。它座客相顾色动，或移置王前。王笑曰：“何见之小也？碗信珍秘，与其完于它人手，何如瓶于竹垞手乎？”先是，某巨公愿以千金易之，王弗许。至是，遂以赠竹垞，并谕庖丁，月致佳酿二瓮焉。此事若在竹垞未试鸿博已前，则尤可传，弗可考。

一七三　明万卷堂藏书

明镇国中尉朱睦㮮，字灌甫，镇平王诸孙（隆、万间人），世称西亭先生，有《万卷堂书目》（见贝简香《千墨庵精钞七家书目》），搜罗闳富。按：《明外史·诸王传》：

“睦桪家故饶，逐十一利，资益大起，因访购图籍。当时藏书之富，推江都葛氏、章丘李氏，睦桪不惜高赀致之。”据此，则万卷堂博极群书，得力于货殖者深矣。

一七四　藏书家败德侻行记

藏书家族姓，多有败德侻行，不恤摧残雅道者。钱遵王（曾），牧斋从孙之子也。编《也是园述古堂书目》，多藏宋元版书，鉴别不在牧翁下。牧翁逝世，族中亡赖，乌合百人，托言牧翁旧有所负，喧哄于堂。迫柳夫人毕命，遵王实为之魁率。《荆驼逸史》载此事綦详：“叶林宗（奕），石君（树廉）从兄也。《爱日精庐藏书志》，孙觌大全集，叶石君跋。此书为从兄林宗借去，几十年矣。乙巳之春，林宗卒，为之整书，始得检归。《皕宋楼藏书志》，沈下贤集，叶石君跋。崇祯戊寅，得《沈亚之集》，为林宗干没。近来林宗物故，书籍星散，宋元刻本，尽废于狂童败妇之手。予生平不欺其心，自信书籍必不若林宗死后之惨。”云云。张子谦（承涣），月霄（金吾）之从子也。月霄《言旧录》：“道光六年七月二十九日，从子承涣取《爱日精庐藏书》十万四千卷去，偿债也。忆涣为予作《诒经堂铭》曰：‘达士旷怀，岂计长久，空诸一切，诒于何有。’不竟成此举之谶耶。”先是，承涣屡以资假月霄，盖预为要挟夺攘计。至是遂罄其所藏，捆载以去，月霄浩叹而已。之三人者，何尝不好古操雅，顾其所为，讵士君子所忍出耶？《汲古阁刻板存亡考》：“相传毛子晋有一孙，性嗜茗饮，购得洞庭山碧萝春茶，虞山玉蟹泉水，患无美薪，因顾《四唐人集》板而叹曰：‘以此作薪，其味当倍佳也。’遂按日劈烧之。”此举诚奇特，然而视彼三人为犹愈矣。鄞县范氏天一阁藏书，自明迄今，垂三百年，未经散佚。今春被人盗出数千本，售于沪上坊肆六艺书局、来青阁两家，价仅数百金耳。其中宋、元本无多（余仅得见宋小字本《欧阳文忠集》、元本《朱淑真诗集》），明初精抄，居十之八九，如明太祖、成祖《实录》之类，皆有关系不经见之书。顷之，为舶贩金颂清者一人所得，价则腾至舒凫万翼，以不分售故，乃至一鳞片甲，靡有孑遗。俄范氏后裔某，来沪诉讼。签符甫下，雷厉风行。未几，不知若何媾解，其事遽寝，书则稳度重瀛，永无归国之期矣。惜哉！

一七五　吴元朗查声山汤西厓雅事

康熙间，太仓吴元朗（暻，梅村子，有《西斋集》），海宁查声山（升，有《澹远堂集》），仁和汤西厓（右曾，有《怀清堂集》），为戊辰进士同年，并负诗名，同官京师，恒唱酬竟日夕。某夕，社集声山寓斋。时值初春，天寒雪甚，因下榻焉。漏已三商，声山、西厓同榻先寝，元朗犹推敲未已，声山戏于枕上属对云：“孤吟午夜，文章有性命之忧。”元朗应声云：“双宿春宵，朋友得夫妻之乐。”声山闻之，戏拍西厓肩云：“汤婆子，吾侪速睡休，勿令若人搅清梦也。”三人皆为之轩渠。

一七六　明末清初之名妓与名士

东南为莺花薮泽，丁明清之间，复社之流风未沫，士夫知重气节，即行院亦留意风雅。其出类拔萃者，恒欲附托名流以自增重。以视今之名妓，所为容悦，不出薰香傅粉轻身便体之浮薄少年，乃至辱身非类，而亦悍然勿恤。其智识相远，奚翅万万。柳如是尝之松江，以刺投陈卧子。陈性严厉，且视其名帖自称女弟子，意滋不悦，遂不之答。柳恚甚，洎遇钱牧翁，乃昌言曰：“天下唯虞山学士始可言才，我非才如学士者不嫁。”牧翁闻之大喜曰：“天下有怜才如此女子者乎？我亦非如柳姬者不娶。”又夏丽贞，珠湖伎，有殊色，工翰札，与诸贵人唱酬，意无所属。崇祯癸酉，阎古古相遇于水阁，拈花分韵，遂定盟焉。别既久，夏以手书及诗寄古古促其来。时阎以身世飘零，中原多故，答书中止，丽贞怨不自胜。夫陈、阎当日，必非惨绿翩翩矣。即钱亦发如柳之肤，肤如柳之发。柳、夏皆明慧，万不至误用其情，其微尚所寄，讵寻常儿女子可与知耶？若夫李香君之委身侯公子，董小宛之倾心冒辟疆，则迥乎非其它少年之比矣。

一七七　忠敏不爱蓄姬

托活络忠敏生平不蓄姬侍。督两江日，夫人至自京师，携垂髫婢二，闻将出京时，物色得之者，意在属之抱衾之列，忠敏略不措意。未几，其一以赠观察任某，其一赠某京卿，辞焉，则以俪某材官。盖忠敏于金石书画而外，绝无它嗜好也。唯观察者殊龙钟，尤非能惜玉怜香者（按：钱牧翁有“惜玉怜香”小印，为河东君作）。小红之赠，未经侔色揣称，读玉茗堂“姹紫嫣红”一曲，不能无感。

一七八　查为仁夫妻新婚酬唱诗

宛平查莲坡（为仁）夫人金氏，名至元，字载振，一字含英，山阴人，有《芸书阁剩稿》（附《蔗塘外集》后，锲板绝精），太半闺房唱酬之作。赵秋谷为之序，称其清丽孤秀，无绿窗绮靡之习。当其结褵伊始，莲坡赋《催妆诗》云：

> 十年香霭搅情尘，留得霜华百炼身。
> 此夕星光盈锦幄，向来春色阻花晨。
> 谁言蔗境甘无比，久识莲心苦有因。
> 差喜高堂称具庆，鹿门偕隐莫辞贫。

红烛双行照玳筵，凤箫吹彻下瑶天。
璧存敢诩连城贵，珠在还欣合浦圆。
赋就桃夭期觉后，迎来鹊驾路争先。
梦中欲乞生花笔，待写春山满镜妍。

夫人和原韵云：

句好如仙绝点尘，青莲原是谪来身。
诗传彩笔歌偕老，籍记丹台署侍晨①
四照花开融瑞色，九微灯飐缔良因。
牵萝补屋休嫌陋，得贮珠玑敢道贫。

百和香浓结绮筵，云璈如奏大罗天。
龙泉那肯丰城掩，冰彩依然桂殿圆。
此日授绥休论晚，它时委畚计当先。
试看欧碧鞓红种，留取春光分外妍。

原注：

①引《松陵集》注："执盖侍晨，仙官贵侣。"

锦字联吟，功力悉敌，诚玉台佳话也。

一七九　秦良玉纳男妾辨

《枣林杂俎》云："山阴朱燮元总督云、贵、川、广，石砫宣抚司女土官秦良玉，雅度侃议，傔从俱美少年，朱公子寿宜访之，酒间微讽。良玉笑引南宋山阴公主‘陛下后宫百数，妾唯驸马一人’云云以答。”蕙风按：此说诬也。竹垞《诗话野纪》亦谓良玉有男妾数十人，夔州李长祥力辩其诬，谓川抚尝遣陆锦州逊之，按行诸营，良玉冠带饰佩刀出见，设飨礼，酒数行，论兵事，逊之误曳其袖，良玉引佩刀亟断之，其严肃若是。乌程董祝有《咏良玉》诗曰：“追奔一点绣红旗，夜响刀环匹马驰。制得铙歌新乐府，姓名肯入玉台诗。”良玉手握兵符，俨然专阃，诚如《杂俎》《野纪》所云，则令不肃而气且靡，何能捍贼立功乎！无论尊俎宴谈之间，对于向少晋接之人，而为猥亵不经之语，良玉亦奇女子，断乎不至如是。矧遐方闺秀，虽有出类拔萃之才，亦决不能谙悉史事，至于仓卒之间，辄能举似山阴公主之言也。竹垞时代，距良玉已远，《野纪》云云，殆沿明人记载之讹耳。

一八〇　清廷官吏笑话

相传康熙时一老侍卫，直乾清门三十年，俄外简荆州将军，举室庆忭。某独愀然，继之以泣。或怪而问之，则曰：“荆州形胜之地，为敌国所必争，智勇如关玛法（按：玛法者，清语贵神之称）尚不能守，我何人斯，而得免于东吴之手乎？”亲友为之解释劝慰，某固执成见，弗之悟也。乾隆末，福文襄征廓尔喀时，有刑部满郎中某，以阿文成荐擢召见。上问福康安、海兰察二人外间声名如何，某应声曰："外间咸服二人将略，以比罗成、尉迟恭也。"上笑遣之出。文成悔之，告于人曰："老夫以某相貌丰伟，故登荐牍，孰意为熟谙小说人也。"人传为笑柄云。此二事绝相类。咸丰季年，石达开窜四川，满御史某上言："川南泸州一带，必须严重设防，恐贼众渡泸，勾结诸蛮洞，联络一气，称兵内向，则为患不堪设想。今日安得七擒七纵之才如诸葛亮者，而征服之。"云云。此奏亦流传为笑柄。曩阅某说部云："满人初入关，得《三国志演义》，奉为韬钤秘笈，故有满汉合璧绝精刻本，当时凡识字之满人，殆无不熟读是书，乃至锢蔽如某侍卫，犹无足异。"不图二百数十年后，声明文物，同化已久，犹有中《演义》之毒如某御史其人者，则诚匪夷所思矣。

一八一　清初士子不识题解

咸丰己未朝考论题"二子之心，非夫子孰能知之"，见《论语》"不念旧恶章"程子注。当时以不知题解，失翰林者夥矣。有清二百数十年，士子以《四书》艺进身，然不读朱注者有之，读外注者，百无一二焉。即如"二国之俗，唯夫子为能变之"，见《论语》"齐一变章"程子注，倘以命题，大约知者亦廑。虽句中有"变"字，较易触悟，而殿廷考试，决无携带《四书》者。即亦何从翻阅，而证其必是耶？它如“天下无不是底父母”，见《孟子》“天下大悦章”李氏注。“膝下”，见“小弁章”赵氏注。“胶柱调瑟”，见“任人章”外注（按：胶柱调瑟常语“调”作“鼓”，亦犹《庄子》注，对牛鼓簧，常语“鼓簧”作“弹琴”。语之有本而小变者也）。“不相干”，见《论语》“如有博施于民章”程子注。皆习见常语，倘问出处安在，亦未必能举注以对也。

一八二 《孟子》“外国”即日本说

《孟子》“仁也者人也章”外注：“或曰，外国本‘人也’之下，有‘义也者宜也，礼也者履也，智也者知也，信也者实也’，凡二十字。”按：所云外国，疑即日本。日本自唐时通中国，继此赍书之使，络绎于道途。彼国经籍刊本，容亦有流传中土者。而其初祖，或属秦燔已前古本，亦未可知，而宋人遂据以入注耳。它日当访求和文《孟子》印证之。

一八三 再记妇人生须

妇人生须，前笔两见，兹又得三事：宏（弘）治六年某月，应山人张本华妇崔氏，生须长三寸许（见《明孝宗实录》）。又嘉靖癸丑，青浦魑魍镇（按：魑魍二字，各字书所无，不可识，此镇名绝奇。编者按：魑，鸮的别名。

《本草纲目·禽部·鸮》："时珍曰：魖，字韵书无考，当作匈拥切。魖魂，流离，言其不祥也。"魍音未详)，有妇人忽生髭须，时县差以事摄其夫，从壁间窥之，以为男也。夫亦无获，携妇以归，邑市聚观甚众，明年遂有倭变(见《青浦县志》)。又万历二十一年，嘉兴包彦平馆华亭佘塘宋氏，其邻有妇人，须长五六寸，二十余茎，时年六十，自三十三岁始生须，拔去仍出，至五十岁而止（见《包彦平集》)。

一八四　限韵嵌字诗

七律限溪、西、鸡、齐、啼五韵，中嵌一、二、三、四、五、六、七、八、九、十、百，千、万、丈、尺诸字，《眉庐丛话》所载夥矣。惜诸作或未尽妥帖稳成，兹又得一首，为春明诗社冠军之作，题为《闺怨》。诗云：

> 六曲围屏九曲溪，尺书五夜寄辽西。
> 银河七夕秋填鹊，玉枕三更冷听鸡。
> 道路十千肠欲断，年华二八发初齐。
> 情波万丈心如一，四月山深百舌啼。

清词丽句，妙造自然，允推合作。

一八五　汪容甫与《金石索》

近人某氏笔记有云："阮文达撰《金石索》，嘱汪容甫辈助之搜罗。一日，汪以片石进，古色斑连，隐约似有款识，篆势奇古。文达问所自来，汪曰：'是即公所访求之某石器也。吾竭数月之力，仅乃得此，虽残破，价兼金矣。'文达审谛久之，曰：'良是。'竟偿容甫巨赀，而据以入《金石索》。它日，容甫又问：'曩为公访获之某石器佳否？'文达曰：'良佳。'容甫曰：'公曷更往求之？'因相约同诣滨河某茶肆，指临流乱石问文达：'视曩石器奚若？'文达注视有顷，愕然曰：'奈何戏我？'容甫笑曰：'庸何伤，留为金石家一噱耳。'文达喻其旨，复厚馈容甫，嘱秘勿宣焉。"蕙风按：今通行之《金石索》，南通州冯云鹏撰。阮文达亦有《金石索》，未之前闻，某笔记云云，殆未必可信耶。容甫本寒素（《广陵诗事》："江都汪明经中，幼年孤贫，家无书籍，于书肆中借阅，过目能记。既而贩卖书籍，且贩且诵，遂博览古今文史。"），父舸，字可舟，亦工诗，生平坎壈特甚。（《广陵诗事》："可舟性不谐物，偃蹇贫病，杭堇浦与沈沃田书，盛称其《和丁隐君贝叶经歌》《长春观老子像绝句》，有《岍岵山人集》八卷"）容甫中年已还，处境颇丰，力能收藏金石，罗致宾客。马氏小玲珑山馆或曰后归汪雪礓本，或曰归容甫，且增饰崇丽焉。汉射阳画像石刻，亦以资致之。盖遭遇承平，风雅未坠，寒士谋生，未若今日之困难，而其接物涉世，殆亦圆通于名父多矣。

一八六　顾大脚

《板桥杂记》："顾喜，一名小喜，性情豪爽，体态丰华，趺不纤妍，人称为顾大脚，又谓之肉屏风。然其迈往不屑之韵、凌霄拔俗之姿，则非篱壁间物也。汉武帝《悼李夫人赋》有云：'佳侠含光。'余题四字颜其室。"云云。当时纤足之风盛行，不图枇杷门巷，犹有参玉版禅者，则亦不缠足之雅故矣。

一八七　木版墓志与砖书墓志

托活络忠敏《匋斋藏石记》中，有非石刻二种：一北齐高侨为妻王江妃造木版，墨迹，字犹朗晰，唯背面稍模黏。一唐丽山府果毅都尉梁君妻李氏墓志砖，朱漆书，未经镌刻，凡五百九十七字，模黏才仅九字。木版于高侨妻殁，乃曰："为戒师等所使，与佛取花。"盖佞佛已甚者。下云："书者观世音，读者维摩大士。"语尤荒诞不经，殆其它石刻所未有。

一八八　"夕餐秋菊之落英"考

《楚辞》："夕餐秋菊之落英。"后人或驳其非谊，谓菊花虽残不落。宋罗大经《鹤林玉露》云："落，始也。"（按：《尔雅·释诂》："俶落权舆，始也。"）如《诗·访落》之落，谓始英也。据此，则屈自不误。后人误会为坠落之落耳。又芙蓉虽落不散漫，盖秋花禀贞肃之气，非春花可同日语矣（按：宋闺秀朱淑真《菊花诗》："宁可抱香枝上死，不随黄叶舞秋风。"亦谓其虽残不落）。又宋姚宽《西溪丛语》引《宋书·符瑞志》云："英，叶也。《离骚》'餐落英'，言其食秋菊之叶也。"按：《神农本草》："菊三月上寅采叶，名曰玉英。"是英亦谓叶也。《唐韵》："叶亦谓之英，于良切，读若央。"《毛诗本音》："舜英、重英，俱叶央。"《离骚》"夕餐"句下云："苟余情其信姱以练要兮，长顑颔以何伤。"政与央叶。（按：《九歌·云中君》："浴兰汤兮沐芳华，采衣兮若英，灵连蜷兮既留，烂昭昭兮未央。"华，花也；英，叶也。下与央叶，是亦一证。）《符瑞志》云云似较罗说为优。总而言之，必非花之坠落者。今人以麦屑裹菊嫩叶，和以盐菽，入沸油煎，极脆而食之。每年重阳前后，宴席间多具此品。

一八九 赵武灵王梦遇神女

《史记·赵世家》："武灵王十六年，王游大陵。它日，王梦见处女，鼓琴而歌诗曰：'美人荧荧兮，颜若苕之荣。命乎命乎，曾无我嬴。'异日，王饮酒乐，数言所梦。”想见其状，与楚襄王游云梦之浦，梦与神女遇，以白宋玉事绝类。

一九〇　王灵智学射

《太平广记》：“隋末有督君谟者，善闭目而射，志其目则中目，志其口则中口。有王灵智者，学射于谟，以为曲尽其妙，欲射杀谟，独擅其美。谟执一短刀，箭来辄截之，唯最后一矢，谟张口承之，遂啮其镝，笑谓王曰：‘汝学射三年，吾未教汝啮镞之法。’”此事与逢蒙杀羿绝类。

一九一　盼盼有二，莺莺有三

盼盼有二。《词苑丛谈》：“山谷过泸，帅有官妓盼盼，帅尝宠之，山谷戏以〔浣溪沙〕赠之云：‘脚上鞋儿四寸罗，唇边朱麝一樱多。见人无语但回波。料得有心怜宋玉，低徊无奈楚襄何。今生有分向伊么。’”此燕子楼外，别一盼盼。莺莺有三。《随隐漫录》：“钱唐范十二郎有二女，为富室陆氏侍姬，长曰莺莺，次曰燕燕。”此双文外别一莺莺。罗虬《比红儿》诗：“何似前时李丞相，枉抛才力为莺莺。”此又一莺莺也。

一九二　李廷珪有二

唐歙州李廷珪，父超，子承浩，以制墨世其家。见晁氏《墨经》。又李义山子，亦名廷珪，进士及第，以司勋员外郎知制诰，迁中书舍人，累迁尚书左丞。朱全忠兼四镇，廷珪以官诰使汴，客将先见，讽其拜，廷珪佯不晓，曰："吾何德，敢受令公拜。"及见，竟不肯加礼。见《怀庆府志》。

一九三　顾亭林有二

顾亭林有二，见前笔。按：《居易录》云："顾野王读书处，名顾亭林，在华亭，由来邈矣。康熙己未，荐举博学鸿词，亭林不肯赴试。常熟吴龙锡诗云：'到底不曾书鹤板，江南唯有顾圭年。'"亭林原名绛，见《明诗综·诗话》。渔洋《感旧集》小传，其一字圭年，则未见著录，近人罕有知者。

一九四　"余音绕梁"考

曩撰《蕙风簃随笔》有云："《列子·汤问篇》：'韩娥鬻歌雍门，既去而余音绕梁欐，三日不绝。'（欐，或作丽。《庄子》："梁欐可以冲城。"殷敬顺曰："阜梁也。”）今人但云‘余音绕梁’，不知下有“欐”字。某说部引之，谓绕梁为乐器之名，尤误。”今按《文选》张景阳《七命》：“音朗号钟，韵清绕梁。”李善注引《尸子》曰：“绕梁之鸣，许史鼓之，非不乐也。”则但云绕梁，亦自有本，前笔未审，应订正之。（按：许、史二氏，皆汉贵戚，此许史，则善鼓琴者，犹秦之萧史。）

一九五　叠字为号

余本（《玉篇》：“古文本字。”）字生生（号钝庵，四川青神人，有《增益轩草》），阎尔梅号古古（字调鼎，江南沛县人，有《白耷山人》《浉置草堂》等集），以叠字为字号，此外殆不多见。

一九六　孙扶桑《丁亥房书》

常熟孙扶桑（曙）为诸生时，好仿骈俪为制艺，所选丁亥房书，名曰《了闲》，大率妃黄婳白、薰香掬艳之作，家弦户诵，风气为之一变。会满大臣某弹驳文体，乃与进士胥廷清等同被逮，扶桑缘是褫衿，后更名承恩。顺治戊戌，以第一人及第。《了闲》首篇，《学而时习之全章》题文，虽署名它氏，实扶桑自作，讲首云：“且自芸吹撷古之香，杜陨求声之草，桂残招隐之花。”以此三句，括全题三节（见《柳南随笔》）。惜其全篇，不可得见矣。曩读王农山（广心）《莫春者至咏而归》题文“郑人芍药，乐此姬姜。豳女柔桑，言思公子”等句，掞藻摛华，其《了闲》之喤引欤？

一九七　梁祝分属蝶与蜻蜓

《常昭合志稿·物产志》：“虫豸之属曰蝶。”注云：“大而具五色者，俗呼梁山伯。曰蜻蜓。”注云：“黑而小者，俗名为祝英台，即北方之黑琉璃。”按：《山堂肆考》：“俗传大蝶必成双，乃梁山伯、祝英台之魂，又曰韩凭夫妇之魂。”《四明志》：“吴中有花蝴蝶，橘蠹所化也。妇孺以梁山伯、祝英台呼之。”今土人呼黑而有杂彩者曰梁山伯，纯黄色者曰祝英台。是谓梁、祝皆化蝶也。《常昭志》以蝶与蜻蜓分隶梁、祝，与旧说异，不知所本。

一九八　人面鸟

又《祥异志》引《虞山杂记》云：“顺治三年正月，吴中有人面鸟，鸣如鼓钟，或如牛声，在芦苇中，各县皆然。”注云：“按：光绪壬辰，都城亦有此异，故记之。天津人呼为土牯牛。”蕙风按：都门南下洼，烟水空阔，芦苇弥望，壬辰春夏间，有异声略如牛鸣，每江亭宴集，辄闻之（陶然亭，一名江亭）。人皆云在水中，或欲竭泽穷迹之，不云在芦苇中。亦无知人面鸟、土牯牛之名者（市井人妄绘其形，名之曰大老妖）。

一九九　午门秘戏图

北京午门，门洞凡五，外向者中三门正开，两边两门侧开。内向者五门皆正北开，其内向东第二门口石阶上，有旧刻仿秘戏图，大径二寸强，着笔不多，殊栩栩饶画意。此必守门将士粗谙绘事者，以锥刀划成。往来蹴蹋，渐就夷漫，当是明季人所为，亦三百年外陈迹矣。

二〇〇　以字形名面孔

宋人《贵耳录》载孝宗朝有川知州某，当陛辞，预结宦者求为地。宦者密奏："明日有川知州上殿，官家莫要笑。"上问何故，曰："其人素被口号，有'裹上幞头西字脸'之称，盖面方横阔故也。"明日上殿，方陈奏间，上便大笑不已。其人退谓人："天颜今日大悦，深自庆幸。"宦者遂因以为功。雍正时，有江位初者，面长方而黧黑，棱层板折，人呼为"旧"字面孔。凡识江面者，每开卷遇"旧"字，无不失笑。此皆以字形容人之面貌也。又有以字形肖人全体者。清制：大挑举人，相传以同、田、贯、日、身、甲、气、由八字为衡，"同"方长，"田"方短，"贯"头大身直长，"日"肥瘦长短适中而端直，皆中选。“身”体斜不正，“甲”头大身小，“气”单肩高耸，“由”头小身大，皆不中选（按：每届大挑，钦派王大臣在内阁举行，每二十人为一班。既序立，先唱三人名，盖用知县者，三人者出。继唱八人名，乃不用者。俗谓之八仙，亦皆出。其余九人不唱名，皆以教职用，自出，更一班进）。

二〇一　尚书与庶子

康熙辛未，奉旨开局专修《尚书》。华亭王司空顼龄为总裁，纂协修皆特简，一时荟萃名流，支给官物，按卷进呈。夏秋则封达热河行在，东华珥笔，中禁蜚声，稽古之荣，不可一世。唯《尚书》卷帙无多，竣事易而撤局速。又司空颇蓄姬侍，皆有所出，平日坚持雅操，虽洊跻清要，而宦橐顾不甚丰。其长君图炳，官春坊庶子，恒以分产不给为忧。或戏为撰联云：“尚书只恨《尚书》少，庶子惟嫌庶子多。”巧对天然，事实吻合。

二〇二　“没甚不好意思”

康、雍间，苏州有张氏者，其先富甲一郡，继而子孙多占仕籍，其富遂衰。一人独矜有秘术，富转增益，举族求其术不已，则大言曰：“若曹宴九宾，陈百剧，吾当授方略。”众如言毕飨，揖其就座说法。众环立屏息拱听，则曰：“吾术只六字诀耳：没甚不好意思。”众哄然散，既而思之，实无以易也。

二〇三　羞见江东父老

太仓唐实君考功（孙华），别号东江，最爱其次子颐。康熙戊子省试，东江属望綦殷，而颐以违式不终场，遂逗绕白门不敢归。有吴孝廉枢者调之曰：“前有项王，后有唐郎。一个百战无功，羞见江东父老；一个三场不利，恼煞老父东江。”语末四字，回文巧合，可谓善戏谑兮。

清时国史报总纂，阅定纂协修功课，以多删为贵。其流弊有当详而略者。

二〇四　年羹尧事败先兆

雍正乙巳十月初三日申时，京师忽有虎突入齐化门，登城，人噪逐之。行至宣武门下西米巷，入年遐龄家就擒。遐龄，太保大将军羹尧之父也。其后羹尧以骄蹇败，赐死之地，即虎就擒之地，此其先兆也。又年大将军赐第在宣武门内右隅，其额书“邦家之光”。及年骄汰日甚，有识之士过其第哂曰：“可改书‘败家之尤’。”盖以字形相似也。未几，年果偾事。

二〇五　赵秋谷恃才轻薄，宋绵津徒慕风雅

赵秋谷以丁卯国丧，赴洪昉思寓观剧，被黄给事疏劾落职。相传黄给事家豪富，欲附名流。初入京，以土物并诗稿，遍赠诸名下。至秋谷，时方与同馆为马吊之戏。适家人持黄刺至，秋谷戏云："土物拜登，大稿璧谢。"家人不悟，遂书柬以覆。秋谷被劾后，始知家人之误也。见阮吾山《茶余客话》。谓"大稿璧谢"云云，属秋谷戏言，家人误会，非秋谷本意也。

按：洪北江《诗话》：

> 康熙中叶，大僚中称诗者，王、宋齐名，宋开府江南，遂有"渔洋绵津"合刻。相传赵秋谷宫赞，罢官南游过吴门，宋倒屣迎之，以合刻见贻。秋谷归寓后，书一柬复宋云："谨登渔洋诗钞，绵津诗谨璧。"宋衔之刺骨。秋谷恃才轻薄，虽经蹉跌，未尝稍稍改悔，其对于黄给事也，犹之对于宋绵津也，而谓非其本意耶？吾山云云属在气类之雅，不惜曲说为之回护耳。

按《诗话》又云："时王已为大司寇，宋以千金贻之，乞赋一诗，作王、宋齐名之证。王贻以一绝云：'尚书北阙霜侵鬓，开府江南雪满头。谁识朱颜两年少，王扬州与宋黄州。'"蕙风曰："绵津之风，亦已古矣。乃至今日，风

雅何物，每斤直钱几何，其孰以性命相切之千金，购一王宋齐名耶?”

二〇六　捐纳京外官

雍正朝，平湖陆侍郎清献（乾隆元年，追赠内阁学士兼礼部侍郎），由灵寿知县，征授四川道监察御史，累疏陈捐纳事，牾触津要放归。疏中有云：“夫保举者，保其清廉也。保举而可捐，然则清廉亦可捐乎?”尤为破的之语（按：军兴已还，捐例愈推愈广，凡捐纳京外各官，当引见验看前，必须缴捐免保举银两，唯由正途加捐者得免。揆之事理，诚至不可通也）。

二〇七　酒王酒相酒将酒后之类

康雍已还，承平日久，辇下簪裾，宴集无虚日。琼筵羽觞，兴会飚举，凡豪于饮者，各有名号，虽谐谈，亦雅故也。长洲顾侠君（嗣立）曰酒王，武进庄书田（楷）曰酒相，泰州缪湘芷（沅）曰酒将，扬州方觐文（觐）曰酒后（未留须），太仓曹亮畴（彝）曰酒孩儿（年最少）。五君之外如吴县吴荆山（士玉）、侯官郑鱼门（任钥）、惠安林象湖（之浚）、金坛王箬林（澍）、常熟蒋檀人（涟）、蒋恺思（洄）、汉阳孙远亭（兰蕊）皆不亚于将相。荆山尤方驾酒王，每裙屐之会，座有三数酒人，辄破瓮如干，罄爵无算，然醉后则群喧竞作，弁侧屡舞，形骸放浪，杯盘狼藉。唯荆山饮愈𢙐神愈惺，酬酢语默，不失常度，夷然洒然并无矜持抑制之迹。其闳量非同时侪辈所及，而欿然不以善饮之名自居。荆山一寒士，弱不胜衣，貌癯瘠无泽，而享盛名，跻右秩。昔人云："魏元忠相贵在怒时，李峤相贵在寐时。"荆山之相，必贵在醉时也。

二〇八 "裙"考

裙本作帬。《说文》："下裳也。"《类篇》作"裙"。《释名》："连接裾幅也。"《韵会》中："裙，亲身衣也。"《急就篇》注："一作帔，不专指妇女之裙。"半唐老人好雅谑，尝曰："裙屐之裙，当作裙作帬，属男子言；钗帬之帬，当作帬，属女子言。帬上从尹，篆文象帬腰帬带形；下从巾，象帬幅曳垂；中从口，亦象形。"

二〇九 清初科场检查丑相

康熙庚子顺天乡试，特命十二贝子监外场，露索（搜检也，见《大金国志》）綦严，朱竹垞之孙稻孙预试，披襟而前，鼓其腹曰："此中大有夹带，盍搜诸?"体貌瑰伟，意气磊落。众皆目属，邸亦为之粲然。平定张殷（月）斋（穆）少有奇士之目。道光己亥，由优贡应顺天乡试。入闱当搜检如例（是年曾望颜为顺天府尹，搜检加严），则尽脱上下衣裸而立，王大臣无如何，检其箧，得白酒一瓶，以为言，则立饮尽，碎其瓶。益忿怒，竟奏劾褫革。殷（月）斋所为，视稻孙滋侮慢，未免令人难堪。仲尼不为已甚，其得祸也亦宜（按：光绪朝乡会试概不搜检，虽其例未废，而并不实行，当自咸、同间始）。

二一〇　以瓜为贽

王石谷初谒王烟客，以巨瓠四枚为贽。或议其薄，石谷笑曰："昔侯芭载酒问奇字，我且不止一壶矣，何薄为？"（见《邻蔬园偶笔》）张芑堂少时，曾受业于丁敬身。初及门，囊负南瓜二枚为贽，各重十余斤，丁先生欣然受之，为烹瓜具饭焉（见《鸥陂渔话》）。瓜壶（瓠）雅故，无独有偶。

二一一　彊村艳词

沤尹以所著《彊村诗余》六卷嘱为撰定，卷中艳词绝少，唯《南乡子》六首（粤东作）。其一云：

云磴滑，雾花晞，西樵山上拣茶归。　山下行人偏借问，朦胧应，半晌脸潮红不定。

语艳而味厚，得花间之遗，虽两宋名家，鲜能办此。

二一二　咏西方银钱词

外国银钱，有肖像绝娟倩者，或曰自由神，亦有其国女王真像。蕙风得见友人所藏，有词赋之，调〔醉翁操〕：

> 婵媛，苕颜，蓬仙，渺何天。何年，如明镜中惊鸿翩。月娥妆映蟾圆。凝佩环，典到故衫寒，得楚腰掌擎几番。　　泛槎怕到，博望愁边。玉（去声）容借问，风引神山梦断。冠整花而端妍，鬟辫云而连蜷。东来兰絜缘，西方榛苓篇。此豸秀娟娟，倩谁扶上轻影钱。

此调本琴曲，用苏文忠谱（辛忠敏亦有一阕，字句与苏词小异）。文忠填词，信不为宫律所缚，有时亦矜严特甚，即如此词，固无一字不按腔合拍也。今四声悉依之。

二一三　服伺内廷之苦

清时京朝各官，以儤直内廷为荣，然亦有不胜其苦者，天颜咫尺，垂手伺立，久则气血下注，十指欲肿。若派写进呈书籍，终日伏案而坐，两脚不得屈伸。康熙间，王宫詹图炳直南书房有年，尝奉命书《华严经》全部。出语人曰："伺候时立得手痛，抄录时写得脚痛。此苦岂外廷所知闻。"闻者绝倒（光绪时，滇人缪素筠女史以绘事供奉慈宁宫，亦伺立时多，憩坐时少。缪固纤足，其苦尤甚。同时金闺诸彦，方艳羡其荣遇矣）。

二一四　左丘明两目无珠，赵子龙一身是胆

康熙辛卯，副宪左必蕃、编修赵晋典江南乡试，左空洞而不识文字，赵知文而大通关节。吴人为之语曰："左丘明两目无珠，赵子龙一身是胆。"

二一五　为上司推销时宪书

雍正丁未，曹亮畴权知浙江安吉州事。某年冬，藩司发下时宪书数百本，令散卖缴价。礼房吏虑其难销，议弗受，拟稿详覆，呈上判行，中有"卑州僻在山陬，从来不奉正朔"云云。亮畴大骇，呼入责之，犹争云，此语有出处，此州书吏皆布衣赤脚，不敌它州之皂隶也。

二一六　起重机与留声电话机之嚆矢

明牛存喜，字汝吉，聪颖多艺能。天宁寺碑刻成，在阶墀间，或命移置阁檐下。碑高与檐齐，众皆难之，乃召存喜至。见役者数百人，绐曰："众馁乎？若第归食。食

后，与我会寺门下。”比众至，存喜业与僧人数辈，以机法推挽阁下矣（见《河内县志·艺术传》）。此即西洋起重机之嚆矢。又袁简斋《新齐谐》云：“江慎修（永）置一竹筒，中用颇黎为盖，有钥开之。开则向筒说数千言，言毕即闭。传千里内，人开筒侧耳，其音宛在，如面谈也，过千里则音渐澌散不全。”其法在留声机电话之间，惜未能精益求精而底于成耳。

二一七　填词须分阴阳

偶得对联云：“四时春夏秋冬，五声平上去入。”平声有阴阳平也。周九烟（星，后改姓黄，冠于本姓之上）云：“三仄应须分上去，两平还要辨阴阳。”上去入亦分阴阳。凡填词，须分阴阳平；若制曲，尤非四声悉分阴阳不能入律（阴清声，阳浊声）。

二一八　张子信善解鸟语

《北齐书·方伎传》：“张子信隐居白鹿山，少以医术知名，又善易筮及风角之术。武卫奚永洛与子信对坐，有鹊鸣于庭树，斗而堕焉。子信曰：‘鹊言不善。今夜有人唤，必不得往。虽敕，亦以病辞。’子信去。是夜，琅琊王五使切召永洛，且云敕唤。永洛欲起，其妻以子信言，苦遮留之，称坠马腰折不堪动。诘朝难作，永洛乃免。”

此公冶长后，能通鸟语者。

二一九　诚意伯与郑端清神算

相传明诚意伯临殁时，以一箧密呈太祖，扃镝甚固。属贻继体，丁至急乃可开。其后燕师迫近畿，建文将逊国，徊徨无策间，开其箧，得僧衣、戒刀、度牒，因易装遁荒焉。王文简《池北偶谈》云："郑端清世子让国，自称道人，精邵康节之学。宫中有一椟，手自缄镝，岁辄易一封识，遗令遇急乃开。及其孙寿平值河北流寇之乱，发椟得破衫五，一阔大，四稍窄小。王躯干伟硕，其弟四人则短小也。遂衣而逃，得免于难。"与诚意伯事绝类。

二二〇　曾勉士述筑台及用炮之法

南海曾勉士先生（钊）湛深经术，博稽古籍，粤人治汉学者未能或之先也。著《面城楼集》十卷。集中之文核证典礼，辨订经传，深微奥衍。其诸书后跋尾，亦考据精确，无空骋议论之词。生平抱用世志，治经外，农田水利，战守兵法，无不研究。道光辛丑、壬寅间，海氛孔棘。制府高平祁公檄令修碉筑坝，募勇团守，旋已议款，敌兵不至，而所支帑不能报销者，至三十二万余金，倾家不偿，坐此免官。藏书数万卷，并质于人。徐铁孙观察，由浙中寄诗怀之，有"误人岂有阴符书"之句，盖伤之也。其《答翟茂堂都司书》详言蛸蛇山炮台，当日建筑防堵情形，了如指掌。书长难于具录，兹节录其所言筑台用炮之法如左云。

向来台形，或圆或椭或方，其炮路皆散而不聚，足以破贼舟，而不足以洞敌舰。钊乃创为之字形，使台曲如蚓萦。敌舰出山足，则第一、第二、第三、第四、第五及第二十五、二十六、二十七、二十八之炮，集击船头为正，其第二十九、第三十、第三十一之炮集击船尾为奇。倘敌舰冒死闯入台前，则第十一至三十一之炮迎击为正，第六至第十三之炮，横击为奇。

又云：

至于用炮之法，以炮口照星瞭左右，人所共知也。以勾股算弹子所出高低，人所不知也。譬如炮身长八尺，炮口高一分，则弹子至一百丈，高一尺二寸五分矣。若炮口高一寸，则弹子至一百丈，竟高一丈五寸，其能中船乎？钊乃以朱线识炮身之右，从炮口通至炮尾，以求地平之线，使炮勇瞭头平视，度炮口之朱线，不过高炮尾一二分而止，则炮弹高下尺寸可自操矣。炮垛既曲，炮弹必聚，人所共见也。一发之后，装瞭不及，人所无如何也。钊乃分炮位为三班，譬如十炮同击一处，以一、四、七、十等炮为一班，二、五、八等炮为一班，三、六、九等炮为一班。第一班炮已发，即赶装药，推归原位，迨第三班炮发，而第一班炮可复发矣。此即连环枪法。唯连环枪直行进退，炮则横列迭发耳。”（原书节录止此）

它如相度地势，絜量炮线，测水之深浅，分风之上下，蒲囊夜扛，以出不意，锹沟掘坎，以阻冲突；设土垛，置喷炮，以护前台；屯壮勇，扼田塍，以防后路；立不败之地，出万全之策。其经营布置，书所能详。其因应变通，书容犹有未尽矣。集中又有《虎门炮台形势条议》《记沙钻》等篇（按：沙钻一器，投之劲流中，能倚立水底，旋转不停。遇有厚沙，随钻随起，水行沙去，弗复淤积，浚河善后之良器也。记后附图），皆经世有用之文。有志之士，当条贯而寻绎者也。

二二一　十九做巡抚，七十授编修

康熙朝，宛平黄昆圃（叔琳），年十九，官至浙江巡抚。疆臣持节，殆无早于此者；慈溪姜西溟（宸英）年七十，以丁丑一甲第三授编修。词臣珥笔，殆无迟于此者。叔琳亦辛未第三人及第。

近代轶闻

导 言

陶菊隐（1893—1989），湖南长沙人，号养伯，民国史学者，著名记者。辛亥革命时，参加援鄂湖南学生军。1912年参加长沙《女权日报》。1916年起，先后任《湖南民报》《大湖南日报》记者，《湖南新报》《湖南日报》《武汉民报》主编。1929年至1941年，任上海《新闻报》、南京《华报》记者。上海解放后，任上海新闻图书馆理事会理事、华东军政委员会参事、上海文史馆副馆长。著作有《记者生活三十年》《北洋军阀统治时期史话》《孤岛见闻》等。

《近代轶闻》是陶菊隐掌故代表作，属《菊隐丛谭》之一，共十八则，记述民国初年之政坛风云及名人轶事，尤侧重于民国军阀混战内幕。民国初年，局势未定，烽燧满目，揭竿而起者不乏草泽英雄。诸如张作霖起于土匪，张宗昌起于矿工，张勋起于佣仆，曹锟起于小贩，大多知识不足、胆量有余，而其身边幕僚食客率多阴险狡诈之徒，故动辄用武，致使民不聊生、政府轮转、国无宁日。

菊隐先生生当其时，身当其事，从袁世凯之称帝，到张勋之复辟；从北洋军政府之内部倾扎，到南方革命党之光复史；从清末旧臣徐世昌、王士珍，草泽大王张作霖、张宗昌，到文坛泰斗王闿运、康有为，文苑怪杰辜鸿铭、易实甫，等等，他无不烂熟于心，无不述之笔下。故概括则脉络分明，揭示纵横捭阖之内幕、错综复杂之关系，如“洪宪始末”“复辟之一幕”“曹吴之盛衰”“奉系人物志”；描述则笔墨风趣，或刻意讥刺，或轻描淡写，如“名流内阁”“洪兆麟之怪癖”“粤桂将领素描”“文坛名宿列传”等。

概而观之，本书的最大特点，叙事集中于民初，述人集中于军阀，故分则可浏览单篇轶事，赏心悦目；合则可视为有关民国军阀之专著，尤足珍视。

以上内容均为我社20世纪90年代《民国笔记小说》出版之时，所邀专人为《近代佚闻》所写导言之内容，略有删节，因无法出其右者，沿用于此。

此次整理以20世纪60年代台湾文海出版社出版的《近代中国史料丛刊第九十一辑》所收入《近代佚闻》为底本，该底本较之民国年间之刊本文字错讹较少，是目前所见较为完备之底本。此次整理在尽量保证原始文本样貌的同时，校正了文稿中的明显字词错误、异体字问题、标点断句问题，更加方便读者阅读。

张继红　任俊芳

一　洪宪始末

（一）西后听政时之袁世凯

西后垂帘听政时，袁世凯以出卖戊戌六君子功，任北洋总督，极意结交阉宦，使侦后意向，以投其好，因之宠眷逾恒。其时国步方艰，朝廷罔恤民力。值后诞辰，疆吏搜珍选异，各出心裁，以贡品之良窳卜恩眷之隆替，煌煌盛典，举国骚然。惟北洋大臣近在辇毂之下，独无所献，人咸咄咄称奇，然袁意固别有所在也。某日，后巡观珍品，似颇称赏，最后目注墙堵，沉吟无语而出。宦者以告，袁猛省曰："得之矣！"即搜集名画若干帧，盛饰以进。后大悦曰："慰亭实获我心！"袁所费最少，独邀青睐，其善伺意旨诚不可及也。后袁当国，左右便佞师其故智，袁亦不悟。以是知当大任者，其不为宵小所惑盖亦鲜矣。

（二）"办共和"

袁帝制自为，身败名裂，论者每归咎于其左右，不知左右皆先意承志，而发纵指示者乃其自身也。民国三四年，袁氏每与人谈，辄问："办共和之成绩如何？"对各省大吏之来京请训者，亦以是为询。夫共和政体信誓旦旦，岂容冠以"办"字？其蔑视共和可知，其以此为试办性质可知，然闻者初无以应。盖反对共和即为叛国行动，虽元首言外有物，亦无人敢于妄参末议也。

（三）君宪救国论

杨度知其隐，欲以一言为天下先。四年春，与袁长子克定谈及变更国体事。克定曰："兹事体大，必罗致国中群彦相与研讨，庶足以杜悠悠之口。任公（梁启超）领袖名流，得渠一言，贤于十万毛瑟也。"乃邀梁至。克定先言曰："近有以共和不适国情，主张变更国体者，先生谋国之忠，必有所见？"梁卒然不知所答，久之，始期期曰："吾生平所研究者，乃政体而非国体。"梁退，杨与克定谋曰："推任公之意，盖只问立宪与否，君主民主非所计也。"是年夏，杨撰《君宪救国论》，命总统府内史夏寿田密呈袁氏。袁省览至再，语夏曰："姑秘之。然所论列灼见时弊，可寄湖北段芝贵精印数千册，备参考。"自是春光外泄，国人有以窥其隐矣。

（四）幕中三要角

时府中有内史若干，其首要为内史监，犹今之秘书长也，阮忠枢任之。阮随袁久，始于小站练兵时。内史中之杰出者：一为张一麐，亦小站旧人，以内史兼任机要局局长（隶属政事堂）；一为夏寿田，系陕抚夏时之子，少年掇高第，曾由杨度为之推毂，治事勤敏，袁颇礼重之。袁昧爽即兴，盥栉竟，往签押房披阅案牍，习以为常。阮有烟霞癖，起床晏；张兼绾局务，亦未能如时入；夏乃独任其劳，鸡鸣即至，未尝后时。袁浏览绝疾，且阅且批：某也交政事堂，某也交军事统率办事处，某也交内史。批讫，纳之大红封套中，分发各处。其要件须迅答或指示办法者，袁氏喃喃作语，夏则据案角振笔疾书，俄顷立就，殊当袁意。其时国务院更名政事堂，徐世昌主之，人呼徐相国，有呼相国而去姓者。下设左右丞各一：左丞杨士琦、右丞钱能训。另设机要局，局长即张一麐。夏以新进，与袁不离跬步，尊如阮忠枢，亲如张一麐。外而政事堂，内而机要局，所得个中蕴秘皆瞠乎其后。岂惟瞠乎其后而已，有留中未发者且须就询于夏焉。夏权责高，嫉之者亦众。而袁氏真意所在他人莫测高深者，夏独能心领神会，如见肺腑。杨（度）有荐贤之谊，夏感推毂之劳，故夏之所知者，杨亦知之，而霹雳一声之《君宪论》于是乎作矣。

（五）春云渐展

是年七月，冯国璋进见，嗫嚅而言曰："共和政体行之数年，国人失望甚矣。愿总统多负责任，跻国家于富强之域。璋不敢壅于上闻，幸垂察焉。"袁叹曰："子为国家谋，或无不当，为吾谋则左。吾有子三人，皆不肖，倘吾君临天下，将难乎为继。若云传贤，则不如总统之为善也。"冯退而叩诸张一麐，张曰："老头儿初无自帝之志，二三子逢君之恶。此何等事，稍有常识者皆知其必不可为，况精明如此老耶?”冯又往询梁启超，梁亦曰：“聪明人那得做懵懂事?”冯乃释然南返。

时有美国行政法学专家古德诺受聘为顾问，法制局参事林步随为其舌人。古将返国，袁叩以临别赠言，古曰：“言之幸勿见罪！贵国人民程度远逊欧美，躐等以行共和之制，是何异削足而适履也。以吾观之，如改行君主政体，亡羊补牢，犹未为晚。”袁顾林步随曰：“书之。”是日即以译文送《亚细亚报》发表。时外间对袁猜疑日甚，《亚细亚报》又为御用机关报，其所论述奚啻出自其口，因之益有山雨欲来之势。未几，即有杨度、孙毓筠、刘师培、李燮和、胡瑛、严复六人联署发起研究国体之团体曰“筹安会”者出现。揭幕伊始，仅以“共和政体适用于中国与否”为研究之对象，浸假而及人的问题矣。时人呼为“六君子”。

（六）一段老话

杨度倡君主立宪论不自今始。欲明杨之言行及倡导君宪论之原委，当不嫌词费。远溯民国前一段老话。

清政不纲，民忧国辱，志士惧危巢之将倾，侨寓东瀛，以兴亡为己责者，一时如雨后春笋。惟各有怀抱，各走极端，伐异党同，轧轹日甚。综其大别，不外种族革命与政治革命两途。共所揭橥者，一为民主立宪，一为君主立宪。持君宪论者，以为法治既修，一切纳于轨物，即不必注及治人。矧国步方艰，外侮日亟，苟召阋墙之衅，将贻解体之忧。主张民主立宪者，则谓治人治法不可偏废，非我族类其心必异。苟以阘茸之满廷操持宪政，是衣土偶以文绣也。两说聚讼，壁垒相当。其领导之者，一为老同盟会，一为保皇党。杨度依违其间，不作鲜明表示。盖杨氏同情君宪，而不欲翊戴清廷。时两派各有刊物，杨亦创设《中国新报》与之鼎峙焉。

中山先生自南洋抵东京，下车后，首访杨度。杨寓饭田町，先生凡三宿始去。盖杨旷代逸才（此袁氏赠杨语），先生颇礼重之，欲祛其所惑，俾在民主旗帜下为一忠实同志，而杨意不欲。分袂时，先生侃然曰：“吾舌已敝，而君胶执如故，今可分道扬镳，以观最后之成败。”杨曰：“吾有一友人与公宗旨合，当介以相见，必能相得益彰也。”中山颔之。其人即大名鼎鼎之黄兴。黄识先生乃出杨度之介见，此亦天下事之不可解者。

旋杨因事归国，袁世凯、张之洞等荐之于朝，廷对称旨，赏四品京堂，委为宪政编查馆提调，是为杨晋身仕阶之始，亦为与袁结纳之始。无何，武昌起义，袁氏再起彰德，朝旨甫颁，杨即赴彰为之规划。宣统三年冬，摄政王谋缓和民气，出汪精卫于狱，杨且与汪组“国事共济会”。清帝将逊位，袁遣使南下议和，以杨久处扶桑，多与党人谋面，命秘密赴沪协助一切。杨与黄兴等有旧，斡旋其间，颇竭心力。盖尔时之杨氏，不袒清室，不助民军，而以拥袁为其唯一途径矣。

（七）六君子之结合

筹安会未发生以前，徐佛苏、丁世峄辈上书袁氏，请改帝制。袁命夏午诒商之杨度，授意徐等先组织研究国体之团体，以觇人心。袁意未欲杨氏参加，盖欲以不关痛痒之人为其前驱，而留杨氏隐身幕后也。杨以为此辈望浅，不足以当大任，即挺身自任，总揽一切，仅邀丁、徐入会而已。孙毓筠夙为民党，在东瀛时与杨过从甚密。清末，孙与段某、权某潜赴江宁有所营干，事发，江督端方下之狱，杨驰书营救，端许之，以孙口供数千言制版寄杨，所言皆主张政治革命，与杨不谋而合。光复后，孙曾任皖督。解职走京师，袁与寿州孙相国有旧，孙为其同族，以是颇推屋乌之爱。孙亦渐亲袁，密献帝制之策。杨闻之，乃邀为筹安会发起人之一。严复为留学界先进，与袁克定交最厚；刘师培精研汉学，蜚声于时，均以学者被杨罗致。李燮和、胡瑛则民党中人，亦变节列名为君子。严事后语人："余列名发起人，事前未知。皙子曾过我纵论时政，我告以所见。未几，报端即发现筹安会通启，列入贱名，是何异拉夫政策。……"闻者唯唯而已。

（八）梁任公一鸣惊人

筹安会产生之翌晨，徐佛苏（时任国务院参议）、袁思亮走晤杨度，谓："兹事体大，胡不谋之任公？"杨曰："吾亦云然。"乃遣汤觉顿、蹇念益赴津征梁同意。徐、袁则与蔡锷谋曰："任公耻为牛后，毋宁另树一帜，以任公为之首，庶可殊途同归也。"蔡颔之。议未定，而汤、蹇返自津门。

当汤、蹇之至津也，将有所陈说。任公未待启齿，袖出《异哉所谓国体问题者》一文示之，二子相顾愕然。文中抨击袁氏不遗余力，二子不敢白来意，乃婉谏曰："先生亮节高风，诚足以风末俗；然先生共和党首领也，获罪当道，其如党人生计何？"梁曰："吾志已决，成败利钝非所逆睹！"二子再请，梁乃删去数句，且函皙子与之绝，谓"吾人政见虽歧，私交如故。今后各行其是，不敢以私废公，亦不必以公害私"云。原函甚长，清雅可诵。二子归，私叩张一麐："国中清议如此，而项城一意孤行，何也？"张曰："项城那有此意？乃杨、夏辈欲冒天下之大不韪耳。然项城明察秋毫，必有以自白。吾尝询之至再，是以知其然也。"张为袁之幕府，与共和党人近，其言如是，二子几疑误入杨度圈套，因之辗转传说，共和党人遂亦信袁氏无他。而徐佛苏、袁思亮等拟另树一帜以任公为之首者，至是亦寝其议矣。顾徐、袁之计画未成，而与筹安会争妍斗胜者，另有所谓各省联合请愿会，主之者为梁士诒。梁欲争杨度之功而耻居其下，乃使沈云霈等为进一步之组织：盖筹安会仅以研究政体相标榜，请愿会则公然一实际劝进之团体矣。其时有人密询袁氏："公欲称王称帝，自为之可耳。即不然，得群雄拥戴，于是良便，奚必假手群儒以制造民意？"袁笑曰："吾不欲开武人干政之端。且不经制造，安有民意？吾为此，或亦未能免俗耳。”

（九）蔡松坡崛起

无何，各省召开国民大会，对君宪与共和问题以投票方式取决之。袁在伪造民意之下窃据帝位，改元洪宪，而晴天霹雳之云南倡义遂于民国四年十二月昭示国人矣。唐继尧、蔡锷皆倡义人物，然国人多有讴歌蔡者。蔡系湖南宝庆人，时务学堂学生，东渡留学时（日本士官学校）与杨度善，休假日必饭于杨家。蔡服膺军国主义，必假手于雄才大略之君主始足以有为，与杨政论尚无凿枘。归国后，管军云南。癸丑冬间，自请解兵柄为天下先。旋走京师，与杨过从甚密。夏午诒时亦踵其门。袁氏以夏谈兵中肯綮，尝戏语曰："文人不习戎事，非博识之文人也。不观曾、左辈非以文人为统兵大员耶？吾必以子为陆军次长。"夏志之不忘。袁又谓小站宿将皆成废物，东邻虎视，国亡无日，欲修军备，苦乏将才，拟就南人之知兵者畀以练军重任，庶可去腐生新，适应时势，辞气间隐有授蔡为参谋总长主持练兵事务之意。时蔡任统率办事处处员兼经界局总裁。帝制议起，袁忌之甚，遣干卒侦其动静，蔡夷然如平日；杨、夏亦交口游扬，谓与蔡有乡谊，且持论夙合，必无他，袁疑稍释。将军府签名赞附帝制之日，蔡夷然居首，孙武次之。然蔡为任公弟子，任公反袁意决，共和党人袖手作壁上观，思深虑远之蔡氏，盖早知所以自处矣。

先是，蔡为滇督时，袁得谍报谓有人劝蔡脱离中国版图，自建一国，加“大汉王”尊号，袁信手批“应查”二字，以其羌无故实，束之高阁。蔡既供职统率办事处，偶检积档，无意中发现是卷，颇涉忧疑。说者谓统率办事处以雷震春为中坚，雷系小站练兵时旧人。袁近有表示，北洋宿将已成时代之落伍者，将物色新才充实军备，言下颇属望于蔡。雷忌之，故将密件流露，使蔡不安而去。盖雷、蔡貌善而不相投，人所习见也。会民党由沪入滇者，知滇军非蔡不动，因遣何某携密本入京投蔡。不谓阴错阳差，疑云叠起。先是，天津盐商某与袁有瓜葛。前清末年，营业亏折，家产籍没，惟在京所置巨第由其戚保管者，未入官。商有如夫人，事发时，清检细软珠饰，命干仆携存戚家。事越数年，商墓木已拱，如夫人亦不知所终，惟干仆在，且从军已为排长矣，隶于军警执法处。国人苟非健忘，当忆袁氏称帝时之军警执法处，其职权庞大无比，侦骑四出，杀人如芥，处长陆建章遂有“屠户”之名。旋陆调陕督，雷震春继之，以暴易暴，时人有迅雷不及掩耳之喻（其时北京茶馆有“莫谈国事”之句榜诸座右）。此干仆而排长者忆及往事，因率健卒七八人按图索骥。讵门庭犹是，人物已非，盐商之戚移寓东城，新赁居者乃为蔡锷。仆固伧夫，不辨朱紫，排闼而入，大呼检查，气象威猛，家人震骇，罔知所措。时蔡整戎装将谒袁氏，闻声不敢出；嗣辨为追索旧物者，乃岸然而出。仆知误，踉跄而遁。蔡从电话中质问雷震春。雷怒，杀仆以谢。然蔡适接滇中密书，中心恇怯，乃托词东渡治疾。无何，绕道入滇，申大义于天下矣。

时滇军师旅长多与蔡契。蔡抵昆明，有湘籍师长沈某，蔡旧属也，蔡于昏暮中为不速之客，沈惊喜迎之。蔡曰：“袁氏叛国，事不可缓矣！”即夕召师旅长之厚于己者，集沈宅秘议，侃侃陈词，泪随声下。与议者皆奋起曰：“一切唯公命，生死以之！”诘朝，蔡单骑谒唐于督署，唐骇然迎之。蔡率尔曰：“吾行抵阿迷州遇刺，幸免于厄，君有所闻否？”唐愕然。蔡曰：“此必袁世凯之诡谋。时过境迁，吾人当研究救时方策。”唐曰：“吾誓从公后，先与诸将谋，何如？”蔡然之。即日召集军事会议征询意见，而不知先一夕已行之矣。及时，将校咸集，蔡致词沉痛，略谓：“袁势方盛，吾人以一隅而抗全局，明知无望，然与其屈膝而生，毋宁断头而死。此次举义，所争者非胜利，乃中华民国四万万众之人格也。”语竟，诸将视线咸集于唐。沈师长跃起曰：“蔡将军有所命，吾人罔敢或违。”众和之，声震屋瓦。唐慨然谓蔡曰：“君以为可者，吾亦可之，吾二人二而一者也。”旋举总司令，诸将之厚于蔡者皆欲唐行而以蔡为居者。蔡知其意，即以前驱自任，众无已，从之。席终，蔡谓诸将曰：“吾非不知君等意，然吾志在讨袁，若以责任属唐而自居后方，人其谓我何？”众皆叹服。

蔡生平不好货财，部属皆不敢妄取一介。其后吴佩孚亦不好货财，而吴部多贪婪，吴不察之，人喻为粪夫，意谓吴氏仅能洁己，而前后皆为秽物也。今之武人，求为粪夫又不可得矣。蔡律部下严，从蔡者恒贫乏无以为生，人谓蔡有威可畏，而无德可怀，然人民讴思罔替，是又足以为训矣。先是，日本士官校同学中有四杰之誉：一蔡锷，二蒋方震，三张孝准，四周家树。之四子者，习武功而兼擅文事，学友美之。其后蒋为军事名学者。张赴德习陆军，归国后任湘省榷运局长，壮年中风死。周仅任陆军部员及留日监督，以吟咏问世，类文士所为，亦郁郁而卒。四杰者湘人居其三，而蔡勋业冠侪辈，是亦有幸有不幸也。

帝制取消，袁亦一病不起。黄陂代位，蔡以功授川督。蔡夙撄肺病，戎马中饷弹不继，忧伤郁于腠理，日即沉绵。督川令下，蔡已不支，乃赴日就医，委川事于罗佩金、戴戡。东渡后，卒以病入膏肓，长辞人世，举国震悼。蔡平时廉介自矢，死后，家人几无以自存，政府恤典及部属赙金数不盈万，国人所以报元勋者亦薄矣。

（一〇）戴戡亦有功

民国以来，政场中兔起鹘落之人物当不乏其选，然未有如黔人戴戡之昙花一现者。清末，戴东渡日本习手工业，返国后，以乡谊走依陈国祥。陈长河南法政学校，怜其无归，雇为司出纳之职员，月薪才四十耳。时教务长为熊范舆，戴曲意结纳之。戴原名桂龄，字锡九，恶其不循，某君为之更名曰戡，字循若，欣然受之。无何，李经羲督滇，招熊入幕。戴请从，许之，得任滇省某矿局事务员，以是获交于唐继尧。辛亥，贵州为哥老会所据，戴说唐曰："会匪乌合之众，黔人倒悬未解，公如愿往，弟为导焉，黔乱不足平也。"唐从之。果迎刃而解，戴以功授实业司司长，距其月薪四十元之生活，才数年耳。黔中人才消乏，戴外结滇军，羽毛丰满，未几，擢巡按使，俨然大吏。袁世凯以其名不见经传，撤其职。戴北上谒袁，阍者不为通，窘甚，营谋累月，始位以参政。戴恶其不加青睐也，蓄志倒袁。时旅京黔绅入共和党者甚多，蹇念益、陈国祥皆是也，戴频与往来，得识梁启超。梁固不慊于袁者，戴喜曰："今而后吾知所以自处矣。"乃往谒蔡锷，以倒袁之策进，蔡默然不置可否，而倾注良切。戴揖而退曰："知公忠义之士，聊献刍荛，吾将先入西南为公前驱，苟得志，毋相忘。"即日襆被南下，转辗入滇，假蔡名游说诸将，且述袁必败，故作佐证。诸将曰："蔡将军来，吾侪执鞭以从其后。"戴据情报蔡。蔡至，义帜张，洪宪倒。戴随蔡入川，与罗佩金分任督长。未几，蔡因病去国，川人仇滇军，罗佩金走，戴摄督篆。斯时也，戴功业灿然，不同流俗。惜好运不常，寻为川人所戮，时年未四十也。

（一一）康有为无心插柳

天下事往往有发端至微，而影响所及出人意表者。先是，民党中有唐蟒、龚超、章士勤（章士钊之弟）等流落沪上，无以为炊。唐屡访康有为，康不忘清室，思假袁氏窃国之机，使民国与独夫同归于尽，以收渔人之利，乃放言讨袁壁垒已成，彼獠旦暮必倒，绘影传声，穷描极相。唐等信之，遽电促李烈钧、方声涛等归国。李由美国匆促治归装，抵沪，叩唐所见，唐曰："康有为之言，谅不我欺也。"李等相偕访康，康匿不与见，李等大窘，亦惟有相与踝躞马路中以遣岁月而已。时谭延闿客上海，李、方造访，乞假番佛数尊聊博一醉。谭曰："此非长久计也。闻松坡间道入云南，公等与蓂赓（唐继尧字）夙共几砚，曷入滇以谋发展乎？"李、方告以资斧已竭，谭倾囊予之。于是滇越道上，党人往来如织。

（一二）陈宧与汤芗铭

疆吏中怂恿袁氏称帝最早者为陈二庵。陈外简川督时，诣府辞别，忽正色曰："天下将乱，蜀尤难治；若非大总统当机立断，各省疆吏将徬徨无主，焉能竭其才智共挽狂澜乎？管见所及，大总统不宜以个人为重而以国家为轻，乞本悲天悯人之怀，为长治久安之计。"袁氏嘿然。陈长跽而请，泣数行下曰："共和国体为世所诟病也久矣，亡羊补牢，犹未为晚。总统负天下苍生之重，忍以国家徇党人之私耶？"袁徐曰："汝姑与云台一谈。"云台者，袁长子克定字也。陈退，入卍字廊晤克定，克定意气高岸。坐甫定，袁遣急足至，朗声谓克定曰："总统有命，大爷速备兰谱，与陈将军约为兄弟。"克定乃改容款客。陈赴任后，首电劝进。无何，滇军倡义，川滇之战以起，纳溪一役滇军未得手，然南中闻风慕义者皆引满待发。陈知袁氏无能为，猝响应义师，通电暴袁罪恶，视倡义诸将领之语气殆有加焉。电末有“袁逆密以巨款三千万元汇英伦将作逃亡计”等语。时袁惊忧成疾，阅电大忿，瞿然而起曰：“人心大变，乃至是耶！”言已，气喘加剧。人谓陈琳之檄可以愈头风，陈宧一电则不啻袁之催命符。等是一陈，而袁氏逊阿瞒远矣。其时，湘督汤芗铭亦电劝袁氏逊位，袁仰天叹曰：“吾不为帝位惜，吾为天下人心惜也！”

（一三）帝制取消，袁氏谢世

某日宵分，徐世昌应急召至居仁堂，袁已力疾起，袖电稿示之。徐频读频点首，读竟，称善不已。袁苦笑曰：“子以为当，即命发出矣。”徐然之。电发，外间始知袁氏取消帝制矣。徐忠于清室，与袁私交弥笃，袁当国时延为国务卿，夷然任之而不辞。及袁称帝，事前未与谋，则亦故作痴聋，嘿嘿无所臧否，然中心殊不谓然也。袁鉴于大势已去，翻然改图，徐则促成之以符夙志。

夏午诒趋榻前叩袁曰：“总统取消帝制，事前胡不谋之他人？”袁叹曰：“吾昨观天象，见巨星陨落，此吾生平所再见。第一次所见同，不弥月而李文忠公薨；今又见，吾体力虽健而抱恙未瘳，矧吾家祖孙相承未有逾五十九岁而死者，吾已及此年，恐不久于人世矣。”语意凄惋，夏不知所对。观此则袁氏取消帝制半由于烽燧满目，半由于精神错乱。越数日，袁果死。是日，张一麐入府觅夏午诒，诟谇万端。夏瞠目无以应。

（一四）章太炎之名论

章太炎论袁失败，其关键在于以三人反对三人：其一，梁任公反对杨皙子；其二，张仲仁（张一麐）反对夏午诒；其三，雷震春反对蔡松坡。当时播为名言。盖任公为文一泄千里，为时下所传诵，其左右人心之力至伟。张、夏背驰，北洋宿将冯国璋遂不为袁用，共和党人亦弃其迁就事实之主张，铤而走险。至松坡避谤南下，首揭义旗，固以伸其宿昔之怀抱，亦不可谓非震春有以激成之也。当帝制议起，驻京军警机关孰不作鸡犬飞升之想，闻张一麐阻挠帝制也，皆恨之刺骨，散发传单，危词恫吓。张疑夏所嗾使，恚恨不可名状。庙堂相逢，漠然如不相识。旋调迁教育总长，而继任机要局长者乃为称臣最早之王式通。张疑袁氏明予迁擢，实则摒之门墙以外。他如主持各省请愿联合会之梁士诒，筹备大典之朱启钤，与六君子同为国人所共弃，尤不值得也。

袁氏心忍手辣，才足以济其恶，虽厚于袁者亦不能为之置辩。然有一事可为呼冤，即外传与日人订立《二十一条》外，另有密约，实无其事也。袁被迫签字时，神志为之不宁者累日，谕丁佛言撰《中日交涉失败史》，印五万册，密存山东模范监狱中。尝语左右曰："勾践不忘会稽之耻，卒以沼吴。彼咄咄逼人者，终有肉袒牵羊之一日，此书乃可出而问世矣。”又聘学者及军事家组织东三省研究会，搜集国防材料。盖自朝鲜事件发生时，袁已洞见日人野心。迨践位元首，于日皇加冕时，仅命使官就近致贺。经外交部反复陈说，谓非常重典，各国皆派专使，矧吾近在邻封，尤不可忽，始派周自齐前往。日人侦知其隐，竟婉谢之以示报复（谓“恐中国留学生滋扰，警卫不周，致惊专使”云云。）。凡此皆证明袁氏之无他也。

袁氏谢世之日，几上发现亲书二语曰：“为日本去一大敌，看中国再造共和。”此殆留以自挽者欤。

二　复辟之一幕

（一）张勋之身世

辫帅张勋为当年复辟主角，尽人而知之矣。张江西奉新人，微时佣于故乡某姓。某有姻戚许振祎，字仙屏，系奉新望族，曾任河道总督，曾国藩弟子也。一日，某命张以橘一篮馈许，适客至，仆从他往，呼茶，无应者，张乘间以茗进，许大乐。客退，询知为何人，喜其便给，即函某留为己用。张诚懿善解主人意，遂以佣役而迁采办，且授室矣。会岁暮，亏折数十金，事发，愧恨请去，许之犹子辈念其积劳，为函介于广西提督苏元春处。苏远戍边塞，威重一时，喜结纳权要，命张为差官辇金入都，以此识李莲英。未几，苏被岑春煊劾免，张北上未归，得李力，任某营管带。西狩时，护驾口外，夜不交睫，为西后所赏，许以不次迁擢。张感镌心骨，叩首不已。其忠于清室之念盖已胚孕于是时。清祚既衰，张已为翼长（即今之师长）驻南京，与民军炮火相接，军容凌乱，军纪废弛，宁人至今犹为切齿。石头城陷，北走兖州。无何，清鼎革，张羡咸、同中兴事业，以为浮云翳日无伤于朝廷之明，乃约所部不剃发，违者斩首，以是“辫子军”之名大著。袁世凯当国，辫兵陈师要道，不听约束。时袁隐蓄异图，欲罗为己用，命秘书长皖人阮忠枢南下说张，晓以利害，隐示张宜认清其敌在南而不在北。张鉴于清室之不可复振，诺诺应命。阮归复命，袁乃命张部移驻徐州，资以饷械，未久即拜长江巡阅使之命。徐州路轨交错，为苏皖北门锁钥，袁欲以之为对南前锋而不意以彷徨歧路之偏裨，竟得因缘时会跃为民国历史上一巨憝焉。终袁之世，张尚知所顾瞻；袁死，乃以为天下无出其右者，骄蹇之态毕露。

（二）黄陂引狼入室

时有“五鬼闹北京”之谣。何谓五鬼？汤漪、哈汉章、金永炎、郭同、汪瘦岑是。政客章士钊、丁世峄之流愤于段祺瑞刚愎自用，与“五鬼”沆瀣一气，密谋倒段。府秘书长丁世峄、院秘书长徐树铮皆以智囊自负、钩心斗角，酿成府院之争。“五鬼”复推波助浪于其间，黎、段乃不可终日居矣。黎方策士力言段无实力，如以一令免职必拂袖而去，天下事不难大定矣。郭同赣人，与张勋有旧，愿凭三寸不烂之舌说张为助，黎韪之，馈金遣行。郭至徐州，张延款甚优，拍胸大言曰："吾有三不做：一不做总统，二不做总理，三不做部长。黎总统长者，如有难言之隐，张某当不吝为之声援也。"郭大喜返京，力言张勋的是可儿，渠既不问中央政局，孰敢过问者？于是黎意决，下令免段，以李经羲组阁。段果一怒赴津。当是时，倪嗣冲发起督军团，以拥段为号召，一唱百和，如败叶满山。黎大惧，环顾无助，乃畀张以调停之任。张内而与黎若即若离，外则隐为督军团盟主，有举足轻重之势。黄陂惊弓之鸟，寝馈难安，犹以调停为未足，更令张北上，欲资以自卫，明令褒奖，中外具瞻，于是此"物望所归，公忠体国"之长江巡阅使张勋遂挟辫子军数千名，高视阔步，昂然抵都门矣。张以一介傭（佣）保得登显秩，几曾有忠于清室之念，更何尝有变更国体之主张？惟其进阶之始得寺人拔识，双眼花翎黄马褂歆羡已久。鼎革后，官至巡阅使，位在诸督长上，终以为民国官吏不若皇家名器之可珍。奉召入都后，百方视听集于一身，俨若身系天下之安危，而忘其为一块然浊物。卒之目无余子，演复辟怪剧，此不独国人始料所不及，即张自身亦有莫知其然而然之势也。复辟事发，黎氏逃，五鬼散，助长政潮之策士缄口屏息而遁，此皆由攘权一念有以致之。然张在北方之实力微乎其微，段入第八师长李长泰军中誓师马厂、京畿陈光远一师、黎卫队萧安国一旅闻风响应，此银样蜡（镴）枪头之笨伯遂钻入荷兰使馆，度其寂寞凄凉之岁月焉。

（三）大风起于萍末

先是，张勋喜与诸翰林游，贵州人胡嗣瑗、广东人温毅夫、九江人刘廷琛过从尤密。刘曾任京师大学堂监督。清亡，如丧考妣，垂辫发如故。张重其资望，深与交契，刘乃日以兴灭继绝之说进。张虑孤掌难鸣，不敢轻动，惟濡染既久，声气相通，其思想之固执未始非受其影响也。胡为宗社党余孽，适有康有为弟子潘博（字若海）得胡推毂，张聘为记室，潘感之，遂愿为胡效奔走。有人告张，潘形迹不检，将以累公，张悟，转介之于苏督冯国璋。冯延之入幕，潘又力举胡才，冯信之，聘胡为督府秘书长。冯为人重武功而轻文事，懒阅公牍，以私章畀秘长，俾代画诺，事后亦不闻问，其所发表之主张见诸文电腾播人口者，苟有人据以面质，冯必瞠目莫对。时潘博弃冯代表驰命四方，桂督陆荣廷新抱丧明之痛，潘奉派往吊，乘间赞扬清朝盛德，语刺刺不休。时袁世凯称帝，沿前清习惯，封粤督龙济光为公爵，陆为一等侯，陆不怿。无何，龙平惠州乱有功，加郡王衔。陆、龙为儿女亲，陆势且居龙上，以是益恶袁。潘知其隐，乃屏左右而言曰：“公以忠义驰誉天下，宣统复辟旦暮间事，张绍帅、冯华帅筹之熟矣；公在南方倘为桴鼓之应，册封王号左券可操也。”陆改容曰：“先生高论，顿开茅塞，容缓图之。”其后洪宪失败，粤军驱走龙济光，以至袁死黎继，黎段交恶，段解职，督军团起，循序推演，如珠走盘。潘乃北走徐州说张勋曰："下走橐游南宁，晤陆干帅，怀念清室，言下呜咽。我帅孤忠耿耿，遐迩周知，机不可失，河清难俟，投袂而起，此其时矣。"张曰："干卿远在南疆，华甫近居肘腋，倘华甫为吾梗，恐画虎不成，为天下笑。"潘力白久处华帅幕中，知其意向，况督军团奉我帅为盟主，渠必不独持异议。张意动，乃电冯曰："党人构难，推翻合肥，将进而割裂吾团体，其势殆如初生之犊，此不可不慎防也。溯自民国肇造以来，共和政体，不适国情，政出多门，老成逊避，行见孤舟浩海，罔知所届。吾侪忝绾军符，宁忍坐视？诚能光复旧业，以固国本，则新党之气焰可戢，黎庶之大愿获伸。我公领袖群伦，卓见所及，务希随时提示，俾资遵率。"云云。此电乃以探冯意向，不料潘于事前密电胡嗣瑗，嘱将是电留中，另以迷离恍恍之词，假冯名义复电张氏。胡如计而行，张大乐，以为段既下野，冯亦不为害，群督仰其鼻息，陆干卿早有默契，尚有何事不可为耶？乃与张镇芳、雷震春、梁敦彦、康有为等八人签订誓复宣统密约，佯以拥黎为名，率辫子兵三千名北上而大演其独幕怪剧矣。其时论者以为"张勋心粗气浮，冒天下之大不韪，虽其行诣足以危害我国家，而略迹原情，究不失为清廷忠仆"。此皆不明底蕴之谈也。盖张愦愦武夫，功名心切，谥之曰愚忠，诚非其分。而复辟一幕之所以演成，乃发动于一极不相干之小政客，所谓大风起于萍末，其是之谓乎。

（四）冯国璋之泪

袁世凯在生之日，冯国璋事之唯谨。一日，袁叹曰：“吾与汝无话不可谈。吾贵为总统，与皇帝无殊。所贵乎为皇帝者，以其传子耳。吾长男残废，次男、三男尤不当吾意，倘吾孟浪从事，其将何以为继？吾筹之熟矣，国体决无变更，子勿为浮词所惑也。”冯唯唯，退而语梁启超，梁以为善。冯归不弥月，筹安会起，乃大怪。说者谓袁之于冯，推心置腹，一个月前袁确无窃国之意，时过境迁，乃搁前言于脑后矣。另一说则谓袁为人深沉阴鸷，彼欲为帝自为之可耳，初不欲假手于武人之拥立，盖虑拥立以后反为所制，故宁谋及政客而不愿武人之加以黄袍。二说当以后者为是。冯在南京闻帝制事愈传愈真，乃电张一麐询究竟，张复电未否认。张固厚于冯者也，然于帝制事独为门外汉，自是袁、冯间不无芥蒂。西南军政府成立，梁启超草檄讨袁，是电在南京拍发，迷离徜徉，令人如坠五里雾中，而不知胡嗣瑗实为卖弄玄虚之一人也。胡主张清帝复辟，惮袁势盛，乃与倒袁派勾结而欲坐收渔利，冯竟一无所觉，此公真醉生梦死之尤者矣。其后袁命蒋雁行南下，询冯意如何，冯特蒋袖痛哭，谓：“我受宫保厚恩，宫保欲如何便如何，宁有吾辈置喙余地？”然事后冯氏并未根究一切，其不批阅公文如故，胡嗣瑗参预帷幕如故，卖弄玄虚亦如故。胡、潘二人狼狈相倚，相与蒙蔽，相与招摇，卒之笨伯张勋亦深深入其彀中，此真可谓工于作伪也已。

（五）李中堂装做煤小子

继段组阁者为李经羲。有人言于李曰：“黎总统触怒群雄，引张勋以自重，黎张若风马牛之不相及，岂有拔刀相助者？狼将入室，祸不远矣。公负国家之重，不可以无言。”李唯唯。及张勋入京，李夷然一如平日，前之献言者再至曰：“康有为亦入京矣，止于法源寺，祸燃眉睫，公犹熟视无睹耶？”李泰然曰：“吾亦闻之，且吾今午曾至法源寺访康，寺僧谓有一口操粤音之老人卸下行李一担匆匆出门去，今未复来，不知是否康有为也。”言者曰：“不是康有为是谁？”是夕，赣人在江西会馆为张勋洗尘，召堂会以娱佳宾，张佯醉，不终席而去，即衣冠入宫，谒溥仪。翌晨，龙旗飘现。张命梁鼎芬入府许黎以王位，黎不从，急走荷兰使馆中。李经羲亦避居江朝宗私宅。说者谓李为清室旧臣，其所以未随黎氏遁入使馆者以此。然当时复辟党未尝以正眼觑李，李乃于第三日以炭涂面，载煤一车自为御者，于一鞭残照中赴津。

（六）群犬争骨之现象

张勋入京之始，以徐世昌曾任清室太保（宣统三年，庆王为总理大臣，徐副之），资深望重，乃遣使请命。徐向来使提出三条件：（一）复辟后必以彼为摄政，即不居摄政之名亦必畀以全权。（二）以其女妻溥仪。时溥仪犹未婚也。（三）实行宪政。使者持以覆命，刘廷琛在张侧，闻之大笑。张问之，刘曰："此人欲学阿瞒。"张不解所谓，刘曰："昔曹操以女妻汉献帝。"张闻而恶之，不复与谋。其后沐猴而冠，中外腾笑。徐以胜朝遗老，独未尝一脔者此也。尔时优诏授官，张自为亲王兼议政大臣、直隶总督，原任直督曹锟贬为提督，而以朱家宝授直隶巡抚，授湘督谭延闿为湖南巡抚。或曰："谭与革命党沆瀣一气，恐未必乐为我用也。"张曰："不然，渠父官至总督，世受国恩，此君饮水思源，必可就范。"京电到湘，谭适宴客，座中有戏为谭贺者，谭连呼"滑稽滑稽"不已。此外各省奉诏谢恩者，仅一安徽巡抚倪嗣冲。倪驻节蚌埠，人呼为蚌帅，蚌市龙旗与北京城遥遥相对焉。夫倪固以拥段为职志者，且系督军团之发起人，曾几何时，一变至此，可见当时武人无眼光、无定见，至于信义人格，更非彼等梦想所及矣。

其时张之左右及一般以前清遗老或重臣自命者，仅欲假手张勋以恢复其个人禄位，既非忠于一姓，更无政见之可言，故伪诏侧重封赏，罕有涉及大政之言论。即以封赏而论，顾此失彼，小惠未遍而争端已起，其不崇朝而瓦解，虽三尺童子皆有以知其然矣。张之秘书长万绳栻与张同籍，略识之无，罔知窍要，时任内阁阁丞，一切政令皆出其手，以兴废大事介诸市井小人，焉得不败？当康有为之应召入京也，固以为可竟戊戌未竟之志。彼不仅主张复辟，且为提倡君主立宪最力之一人，此虽迂腐之见，然较之一无主张徒以分赃为得计者犹胜一筹。乃刘廷琛、万绳栻辈嫉其才望，百计扼之，使不能建一言、画一策，仅畀以弼德院副院长一席藉示羁縻，于是有为一变而为无为矣。越数日，有晤康者，谓现在仅把皇帝抬出，朝政一无主张，似非长策。康叹曰："不过是这么一回事罢了！张绍轩何人，够得上与之谈主张乎？以吾观之，张之左右亦与清末旗籍大员相若，利之所在人争趋之，他非所知亦非所问也。即各省不张异帜，多则一年，少则半载，行见树倒猢狲散耳。"言已太息。观此，则康氏尔时殆有骑虎不得下背之势，外传"文圣、武圣同德同心"，乃皮相之谈耳。

段祺瑞悄然入李长泰军中，从之者有梁启超，马厂誓师电即梁手笔。人谓梁曰："吾子投笔从戎，壮则壮矣，昔庾公之斯于子濯孺子，不忍以夫子之道反害夫子，今者令师长素先生（即康有为）佐命新朝，吾子痛斥复辟党人罪恶，不为稍留余地，不知令师作何感想？"梁曰："师弟之谊虽存，政治主张早异，我不能与吾师同陷泥淖中也。"

（七）失败之一刹那

段祺瑞誓师马厂，长驱逼近畿。时辫兵三千名驻天坛，在天安门架炮向城外轰射不已。张寓东华门内南池子，为城外段军射击目标。段芝贵突引轻骑由齐化门入，向南池子进攻。辫兵恃宫墙坚韧作最后顽抗，段军炮弹不入，颇以糜烂都市为虑，有人献计穴墙一击，弹落张宅应接室，尘土簌簌下。适有荷兰人某与张对话，匆遽中挟张登汽车，风驰电掣，径投荷兰使馆中去，而黎总统亦自东交民巷出，如换防焉。一幕滑稽剧于焉告终。事后都人士履勘战时遗迹，弹孔累累，劫灰犹存，然统计辫兵死不逾百，陈尸通衢，有将双枪抛于道左者（步枪及鸦片烟枪），万头攒聚，诧为奇观。市民遭池鱼之祸者仅三人，学校仅辍课一日。一场大祸，以国家为儿戏，而损失如是之微。其兴也勃，其亡也忽，盖亦历史上所罕见者矣。

张匿居荷兰使馆后，复辟党如鸟兽散，无就逮者，非法网不及也，盖一般人心目中视若辈为政治舞台上之丑角，杀之徒污刃耳。即溥仪亦安居宫禁，不受法律上之惩处。此可见当时力崇宽大，而使颠覆国家之罪魁逍遥事外，以启其藐法乱国之心，卒召今日傀儡登场之祸，此亦失计甚矣。试举一事，以证当时讨逆军本身弁髦法令之一斑。湘人陈毅系中兴名将陈湜之孙，清末官邮传部参议，年事甚少，复辟之役夤缘为邮传部侍郎，亦二三等要角也。事败乘车逃津，经黄村站为逻者所得（系第八师长李长泰部下），不忍其觳觫，乃百端揶揄之，令具甘结一纸，盖以摹印，上书“具结人陈毅，因参预复辟被捕，蒙恩不究既往，愿具切结，从此永不参预复辟，如违甘领重究”等语。具结毕，令理发匠剃其辫，众兵拍手欢笑纵之去。且有人赠以联曰：“不死万事足；无辫一身轻。”似此情形，直儿戏而已耳，讨逆云乎哉？

张体力甚强，严冬飞雪，人非重裘不温，张仅御夹衣一袭。尝语人云："吾不知冷何足畏，且吾一生未尝头痛，更不知头痛是何滋味也。"张于文士颇折节为礼，坦然话家常，娓娓不倦。惟有时亦反常态，驻兵徐州时，以同乡翰林某为文案。某乞假归，逾期始至，室被鸠占，某责勤务兵曰："卧榻之侧，岂容他人鼾睡？"兵反唇相讥，声闻于张，呼兵而语之曰："汝可将某文案行李抛之门外。"某闻之，襆被而去。张又喜叩头（按：北洋军阀喜叩头者甚多，如孟恩远、李厚基皆是），客至，侍弁必低声告之云："谒大帅须行大礼。"来宾慑于声势，勉从之，张亦答拜如仪。客有不愿者，见张先屈膝，不觉其膝之亦屈也。因是气节之士颇引为病。张款客，肴馔纷纶，敬客必满簋乃已，客啖尽始快。苟非食量甚宏者，有胀破肚皮之苦。张又喜听仆从语，每与客作方城戏，侍弁环立其后，时时为之参谋，不以为忤。

张有从侄二：一名弼廷，一名敏斋。复辟之说兴，相与谏张曰："吾叔负天下之重，不可以冒天下之大不韪也！环观群帅，能为叔助者有几？彼奔走献策者皆工于自谋，岂可入其彀中乎？"张拍案怒骂曰："汝曹懂得什么！"令左右幽之别室。实则张自己懂得什么，思之真堪喷饭也。

张逃匿荷兰使馆后，颇受优待，其眷属居于洋楼，生活舒适。有某君往访，叩之曰："复辟是否适合国情今不必谈，倘公及早宣布立宪以安人心，虽败亦足解嘲，胡见不及此？”张叹曰：“我不懂得这套顽意儿，都凭着公雨（万绳栻字）等瞎闹。”越二三年，政府无形中允张自由。张出居永康胡同小德张旧第（小德张系清朝阉宦，其宅第为张购得），时召文人及遗老宴饮，绝口不谈往事。及奉直交恶，张微服走津，拟乘机活动（张与张作霖为儿女姻亲）。奉系失败，张亦郁郁以没。

三　晚晴簃老人

自清末至民国居高位者多矣，然皆饱经忧患或有所凭借，独徐世昌者幸入词苑，学问非其特长，终其身未绾军符，戎事更非所习，然而谈笑从容，取功名如拾芥，真幸运之尤者矣。徐系津人，曩随父客河南，因与袁世凯稔。袁意气滂薄，徐则唯诺因人，两人刚柔相济，恨相见之晚。其后徐以内翰托足京师，久无所遇。袁氏顿腾达，练兵小站，系念故人，延为记室。无何，袁之鲁抚任。中经庚子之变，事定，两宫回銮，愤外势之凌夷，锐行新法。设政务处，徐与湘人汪贻书同充提调。又设练兵处，铁良为练兵大臣，徐兼任要职，有干员之目。会清廷派五大臣出洋，桐城吴樾伺于东车站，愤然为博浪之一击，清廷震骇，粗识时务者佥谓辇毂下乃有暴徒，宜仿夷制设巡警部，廷议可之。徐以袁氏游扬之力，不次迁擢，拜巡警部尚书。侍郎赵秉钧，亦袁党也。故徐谓中国警务，彼为手

（首）创之一人。及东三省改行省制，徐外放总督，尽反前将军赵尔巽之所为。当时红员如金还、叶景葵辈皆赵所识拔，徐先后劾之去，易以钱能训、周树模号为左右参赞（其后二人均一度任内阁总理），气象为之丕变，徐以能吏见称于时焉。光绪崩，摄政王拥孺子君临天下，深知袁氏终非好相识，以足疾为由罢之。徐与袁厚，人所共知，惧祸及己，大输货财以自固。尔时权贵多昏闇贪婪，以徐解人意，皆曰徐贤，故徐以袁氏唯一之亲厚，独无所累。后又为邮传部尚书，恩宠弗替。宣统三年，改军机处为内阁，庆亲王居总揆，徐与那桐同拜协理大臣之命，且为帝师，人以徐相国呼之，汉籍廷臣无与比肩者。鼎革后，避居青岛，以为终身不复用，□然无欢。时青岛为遗老集中地，青岛大学系德人所设，德国提督常假座于此，宴集诸遗老。徐任意涕吐，污地衣，大为德人所弗喜。某君著《桃园梦》小说，叙其事甚详。徐既失欢于东道主，不可一日居，驰书袁氏，隐有自荐意。时袁以清室重臣，摇身一变为民国大总统矣，乃使人语之曰："菊人，吾老友也，如不以入仕民国为嫌，当倒屣迎之，位在诸总长上。"徐闻之喜。有杨士琦者，字杏丞，安徽泗县人，前北洋大臣杨士骧之弟也，曾入袁幕，清末官邮传部侍郎，才智冠一时。民二年冬，袁召之入京，将用之。士琦与湘人杨度善。一日，走语度曰："吾揣项城意，初必与民党为欢以推翻清室。清既不腊，则将视民党为眼中钉，去之为快。去民党后，国中无与颉颃者，必改造《约法》，扩大总统职权以利私图。而最后不出两途：一维新，重用学生；一守旧，广延旧官吏。吾子项城所器，翱翔有日，幸为之备，毋临渴掘井也。”度深然之。未几，袁果命度长交通，已谕内阁提出矣。梁士诒闻之，急入府进言曰：“晳子大可用，然交通非所习，部曹必反对，不如位以交通界重职以养其望，现方议修同成铁路，何不先以该路督办畀之?”袁曰：“善。然则吾将以杏丞长交通，必孚人望。”梁唯唯而退。盖梁意在自谋，而袁意不属，不敢复有所请。及袁变《约法》，改国务院为政事堂，急召徐入都。士琦又告度曰：“项城召东海，旧官僚弹冠相庆矣。”度为之不怡者累月。袁曩于府中辟纯一斋以居度，备不时咨询，度间下榻于此，至是数月不一往。徐秉政年余，人又呼相国。时内阁权削，袁事必躬亲，徐备位中枢，饱食无所事事，以杨士琦、钱能训为左右丞，改官制，议礼乐，凡所措施皆非当务之急，时论哂之。适美顾问古德诺辞归，临别赠言，颇以共和之制不宜于中国为讽，且谓宜用学生推行新政。时袁已入杨度君宪救亡之说，闻语大悦，令度举筹安会以觇民意。府中内史夏寿田与度沆瀣一气，徐极不自聊，与人言必嘲度，恶夏尤甚。有叩以时事者，辄曰：“君胡不询之夏内史?”及滇中举义，徐谓士琦曰：“杏丞，杨、夏败矣!”徐为人喜怒不形于色，独此次未及自敛。后士琦举以告度，谓数月中仅见此老破颜一笑也。

帝制取消，袁氏谢世，徐亦郁郁不乐。及冯国璋入京师，冯、段势不相下。自是，北洋团体裂为直、皖两系。

冯、段皆起自小站，奉徐为先进，各欲挟以自重。段组安福系，将改选总统。安福系首领王揖唐系徐弟子，劝段避虚名而居实利，不如以总统让徐。段深然之，即推翻旧国会，另创法统，授意安福系新国会议员选徐为总统。是时议员身价别为十等，各受顾问咨议虚衔，坐领干俸，俸高者月至千元，薄亦二百元。投票时补发积欠，大议员得万金，小议员得数千不等，实亦变相之贿选也。选徐者，各赠以徐照一帧，有其亲笔署名。办理选举前，段命曹汝霖以铁路为抵押，向日本借款数千万。选举揭晓，徐以大多数当选，借款为之一空。徐就职后，任段为边防督办，徇其请也。段又大举外债，朋比分肥。先是，段有令名，素为国人所推重，乃以个人权位之私，一误再误。又以徐氏受其卵翼也，轻之，事无巨细不白而行。徐渐不能忍，谋倾段。时参议院院长梁士诒事徐唯谨，众议院院长王揖唐则段系而亲于徐者也。徐命梁集灰色议员为一团，独树一帜，于是清一色的新国会乃有安福系、非安福系之分。段左右徐树铮、靳云鹏初无芥蒂，树铮性褊急，徐遂提奖靳使与树铮抗。靳亦段弟子，山东人，与曹锟、吴佩孚厚。自冯国璋失势，直、皖门户之见殆已无形消释，段为北洋派唯一之领袖。徐欲分化军人势力，乃与曹、吴相结纳，使重整直系旗鼓。段闻之，语所亲曰："吾推重此公，何异自扼其吭？"其后吴佩孚撤防北归，声讨安福系，有知其隐者，谓徐与曹、吴间信使最密，吴敢于挺身发难，徐实有以教之。然徐欲用曹、吴，转为曹、吴所用。边防军覆败，段愤然走津，直系势张甚，目无元首，与段如出一辙。徐废然自伤，有拒虎进狼之叹，又引靳云鹏与奉军通。奉军首领张作霖，靳之姻亲也，有志中原而不得其间，与徐通款曲，正符所望。自是直、奉暗潮愈演愈烈。吴佩孚狃于长辛店之役，昂首天外。曹、张曾议于天津，张谓曹曰："吾二人戮（勠）力同心，换狂澜于既倒，天下英雄，惟使君与操耳，不容他人置喙也。"时吴亦预会，发言独多。张怒曰："区区师长，敢无状至此耶?"吴怫然离席，因之不欢而散。无何，战机愈迫，吴通电诋梁内阁，张引军入关，其电文有"奉大总统命令拥护梁内阁"等语。然奉军一战而败，徐惧甚，遣人与曹锟约："自兹以往，公欲如何便如何，余无成见也。"曹久蓄取代之心，佯诺之。一日，遣部下某三电公府，询总统行也未。徐知不可留，邀宴各国公使，泰然如平日。席终，耳语汪大燮曰："吾将去位，已命东车站备车矣。"汪愕然，俄悟其意，遍语各外使送总统登车，外使亦愕然应之，徐之政治生命于焉告终。迨奉军再兴，徐食指大动，北洋诸将已窥知此老堂奥，无与周旋者，段乘时为执政焉。徐居津郁郁以书画自遣，所为诗平平，画则颇有丘壑。先是，徐为总统时，集诸文士于晚晴簃选集有清一代之诗，谓之《清诗选》，复别命其幕僚撰《清儒学案》，皆以己名行世。又设四存学会，立四存中学校，提倡颜习斋、李恕谷之学。徐为人善居积，无子，宦囊逾千万，每夕命庖人持账簿，亲较锱铢。综观徐之一生，始而赖袁以起，及袁失势，则事载沣辈以保其禄位。辛亥之役，袁复起，又诩赞之以倾清室。帝制议兴，阴附之而佯若不预，袁长子克定最恶之，呼为活曹操。迨袁暴殂，己亦随败，复构于冯、段之间，使北洋团体裂而为二。既以段力为总统，而又不善其所为，利曹、吴以败之，更造成直、奉对立之局以制曹、吴。故徐貌若易与，盖持黄老之术，而极纵横捭阖之能事者也。人谓此老集北方官僚之大成，虽以袁氏之阴鸷深沉，尚为所弄。北方旧吏以徐喜怒不形于色，皆谓伺候项城易，伺候东海难云。

四　曹吴之盛衰

（一）王毓芝与夏寿田

曹锟为直、鲁、豫巡阅使时，其秘书长王毓芝，字兰亭，以书佣起家。锟知其无能，欲物色通儒以代之。有人为夏午诒（寿田）推毂，锟聘为高等顾问，将以秘长相畀。事为王所闻，与夏周旋甚力。贿选将成，王谓夏曰："黄陂为总统，不善理政，人皆病之。吾三爷披阅案牍，每由李彦青转辗传递。李目不识丁，往往遗失要件，吾不知视黄陂为何如也。"言已太息。夏唯唯。适锟闲步入，夏讽之曰："项城在日，躬亲巨细。黄陂反其所为，侍卫可任意拆阅文件，逊项城远矣。"锟大呼黄陂荒唐。是日，王密诣李彦青处，以情告。且曰："外来人视吾侪为眼中钉，六爷（指李）似不可不防也。”李哂之。未几，贿选成。锟谓夏曰：“秘长一席非公莫属，兰亭不足当兹任，请即摒挡一切。”夏适患足疾，请于二星期后赴京。锟曰：“我为公备一精舍，速来为佳，毋令人日夕企望也。”曹固昏庸，既入都，以夏不在其侧，故仍以秘长畀王，聘夏为总统府高等顾问，且粪除纯一斋为夏下榻处。二星期后，夏如约入都，阍者不为通。时李为府中庶务长，凡有请谒，延拒由李。锟在府中频问左右：“夏顾问胡久不来？”左右以足疾未痊对。于是馈药慰问，函使不绝。夏以居京非久计，回保定。终锟总统之任，夏未尝获一面，而廪给倍增（前为五百元，后改一千），礼意优渥，殊茫然莫知所以也。及锟失势走津沽，遇夏于途，捉臂偕归，让之曰：“公等日日抬我上轿，而又弃我如遗，今生几不能见公面矣！”言已痛哭，夏不知所答。锟即迎居私邸，款接甚优，惟恐其去。某日，王毓芝投刺求谒，锟拒之。王乃访夏曰：“三爷骤改常态，意诚莫测，然吾必一面乃已，否则何颜偷息人世！三爷恼我，鞭我可也，斥我可也，奈何拒人于千里之外？”夏言于锟，锟怒曰：“烦公寄语，彼必欲求见，请先以手枪杀我！”王闻之，赧然而遁。

（二）贿选前之一瞬

奉直战后，有人献策于锟：恢复法统，召集旧国会，以和缓西南感情；总统问题暂置不提。此策果行，则锟之总统地位容有水到渠成之日，然锟迟疑不纳。其人乃另献他策，即逐走徐世昌，召集一部议员选举临时大总统，再由议会与西南非常国会合并，正式选举大总统，锟善之。及徐氏出京，周（自齐）阁摄行大总统职务，同时王承斌奉使赴津，与吴景濂等筹商召集国会事。正在分头布置之际，吴佩孚以战胜余威，昂然归抵保定，未尝请命，猝发表迎黎复职之主张，风声所播，遐迩从同。锟闻之怒甚，时在锟侧者，仅参谋长熊炳琦，力劝勿授人以隙，为仇者所快。一面使人言于吴氏，谓三爷已气得发抖，饭亦不吃，客亦不会。公以忠义示天下，宜稍留余地，即有所建白，请命而行，三爷当无不可之理。吴忿然拍案曰："谁误三爷，看咱要谁的脑袋！"锟知吴志已决，遽命送眷赴津。吴自知锋芒太露，乃使人言于锟："黄陂任期将满，大好交椅，舍三爷其谁？我惟爱之深，故筹之熟耳。"锟始释然。时黎宋卿高卧津沽，呼之不出。金永炎（晓峰）为黎策士，微服过保定，深夜谒吴。吴曰："此间事我以一身当之。三爷怒我甚矣，黎公倘再作态，吾亦无能为力。取舍从违，请一言决。"金拍胸曰："黄陂事我负责。玉帅磊落男子，望坚持弗懈。"连连拱手而出。及金抵津，黎氏始允就道。惟黎复职后颇思发奋为雄，对于炙手可热之孚威未甘屈让。吴悔恨不已，遂练兵洛阳，埋首不言朝政。于是熊炳琦、王毓芝、王承斌辈加工赶造，贿选之局以成，曹于国庆日入都，偿其宿愿焉。

（三）得意忘形之李彦青

李彦青微时，在哈尔滨浴室中为人擦背。锟驻军东省时，冬日常就浴室取暖，悦其便给，留为厮役。后锟为总统，李亦扶摇直上，权重一时。然锟每入浴，非李擦背不乐。某日，李与诸显贵雀战，府中电话至，传总统已披浴巾，请六爷（指李）速去勿延，李弃牌匆匆去，外间传为笑柄。然当时所谓士大夫，伺其颜色以固权位者实繁有徒，且有若干阁员与订金兰之契，呼六爷而不名，李亦志得意满，且无余子。此外尚有靳云鹏、潘复、程克等与李过从甚密。李父初为张志谭家（曾任内务总长）庖丁，迨李贵显，其父往省旧主，张太夫人颇刮目相看，延至书斋，款以茗点。适张自外归，见昔日庖人，今为座客，忿然不顾而过。李父抱惭斯遁。李闻之大怒，谓远伯（张字）辱我太甚，誓有以报之。事为王克敏所闻，曾居间为之调停。

锟秉政时，李彦青权倾朝野，然锟仍以厮役蓄之，未尝假以词色。时孙慕韩组阁，有程克者，曾一度为内务总长，赋闲已久，见猎心喜，因与李约为兄弟。李果为进言于锟，谓程某才堪大用，即以之长内务何如？锟掷烟枪于地，虎跃而起，厉声斥曰："你是个甚么东西！总长也够你保举的吗？"李赧然谢过。然李机警异常，善投锟之所好，锟不可一日无李，故李得以一手遮天，擅作威福，而锟茫然不知也。锟弟曹锐与张作霖为儿女亲（外传曹、张为亲家，实则锟乃伯亲家也。)，时任直隶省长，驻天津。锟为人恢豁大度，视财帛如粪土，宦囊委锐经纪。锟初无子，以锐之子为子，盖不止于兄弟之亲矣。其后锟妾生子，爱侄之情稍替。锟时时向锐索钱，多寡任所给。李与王毓芝谋："三爷今贵为总统，而财权在四爷手，俯仰由人，乌乎可？矧小公子由教读以至长成非有固定之储金不可，三爷手足情深，小公子将何以度日也？"锟闻而善之，渐与锐疏。贿选成，锟跃登宝座，锐由津往贺，馆于㞎字廊，李为府中司账，竟不为备餐，锐饥火中焚，命随从购羊肉包饺果腹，乃一怒返津，语直系诸将曰："你们大家抬三爷做总统，不问他够料不够料，将来总得闹出乱子！"其愤懑如此。自是一年中绝足不至，锟亦不召。第二次直奉战起，始由吴佩孚迎锐入都参预戎幕。锐以州吏出身，颇识大体，倘锟遇事咨询，府中必井井有则，此锟之失计也。(后锐为冯玉祥捕获，吞金死。)王承斌为拥曹健者，以功授直督兼直、鲁、豫巡阅副使，声势煊赫，在直系诸将上。锟就职后一月，王踵府求谒，竟不得一面而去，锟不知也。时孙慕韩为内阁总理，某次阁议时忽来电话，谓："李六爷即来列席，三爷有话命彼向内阁传述。"阁员大骇，盖不知李以何种资格参与机枢，直视国事为儿戏耳。然李不速自来，竟无以拒之。幸孙老于作吏，命罢议散坐。俄顷，李施施然从外来，是日改为非正式谈话会，此亦官场中之创格也。又孙洪伊为北方闻人，曹、吴辈奉为先进，执礼甚恭，凡直系与西南接商之件，由孙居间斡旋。一日，孙自天津来，将有所建白，李躬出肃客，且行且语曰：“公见三爷请勿谈政治。迩来三爷心绪不宁，防触其怒。”孙愕然曰：“我不谈政治，还谈些什么？”闻者大笑。

当冯军逼近畿时，外间风鹤频惊，锟无所觉。兵至旃檀寺（冯氏昔日驻兵地），天已破晓，有人以电话达李宅，仆人睡梦中披衣起，持听筒在手，怒斥曰：“此何时，扰乃公清梦！”其人曰：“有紧急事白六爷！”仆厉声曰：“六爷睡未久，即杀头事亦须待至天明！”言已，忿然将听筒挂上。不意未及数分钟缇骑已至，就卧榻絷李去，稍加讯鞫，即绑赴郊外执行枪决。家产籍没者数十万，外传数百万亦殊不确。李操业至微，使终身不改，犹得保其首领与草木同腐，乃幸运之来，出其意表。当时所谓元首受其播弄，衮衮百官为所挟持，驯至朝政失纲，兆民腾笑。吾人读史至魏忠贤祸明，其时士大夫如崔呈秀、魏广微之流，舐痈吮痔无所不为，以拜干父干祖为无上荣宠。清季李莲英骄蹇不法，道路为之侧目；岑春煊号为刚劲，亦奔走其门。李彦青虽晚出，而恃宠弄权，未遑多让。阉宦名词已成为历史上之僵物，不谓民国犹及见之。

（四）倔强到底之吴佩孚

贿选前，锟任直、鲁、豫巡阅使，与奉系对峙。徐世昌为总统则俨然直系名誉领袖，然事事沮抑于曹，积不能平，乃引奉张以自重，奉军入关闻系徐所电召。时梁士诒组阁，吴佩孚通电斥梁卖国，文词激越，不为中枢稍留余地。梁倒周（自齐）代，张作霖乃以武人干政为口实，举兵讨吴，于是曹、吴岌岌备战。当是时，曹询某幕客：“今后收拾时局果以何策为先？”其人答以“东海由安福议员所推戴，非合法总统，公如以恢复法统相号召，则东海之地位失，天下事不难定也”。曹击节称善，隐蓄取徐而代之意。奉军既败，徐踉跄走津，曹氏稳待黄袍加身，而吴霹雳一声以迎黎为请，颇予曹以难堪。其后贿选成，吴练兵洛阳，不问理乱。及奉军卷土重来，吴始至四照堂组织总司令部。迨直系前线大崩溃，吴绕海道南下，由黄州而岳阳，凄惶失志。未几，冯、奉反目，吴辗转至京汉道上重整旗鼓，虽成强弩之末，不足以问鼎中原，而各方尚有慕其虚声与之结纳者。是时冯军已退南口，鹿钟麟留守北京，奉军长驱而入，北京危如累卵。有人向冯部献策，放出延庆楼之曹锟，以团结旧直系为号召，拥吴为主将以抗奉军。冯部然之，故鹿等发表拥吴通电。吴不纳。鹿等迫不获已，于一夕间全部退出北京。及国民革命崛起岭南，出师北伐，吴军首当其冲，望风而靡，武胜关外兵车拥塞，吴处四面楚歌之势，而顽梗之性不改。时曹锟已于乱离中由保定南下，主张收集余烬回戈北指，以声讨奉张之大元帅为名，而置南方事于不问。吴部将靳云鹗、彭寿莘等均然其说。使曹锟能畅行其志，张作霖知大势已去，必不战而退关外，然后直系与国民革命军在可能范围内合作，未尝非识时自保之计。然吴胶执己见，宁与奉张修好。曹抵郑州时，吴迎之于车站，寒暄数语，即请驻跸开封，命豫省长熊炳琦妥为延款。自是军书旁午，不获与曹一面。此为直系历史最后之一阶段矣。

江山易改，本性难移。吴失败后寄迹川省有年，终由川北上抵平，张学良迎之于前门外车站，执犹子礼甚恭。吴意态傲慢，张不怿。下车后，宴之于顺承王府，酒半酣，吴纵谈时局，视天下若无物，张益为掩耳。时直、皖旧人欲燃北洋团体之余烬，吴北上后，适段祺瑞亦以金光明法会来平，奔走吴、段之门欲冶冰炭于一炉者，大有人在。段颔之，吴亦报可。惟吴自视高，不欲踵段之门。事闻于段，怫然曰："子玉昔为偏裨，以兵谏博时誉，今时过境迁，彼来谒我，往事不提可也，合作云乎哉？"言下大有羞与哙伍之意。盖吴、段襟怀遍（偏）狭如出一辙，其不能捐嫌修好自意中事。张对吴、段皆以前辈视之，设宴相邀，段年尊居首，吴亚之。吴表示必往，而届时果未来。彼或戒于段氏老气横秋之态度，不欲取辱于酒馔纷纶时也。是日段亦未至，于是团结北洋系之幻梦澌灭殆尽。

于学忠曾为吴部属，吴未尝大有造于于，而于事吴犹昔。于尝语人曰："我受老帅及副司令（指张氏父子）深恩，没齿不忘。大帅（指吴）吾旧主也，事大帅为私情，事副司令为公谊，讵可以私情而废公谊耶？"无何，吴使人言于于曰："大帅来旧都后，常言公如壮缪之事曹，而大帅则如煮酒论英雄时之玄德也。"此则以壮缪许于，而自居于玄德公，与吴平日以关、岳自况者不类。于应之曰："诚如君言，则壮缪还刘之日，封金挂印，未尝利曹之甲兵金帛也。君归语大帅，果以壮缪相期，于某愿即日释兵柄，天涯海角，只身相从，略无瞻顾也。"

吴自卜居北平东城什景花园后，旧侣过从，门庭颇不寂寞。即党国名贤因公北来者，无论识与不识，亦多驱车往谒。黄郛与吴有金兰之契，呼吴为"二哥"，余皆呼"大帅"，亦有呼为"二先生"者。吴一一款接，惟日本人及西装革履之士则摒诸门墙之外。前有日人上角，善操齐、鲁之音，乔装华人，觅友为介，得与吴一面。事后，有人告吴，吴恨恨不已，严嘱阍者毋再为通。吴不参佛乘，颇崇道教，倡三教混一以教治政之说，尝驰书某巨公阐扬斯旨，语皆不经，某巨公作书报之。后传吴有从事垦殖之意，尝谓康、藏富源倍于关外，国人争欲问鼎中原，鲜有高瞻远瞩以启发边陲为己任者，行见大好河山同归于尽，倘能假我事权，俾投身绝域，披荆斩棘以固吾圉，此生平大愿也。吴虽寄人篱下，然自视甚高，倨岸犹昔，客有往谒者，例不回拜。（移居北平后，仅回拜章太炎一次。章、吴晤谈时互道契阔，章操余姚语，吴则满口蓬莱土音，有舌人为之传语，至堪发噱。）综观吴之一生，未尝有所惮服，有之惟张夫人耳：每盛怒，得夫人一言而解。吴座上有四方诡奇之士，或善使剑，或能吞金吐火。其最著者：一为四川老人，年逾百龄，与吴跬步不离；一为大侠彭太义。（辛亥炸死良弼之彭烈士家珍即其子也）张夫人语吴曰："君性耽此道，夫复何言，惟置诸家庭饮宴间，将启外人疑窦，慎勿尔尔。”吴诺，即迁老人于外。吴虽无所事，而职司甚多，如北平红十字会及救世新教会皆以吴为总理，各家慈善堂莫不有其手书联语，亦莫不列吴为常务董事也。又设正一堂，自为总理，下分三院，即慈院、公院、修院是也。吴所居有卫兵九十名，特务警察若干名。初来北平时，张学良以世谊月馈四千金。张解组游欧后，改由北平军分会按月照拨。外传吴氏为军分会高等顾问，殊无其事。惟军饷例须七折，故吴实际收入月仅二千八百金。吴勤于作书，顾非兴之所至不轻作画。某君南归时乞其墨宝，吴不假思索，振笔书联曰：“回首可怜歌舞地；如今不似洛阳时。”殆不胜身世之感欤。

（五）吴幕中一要角

桂人张其锽，前清进士，以即用知县分发湖南，署芷江县。该邑多盗，讼案如鳞。张年少，求治过急，穷二月之力，捕其过半，余党深衔之。会某处告警，张自率步快攀峤涉水以往，中伏，步快鸟兽散，张受缚被殴鳞伤，盗呼啸而去，乃大愤曰：“文士无缚鸡力，何期受辱至此！”即自请调省，卜居长沙，广求技击者，刻苦练习，技大进，能虎跃登屋顶，数十人无敢进，时誉鹊起，目为文武全才。与谭延闿最友善。鼎革后，谭以书生任都督，延张为南武军统领，令之援鄂。部署甫定，和议告成，改任军事厅长，半年解职。（以张孝准继）自是杜门家居，与朋好鲜通庆吊。盖张抱负非凡，耻以五斗米折腰，恒大言曰："吾异日必为省长，牛刀小试岂大丈夫所为耶？"民国六年，湘军驱傅良佐，北廷怒，遣吴佩孚、张敬尧等大举寇湘，湘军战不利，蹙处郴、永，大敌当前，士气沮丧，儳焉不可终日。时谭延闿客上海，遣张间道入湘南任军事联络。张抵永州，溃兵大至。尔时湘军有一习惯，其胜也兼程而进，锐不可当；败则辙乱旗靡，不可收拾。张集残部，斩连排长四五十人，永州赖以守。谭闻之，始命驾绕道返湘，设督军行署于永州焉。惟张终屈为幕宾，碌碌无以自见。民国九年，湘军驱张胜利，谭复入长沙。时直皖战机迫在眉睫，吴佩孚遣使劳湘军，谭命张报聘，兼以观察中原形势。张既不得志于湘，乃以宾客遨游湘、洛间，极为吴所礼重，曾一度任之为桂省长。二次直奉之战，张居北京，与一妓有啮臂盟，然阮囊羞涩，欲贮娇而未遂也。得吴书，敦促就道。张乃与妓约曰："战而捷，必从我。吴将军善用兵，复何疑？伫听好音可也。"然是役吴军覆败，侘傺年余，吴始再起，任张为秘书长，决疑定策，倚畀甚殷。十五年，湘军内哄，张进言曰："此湘省内部事，公宜处之以静，观其蜕变，因时制宜，若作左右袒，犹扬汤止沸也。"吴惑于左右之言，弗听。北伐军兴，吴战不利，武汉既下，左右皆遁去，张独留，每见吴必骂，吴夷然受之。旋局势愈非，吴引败军转徙豫、鄂边境，张死于乱军中。谭延闿诗以哭之，有"平生误感恩"之句，盖哀其不慎出处，明珠投暗也。

五　奉系人物志

民国十三年，某外员语其友人曰："贵国武人中深谙政治者，张作霖一人而已。吴佩孚刚愎自用，其败将不旋踵，奉军其将再得志于中原乎？"友叩其故，外员曰："吾言尚不止此，贵国折冲樽俎之流亦未有若奉张者也！东省为日人势力圈，其视为俎上肉也久矣。张以身当其冲，卑词厚币以博其欢心。然张岂甘于货国者哉？吾有以窥其隐矣。吾尝客于沈阳，亲见夫各国领事之往晤张氏者，张傲然不为礼，地方发生交涉则又据理力争，不稍松懈，可知张氏自位之高，不若余子媚外性成者也。而独礼重日人，有所求必遂其意，此非其素志。吾察知奉省对日交涉小事则让步，大事殊未必尔，盖张氏方寸间自有定见，外柔而内刚。吾又闻日人知张氏非易与者，恐去张而来者愈乖其望，是以姑任之耳。"外人观察吾政局精辟如该外员者，洵不多觏也。

先是，奉派军人新旧之争甚烈。十一年，张自关内败归，宿将意气销磨，新派开始张目，以杨宇霆、姜登选、郭松龄等分领军务。十三年，奉军转败为胜，张亦以新派可用。学良年少气盛，乐与欧、美人士游，常不直乃父之亲日，形诸词色。作霖以为然，接待日官时礼貌渐衰，日人大不满，去张之志益决。是年，日本举行大操，邀中国代表参观，张派郭松龄往。日本某员语之曰："张大帅近来一切举措简直不够朋友。贵国内地混乱迄无宁岁，吾人冀东省得一贤首领以保一隅之安，故吾人扶植张大帅，亦所以自为计也。乃大帅惑于孺子之言，以怨报德，岂能久乎？”郭闻而奇之。某员又曰：“吾人若任其倒行逆施，东省必且为内地之续。为睦邻计，为保持东省治安计，似非张大帅所能任。阁下气度轩昂，如能出而收拾残局，敝国极愿竭诚为助也。”郭大惊，期期答曰：“军人重服从，何敢有他志？矧贵国为德不卒，亦徒示人以不广。即有所不慊于大帅，某也为之斡旋，重修宿好何如？”某员微哂曰：“尧何人也？舜何人也？有为者亦若是，君何过自贬抑乎？人生数十寒暑，瞥焉即逝，机不可失，幸勿囿于个姓之忠，尤望勿以试探见疑也。”郭意动。盖当直奉鏖兵九门口、山海关之际，郭身先士卒，建功甚伟。事定，李景林、姜登选、杨宇霆辈皆得督办（分任直、皖、苏各督），郭颇失望。经日员之挑逗，如饮醇醪，如中魔祟，口不言而心许之矣。返国后，延揽亲日派殷汝耕、林长民辈运筹帷幄，与日方信使不绝。无何，孙传芳崛起东南，驱走苏督杨宇霆，郭投袂而起曰：“此其时矣！”即演倒戈之一幕。时郭拥兵七八万，为奉军劲卒，摧枯拉朽，兵薄沈阳。忽有关东军日武官谒郭，询之曰：“君得志后，贵我两国所订二十一条关于东省之部分颇愿履行否？”郭不知所对，良久乃曰：“我入沈阳城后，容再考虑。然吾思无不能办之事也。”武官默然，移时乃曰：“贵部姑止勿进，沈阳日侨多，吾人将讽张自退，自有好消息报君也。”郭果按兵不动。即日，武官言于张作霖曰：“郭军临城下，大帅将如之何？”张曰：“实不相瞒，一走了之。”武官曰：“未即至此。倘大帅许我践宿约，吾将转危为安，可操左券也。”张跃起曰：“诚如是乎？一切唯命。”武官退。未几，郭军败，郭与其妻被执死。事后，日人责张履约，张他顾曰：“足下误矣。国权所关，非同儿戏！”日人语塞而退，自是怨毒益深，厥后果有皇姑屯炸车案发生。时奉军诸宿将势均力敌，不能相下，又伤张之惨死，乃辅学良衰绖主戎事。日人深惮之，欲以杨宇霆去良，不幸春光泄漏，杨氏授首，新派军人气焰顿戢。其时抚顺日煤倾销奉天，良就职后，解私囊开发煤矿，不期年尽夺日煤市场。他如航线、铁道以及各种矿产莫不即知即行。良以为日人终不能以兵力谋我，假以数年，必使日人在东省之经济势力整个崩溃。又葫芦岛开幕之日，良邀各国外交官参加典礼，排列名单以日领为殿。是日仪式隆重，良自有演说，依次请外宾致词，皆命舌人传译。日领最后发言，舌人已不知何往，啁哳之音，满座不辨，倾吐未罄，遽唱礼成，日领赧然怒目而下，此又足以激怒日人者也。

友人某君述张作霖谒溥仪一事。其言曰：“张与张勋为儿女姻亲。勋逃津后，作霖自关外来，馆于勋宅。随行者如袁金铠、金梁、商衍瀛、谈国桓辈（商系老翰林，曩在勋幕司笔札，由勋介往作霖处任事）皆复辟派人物，此辈放言无忌，谓：“绍帅（指勋）失败乃人谋之不臧，而义声所播，已足以震天地而泣鬼神，我帅（指作霖）忠君之念，未敢后人，此番南来，将以竟绍帅未竟之志，启节之前卜之大吉，行见大业可成，清室可复也。”闻者哂之。此辈诪张为幻，信口雌黄。惟作霖抵京后忽欲谒废帝溥仪，宗室闻之，欣然色喜，群谋延款方式，其稍明事理者谓宜以常礼见，另一派则以为作霖骁将，若不以朝廷仪度折其骄恣之心，将何以示范于天下？及期，溥仪故作矜持状，略致数语即退，且低语近侍云：“这小子目光炯炯如贼，殊失臣下体。”语为作霖闻，不禁大忿，退而语人云：“这小子已属平民，还摆什么架子？我不过便道看看他而已。”其时，平津一带复辟之谣甚嚣尘上，自是谣啄顿息，终作霖之世，无敢与谈复辟者。

（一）奉系之糊涂蛋

曩岁鲁籍工人每年至关外为劳工，春去冬回者无虑百万，张宗昌即其一也。张，山东掖县人，仪容伟岸，世称为“长腿将军”。蛰伏故乡时，贫无以为生，乃北走吉林，入矿窟为小工，以力雄胆大为众所推，俨然头目矣。终以地穴生活非久计，旋弃而从戎，随郑汝成至沪，转辗入冯国璋部下。民国六年，积功至师长，奉命征湘，醴陵老关之役师败，仅以身免，废然北返，以索欠饷为由结识盐务署长潘复。潘怜其落魄，假公济私。潘固豪于赌，张有同嗜，得钱辄随潘入局，一掷千金无吝色，潘益引为同调。时潘攀附奉张，得间为之一言，奉张与语大悦，立畀以军职。二次直奉之役，两军相持于九门口一带，张率骑兵一旅间道趋滦州，先奉军入关。无何，冯玉祥回戈，直军败，张部进唐山，京津震动。事定，以功得授鲁督，潘又引以自重矣。张为人昏庸暴戾，集腐恶之大成，而侠骨豪情，迥逾恒泛，匪酋军贩有所求，立畀以显秩，文士之摇尾者亦各以闲曹相延礼，不令觖望。偶作狭邪游，勾栏中人稍当其意，遽为脱籍，然过眼辄忘，胸无城府。时人谥以三不知：一不知军额多寡，二不知姬妾若干，三不知顾问咨议之总数。此诚民国历史中寥寥可数之怪物也。因军额无定，饷糈恒无所出，除其直属部队外，余皆按期摊派，兵士有衣不蔽体者，则以打劫为生，张知之而未便过问。其军师旅长视将兵为无上之投机事业，只图军额之扩张，不计战斗之强弱，以故遍地皆兵，即遍地皆匪。鲁人慑伏于威棱之下，敢怒而不敢言。

孙传芳之勃兴也，长驱入苏、浙。苏督杨宇霆北遁，张赴援失败，引为奇耻，誓有以报之。孙与北伐军战不利，只身走京津，俯首下心，约奉军为助，乃说张作霖曰："薰莸异器，泾渭分流，吾麦食者与麦食者谋，讵甘米食者之凌辱耶？"其词甚巧，奉张顿改容谢。盖麦食喻北人，米食喻南人，以南北之见挑之，宜奉张之入彀也。奉张固与中山先生有旧，虎踞北京称大元帅时，仍不无与国民党合作之意，至是始决意为孤注。然张宗昌未忘旧怨，思有以尼之。奉张为之杯酒联欢，令孙赴赣督师，鲁军南下为援。论者谓黄雀在后，孙氏无论成败均趋绝路，果也。鲁军抵苏，俨以战胜国自居，兽行既彰，民怨斯集；孙联帅自作聪明，而从兹土崩鱼烂之势已成矣。

先是，杨度以总参议名义入张幕中，张恒以汉高自况，戏呼杨为子房。杨笑曰：“汉高能役功人，公仅役功狗耳。我固不足以当子房，公亦非汉高可比。”张曰：“然则公亦功狗耶?”相与拊掌大笑。杨自君宪运动失败，壮志已消，以与民党有旧，时通信使，故民党之在北方者与之过从颇密。北伐前，丁维汾、柏文蔚、易培基、李石曾等北上侦察时局，居东交民巷。易与杨有乡谊，知其见重于张也，嘱往游说，杨然之，乃赴鲁进言曰：“奉军强弩之末，必败。南军势方盛，不可与敌。识时务者为俊杰，公宜早为之计，成败利钝，一转念间事耳。”张大悦。越数日，遣参谋长金某为使，谕之曰：“汝与南人约：吾欲得江南，逐走孙传芳以雪吾耻，他非所计也。”议甫定，张学良骤至（事前并未电告），询张曰：“闻兄欲为国民党，不识有诸?”张愕然曰：“有之，然吾弟何由知悉?此皙子所以教我也。”学良默然。张为人亢爽，觉无事不可对人言。学良从容曰：“与国民党合作，吾等筹之久矣。家父与中山先生有旧，吾人应一致行动。若兵未渡河而自相割裂，人必轻我。且家父为吾团体领袖，尤应由家父出面，庶符体制也。”张唯唯。时湘人薛大可在座，学良目之曰：“烦君寄语皙子，彼如饶舌，吾将索其头颅。”杨闻之，骇然北返。盖杨不独畏祸，尤以竖子不足谋也。无何，孙军败，革命军以风卷残云之势挥戈北指，张屡战不利，遁居东瀛，仰天叹曰：“吾悔不用皙子之谋也。”

怅惋之余，慕恋益切，命吴某返国迎杨东渡，就商大计。时杨居上海从杜月笙游，婉函谢之。

张挥金如土，嗜赌如命，一掷数万金无吝色。湘人薛子奇（即大可）主持《黄报》事，其人亦豪于赌，明日虽断炊，今宵必罄其所有乃已，张大奇之。薛屡以津助《黄报》为请，有所得辄携赴赌场，一夕而尽，次日往乞如故，习以为常。某日，张挟公债三十万予薛曰："吾作一次赠与，免君朝朝过我矣。"时市面俩债尚有七八折，薛顿富，纵赌益力，不期年挥霍净尽，《黄报》风雨飘摇如故也。时人谓为两奇：盖自有律贴以来，未有若张之豪放者；自有办报以来，亦未有若薛之善用津贴者。山东某大学推张为校长，张往致训词曰："咱张宗昌识不了几个大字，今天轮到咱当校长了。没有多的话，人家欺负咱们的学生就是欺负咱的子弟，咱不答应他。"此又自有训词以来所未有也。张在鲁一年，敛财二百万，微时旧侣无不饱载而去，死之日竟孑然无余财，人以为疏财仗义，而不知所疏者三千万鲁人之财，宁有足取。北平新闻界死于军阀之手者，有邵飘萍、林白水二人，相距才百日耳，某报为之标题曰"萍水相逢百日间"。林初隶民党，袁氏柄政时聘为参政，曾一度摄篆闽省，安福系势盛时主《公言报》笔政，旋林自组《社会日报》。徐世昌为总统，依违于直奉之间。战将作，林为诗以刺之曰："兵锋已及长辛店，祸水终弥水竹村。"二语传为妖谶：盖徐饮酒赋诗，恒以"水竹村人"自署也。无何，直军胜，徐被放走津，《社会报》以敢言重于时，不胫而走。然林不治家人生产，好蓄古董，恒断炊，乃踵权要之门丐其津助，解囊愈多者，林往返愈频，稍未遂意即反唇丑诋，权贵患之。直奉再战后，总揆潘复亦林之旧主顾也。某日，潘以某问题急待解决，林适至，拒之，忿然去，翌日报端著论诋之，略谓鲁督张宗昌入都，潘侍之不离跬步，如肾囊之于睾丸，则潘复可呼为“肾囊总理”云。张阅之怒，拍案曰：“吾必杀之！”命宪兵司令王琦派兵掩捕，且嘱不待鞫讯立予枪决。薛大可闻之，坌息而至，谏曰：“公勋业日隆，奈何杀文士？”张不顾而唾。薛为之长跽不起，张感其义，乃曰：“吾深恶其人，虑有人为之缓颊也，命立置重典，恐已无及，奈何？”即跺脚呼待弁，速以所乘汽车载薛先生往宪兵司令部，且亲电王琦曰：“林白水捕得未？吾已赦之矣。”然林君已返魂无术。军阀之藐法乱纪及举棋不定，有如是夫。

（二）奉系之智多星

杨宇霆，字邻葛，辽宁人，日本士官工兵科毕业。国人谓奉系之杨与皖系徐树铮同有“小诸葛”之称，而皆不得其死，盖以其锋芒太露，有取祸之道也。杨归国后，厕身张作霖戎幕中，碌碌无以自现。第一次直奉之役，奉军失败，设收容所于滦州，杨与同学姜登选（超六）、张宣（楞生）等设计架桥，全师得渡滦河扼险以守。张大悦，立拔姜为前敌司令，杨为参谋长，收拾余烬编为两军，以李景林(芳宸)、张学良（汉卿）为之长，韩麟春（芳辰)、郭松龄（茂宸）副之。自是杨崭然露头角矣。张起自草莽，旧侣如汤玉麟、吴俊升、张景惠、张作相等久共休戚，意态骄蹇，杨以新进之士极为宿将所不满。况杨昌言改革军制，尤授人以口实。独学良与之亲，赖其力得以新法部勒奉军，设兵工厂而自为监督。杨负笈东瀛时，与日人过从甚密，而士官学友又多在南方列显要，故杨外主亲日本，内主联合西南。时有湘人杨丙为之奔走港粤，倡孙(中山)、张合作之说，惜丙拙于词令，不足以当兹任。第二次奉直之役，直系瓦解，段祺瑞出膺艰巨，以张宗昌督鲁，李景林督直，姜登选督皖，杨则出为苏督，是为奉军全盛时代，亦杨势堪炙手之时也。未几，孙传芳长驱入宁，杨、姜北遁。是冬，郭松龄突树异帜，姜登选过滦州被执遇害。迨郭乱既平，宿将气焰复张，杨所领导之新派又局蹐如辕下驹矣。其后张作霖入旧都称大元帅，未几被炸于皇姑屯，杨辅学良支撑危局，自恃功益高，目无余子，卒罹于难。

六　名流内阁

熊希龄，湖南凤皇人，父为水师管带。凤皇僻在湘边，风俗固陋。熊少年掇巍科，蜚声词苑，湘大吏争礼重之。时陈宝琛为巡抚，黄遵宪为臬司，李经羲为粮道，梁启超入湘主讲时务学堂。会谭嗣同、唐才常、皮锡瑞等创南学会，熊与之臭味相投，时人目为新党。有恶之者为撰联曰：“四足不停，到底有何能干？一耳偏听，晓得什么东西！”上联讽熊，下联则讥陈抚之无识也。戊戌政变，熊奉旨削职，交地方官严加管束。赵尔巽抚湘时，党禁稍解，适常德知府朱其懿（江苏宝山人）倡导新学，设西路师范传习所及德山小学，耳熊名，延执教鞭。熊丧偶有年，朱妻之以女弟，即世所称熊夫人朱其慧女士是也。熊幼承父教，颇习戎事，至是短服快靴，呼立正，任体操教员。湘西士风丕变，负笈远游者踵相接，熊预有力焉。赵抚夙重熊，以兴学为由奏请开复，廷旨俞允，熊遂纳粟为候补道，分发江苏。苏抚陈启泰，湘人也，委充工商局总办。时清廷渐行新法，熊常以条款献之当道，老生舌挢莫下，以是名益噪，身兼十余差，各省督抚争欲罗为己用。

清末，熊希龄以参赞名义随五大臣出洋，抵新金山，下榻某旅馆。一日，熊自外归，楼数层，设备相类，熊以电梯上，误登另一层，左折右转，昂然推扉入。一西妇方裸卧，睹熊状疑为暴客，锐声呼，旅客咸集，熊茫然不解，操华语曰：“此吾寝处地，何来夫人高据吾榻？”喧呶间，熊友梁鼎甫至，急挽其臂曰：“君误矣！君所居为上一层。”熊悟，赧然而退，群客大噱。

赵尔巽调迁东三省总督时，召熊往，畀以盐运使实缺，于是又以财政干员闻矣。辛亥之役，清鼎革，熊适居京师。项城慕之，任为临时政府财政总长。时值民主之制甫成，熊醉心西俗，以组党自任，创共和党。旋外放为热河都统。热河行宫为清室宝藏，自熊莅职，外间颇有宝玉大弓之讥。

民党失势后，项城任熊为国务总理，组名流内阁。时群情望治，深为国家得人庆。项城欲以杨度为教育总长，熊谓杨曰："请皙子帮忙何如?"杨应声曰："帮忙不帮闲。"意谓教育闲曹，其志不在此也。熊默然。项城喻其意，不复相强。项城蓄谋叛国，以国会不便于己，下令解散，熊阁副署之，举国大哗。洪宪事起，熊适还乡迎母，得置身事外。无何，洪宪倒，黄陂嗣位，梁启超以反对帝制功，物望归之，熊则以副署解散国会令之嫌为议员所扼，未能脱颖而出，乃隐于慈善事业。

熊有季常癖，夫人妒甚，喜经商，屡试屡败。熊束于阃威，莫敢究诘，终身未敢置妾。夫人逝，熊爽然如脱犴狴。益信道家言，习吐纳术。后续娶毛女士。中日事变后，熊离沪他适，卒于港。

七　张敬尧祸湘

张敬尧督湘时，湘人呼以民贼，其后为危害民国之国贼，歼于壮夫之手。泱泱大国，诞此凶顽，不独为民众之敌，亦国家莫大之玷也。张系安徽霍丘人，少无赖，流荡徐、海间，投身盗薮，习于杀戮。后入伍为小兵，因缘时会，擢升第七师长。帝制议起，梁士诒令沈云沛等组织各省请愿联合会，宴客于同兴馆，张亦预焉，手旱烟管，且吸且大言曰：“大总统高升一级做大皇帝，只须下一道上谕，畴敢不从？请愿胡为？讨论胡为？”满座闻之愕然。有人密告袁世凯，袁大怒曰：“变更国体，应征全国同意；何物莽夫，敢于稠人中信口开河？会当有以惩之！”无何，义师起于滇中，袁令张入川，盖所谓惩之者乃饰人耳目之语，盖貌怒而心许之矣。张驻军纳溪，纵兵为盗，焚掳甚惨，人有诉之者，张大怒曰：“本军纪律严明，秋毫无犯；无知细民，敢毁谤军人名誉耶？”令以军棍打出。兵士闻之喜，肆虐益甚。无何，帝制取消，张进退失据。有新化人某居其幕中，说之曰：“蔡将军昨为祸首，今作元勋。公若与之交欢，则前眚可赎。某与将军有旧，倘有驱策，必不辱命也。”张大喜，卑词厚币遣之，蔡亦为书以报，张如获拱璧，逢人便语曰：“吾与松坡不打不成相识，吾蓄志倒袁久矣，苟非然者，滇黔岂足平耶？”其后南北战起，张以皖人附于皖系，段喜其易与，命与吴佩孚出击湘桂联军。无何，谭浩明宵遁，段授张为湘督，湘人相顾失色。

湘人曾重伯（名广钧），文正公之长孙，前清翰林，夙有神童之誉，善诽谑。有女宝荪，幼随英人巴小姐就学伦敦，学成返国，创长沙艺芳女学，巴小姐随焉。宝荪善英语，落落大方。张欲娶之，谋之于幕僚某，某笑曰：“勋帅位高权重，何求不得？闻曾老头儿善属文，我帅延为记室，徐以情动之，事必谐矣。”张狂喜，如计而行。张固有河东狮，且已赋小星，弗计也。某踵曾宅，略致寒暄，即白来意。曾曰："吾年事已高，抱牍依人，恐伤勋帅知人之明。然盛意殷拳，当一往谢之。"越数日，躬诣督辕，张倒屣迎之。曾以老伯呼张，执犹子礼。张错愕移时，期期不知所对。曾退，逢人便语曰："吾观张督家木主，其父讳总愚，吾大父曾荐之于朝，以辈数论，张督吾父执也。"闻者鄙之。实则曾之为此，深具苦衷：张虽豺狼其心，而名分所在，势难求偶于女孙。所谓张总愚者系一捻匪，张是否为总愚之嗣固无人考询。自是张亦戢其野心，不复启齿。且曾氏湘中望族，教会中人时与周旋，张最惧外人，恐酿交涉也。

张四弟敬汤，市井无赖也，以兄力为旅长，人呼"四帅"，恒着八卦衣，顾谓左右曰："颇似孔明否？"左右进以谀词，谓四帅武功非武侯所及，敬汤喜不自胜。又常出入绅吏家，见珍品必抚摸再四，赞不释口，主人慨赠之则喜，不然即托词假用而不归，故闻四帅枉步者，皆相与私语曰："孔明又来作贼矣。"张有妾一女一，妾贾氏，薄具姿色，与养子张继忠通。女知之，将以白乃父，继忠又诱之以塞其口。女豪放不羁，每外出，大刀队数十名附之，如刑人状，女顾盼自喜，入肆购衣饰，豪奴排立无隙地，乘隙窃物，市人莫敢言。张继忠者，曩为盗，张驻军徐州时抚之，悦其韶秀，纳为子，编所部为第五团，继忠以团长而少帅矣。该团入湘，旧性不改，且相与言曰："北地苦贫，吾侪好身手所得恒不足当意。南人吾仇也，且富，良机可坐失耶？"故该团日为兵，夜则为盗，不止盗物，且杀人为戏焉。张知之不问。张失势后，敬汤伏法汉皋（鄂督王占元擒斩之），继忠复为盗，为豫省逻者所得，竿其首级。

安福系办理选举时，恃张为强有力之外援，派王揖唐之侄为湘江道尹，命周渤率罗正纬、王毅等十余人赴湘包办一切。不意投票时杨度、汪贻书得票最多，杨得五十余票。周大骇，嘱王某谒张谋挽救，张笑曰："亏君等读书识字，些许事一筹莫展，吾视之殊易易耳。"王问："计将安出？"张曰："此尚待商量耶？毁之，易以伪票，两言决耳。"王曰："恐干众怒，奈何？"张拍胸曰："有我张某承当，湘人敢捋虎须耶？"王谢而退。榜发，周渤等十余人无一漏选，舆论哗然，顾处淫威之下，无敢申正谊者。张恃选举功，望益奢，安福系不能应。张怒，谋通款于徐世昌。时府秘书长吴某乐与武人游，张与之订兰谱。无何，安福系将改选参议员，授意张氏，令先改选湖南省议会，张竟不为所用。有某氏者以将计就计之说进：谓省议员中隶民党者甚多，若假中央之命去此害焉，罗致宗旨纯洁者（?）为公后盾，不啻借花献佛也。张大悦，令某筹备改选。时湘人陷于水火，怨讟已深，闻张将伪造民意，改选议会，无复容忍之余地，秘密集议，谋所以自救。旋由商会、教育会、农会、学生联合会、报界联合会、律师公会等推举代表，组织各界联合会，向督署请愿收回改选省议会成命。张怒曰："乱民抗命，威信之谓何？"欲发令拘捕。某急止之曰："公服官湘省，不宜与湘人为敌。以吾观之，各界联合会乌合之众耳，吾亦组织一团体与之抗衡，公为左袒焉，则吾计可成，仇公者将无所借口。”张善之，乃由某等组织所谓公民会，亦向督署请愿改选议会。各界联合会派代表谒张，否认公民会行动，张亲出接见，大声曰：“一方为公民，一方为各界，同是湘人，何者为当？君等勿饶舌，可约期集于教育会，双方辩论，其理直气壮者吾将从之。”众皆诺。及期，张令第五团长张继忠派队往，名为镇压，实则临之以兵，使各界代表裹足不前也。然湘人夙富勇气，如时而往者为数浮于公民会之代表。首由某致开会词，张继忠佩指挥刀立讲台，依次由双方发言。公民会代表多系临时雇定，词格格不吐；各界代表则畅所欲言，声震屋瓦。有某代表跃起发言，继忠怒，大呼曰：“兄弟们，实弹，把守各门，无令一人免脱！先缚此人。”语已，各界代表夺门欲出，幸某为之缓颊，未酿巨变。翌日，长沙《大公报》《湖南日报》著论抨击公民会，同日被封。然张亦深知众怒难犯，改选竟因之搁浅焉。各界代表鉴于湘人与民贼势不两立，间道走郴、永，组织驱张请愿团，泣诉于湘军首领谭延闿、赵恒惕之前。时湘军蹙处一隅，衣不蔽体，各级将校月饷才五角耳；况有吴佩孚虎踞衡阳扼其吭臆。会吴将有事于中原，与湘军约曰：“今而后不复与君等为敌矣。湘事请自了之。如力有未逮，吾不任咎也。”未几，吴师北上，湘军誓为孤注一掷，张部以七万众望风而靡。时湘军除谭、赵外，贺耀祖、叶开鑫、唐生智等均任旅团长，鄂军夏斗寅、赣军李明扬以客军戍湘南，合之枪数不逾三千，然士气壮烈为从来所未有。张闻南军长驱而入，大惧，语乃弟敬汤曰："汝恒以诸葛自命，今其时矣。战而捷，吾以师长酬。汝不捷，不走何待！"敬汤拍胸曰："兄毋虑。些许事，三五日足以了之。请兄重然诺也。"即日，治装就道，乘绿呢大轿，轿后悬斗大灯笼，桓桓武士，前后呵护者数百人，路人为之侧目，且窃窃私语曰："此獠士饱马腾，南军宁足与为敌，吾湘人永沦苦海矣。"不数日，敬汤踉跄返，入城时仅着一履，面涂泥如鬼，即日与兄宵遁。所部纵火焚掠，全城混乱。越日，湘军至，万人空巷，鸣鞭以迎。兵士面目黧黑，手足胼胝，信如外省所称之"乞丐军"也。

张北上后，段祺瑞鄙之，不加顾惜。张郁郁寡欢，曾一度赴南口乞冯玉祥录用。冯命缚之，且数其祸湘之罪。最后付以《新旧约》一巨册、《三民主义》全集，语之曰："汝熟读两部书，纵汝去。"张唯唯受教，两月竟能成诵，冯怜而释之。后张潜居北平，谋倾覆华北，被刺死。

八　龙陆之战

龙济光，字子诚，滇人，生有异禀，耳作长方形。母号"长乳夫人"，生三子，长觐光，次裕光，济光其季也。觐光袭蒙自土司，为云贵总督岑毓英（桂人，岑春煊之父）所器，授四川会理州知州，乃让土司于济光。济光练团捕盗，以功晋知县，寻擢候补道，随岑春煊入桂，官右江道。时张鸣岐居岑幕，知济光知兵。后张为两广总督，黄花岗之役，革命党攻督辕，亲兵发枪拒之，党人退市廛作殊死战，张穴垣避居督辕后水师衙门。提督李准遣其部驰援，入辕，阒无人迹，皆以为制军不复返也，尽发所居积。嗣闻张匿于衙后，惧谴责，纵火焚辕以灭迹。事定，张宦囊如洗，侦知为李部所为，恨甚。然李以平乱功获清廷宠眷，张固无如何也，乃奏调济光入粤，引为己助，卒以李缺畀济光焉。同年，武昌揭义旗，举国响应，济光孤掌难鸣，不能为清室作鹰犬，阴与袁世凯通。袁令退处惠州，静观变化，济光从之。广州光复，民军未入东江，济光赖以苟安。民国三年，党人愤袁之阳附阴叛也，大兴问罪之师，于是有湖口之役，湘、粤皆作桴鼓之应。济光喜曰："此其时矣。"率兵入广州，极为袁所赏，袁尝举以语人曰："此吾南疆柱石也。"授济光振武将军，督理广东军务。兄觐光为巡按使，裕光为镇守使，昆季三人皆授上将，权威之盛为西南群督冠。筹安会起，袁窃号自娱，纳某策士议，以爵位羁縻群雄。一日，袁谕内史具各省将军巡按使名册，按名亲笔加圈，自一圈至五圈不等；翌晨拟谕，一圈者授男爵、二圈子爵、三圈伯爵、四圈侯爵、五圈公爵。民国以来，督抚之制久废，袁脑筋陈腐，仍沿清制，疆吏中居于旧总督驻地者皆封公爵，巡抚驻地封侯伯爵，故济光得公爵，陆荣廷得侯爵，陆耻之。会惠州告警，济光遣军平之，以功晋郡王衔，加振武上将军。陆语人曰："陆某昂藏七尺躯，讵甘伈伈伣伣，北面事伪帝耶?"党人窥其隐，百计结纳，陆欣然愿为后盾。无何，滇中举义，袁遣曹锟、张敬尧等率师入蜀，复命济光举兵袭滇后。陆与济光兄覲光为儿女姻亲，覲光子运乾，陆之婿也。济光恃此，谋假道于桂。获许，乃命覲光为帅，运乾为先遣司令。师次百色，滇中大震。不意，陆以迅雷之势断其归路，覲光军大乱，帖然缴械，父子狼狈逃归，而陆竖帜讨袁矣。陆部署既定，由梧州顺流而下，设军政府于肇庆，举唐继尧为大元帅，由岑春煊摄之，胁济光倒袁。时袁渐失势，帝制取消，济光意已馁。其策士蔡乃煌为岑所恶，岑使人谓济光曰："不杀伯浩（蔡字），足下虽附义，不足取信于国人也。"先是，岑为两广总督，西后宠之，忌之者众。蔡任上海道，承庆亲王密意，取坊间梁启超照片与岑拍而为一，密奏西后，谓岑过沪时曾招梁登海轮，密议至洽。后大怒，立罢岑职。蔡与济光为盟兄弟，济光摄于势，卒杀之。蔡无行，有取死之道；而见杀于济光，在济光为负义。然终无以自保，遁入琼崖，负隅苟安，仍与北廷通。数度犯广州，未逞。忽发奇想，率部浮海抵津沽。盖济光虽南人，恒以拥护中央为言，北廷利为工具，资其饷弹以牵制革命党之势力，由来久矣。今虽铩羽来归，倘报以白眼，亦徒示人以不广。故济光军抵京津，北洋诸领袖如徐世昌、段祺瑞、曹锟等皆备致殷勤，欢如旧雨，划小站为其驻防地，月拨饷银三十万，仍呼为两广巡阅使。时琼崖一带驻有济光残部，北廷为示惠计，派舰载归，合编为四旅。越二年，济光碌碌无所建树，北人礼遇渐衰，饷糈不继，士卒有菜色。直奉之役，更以首鼠两端为直系所齿冷。事定，济光不自安，解职居京师。时京中显宦如王士珍、江朝宗之流笃信扶鸾之说，集众设坛，行叩拜礼。一日，济光入坛稽首问休咎，乩笔沙沙作响，谓吕洞宾临坛矣，书曰："龙济光带兵多行不义，不可恕。"济光悚然，崩角在地。仙曰："念汝至诚，罚跪二小时，前罪免议。"济光敬谨受教，越二时起，猝中风晕绝，从者舁归，已瘫痪不可治，于是者半年死。兄觐光先卒，弟裕光居北平不返。济光为人颇持细节，不嗜淫赌，终身无姬侍，恂恂衣冠，无武夫习气，严于驭下，而敬礼士人，尝举起身州县事语人，盖虑人讥之为武夫也。治家处世悉遵古法，夫人出必张帷幔。渠又谓拥护中央系边吏天职，而不知大奸窃国，认贼作父，岂亦天职耶？

九　洪兆麟之怪癖

洪兆麟，湖南宁乡人。微时以卖包子为业，人呼"洪包子"。衣食不给，愤然走岭南，与乡人隆世储同应募为惠州协亲兵。时副将方绥德，湘人也，所部多三湘子弟。无何，方被岑春煊劾免，洪等已为哨官，转辗入六路提督秦炳直部下，仍驻惠州。鼎革后，惠州人陈炯明从中山之后奔走革命，与防军通声息；陈既脱颖而出，洪亦扶摇直上，拥节钺矣。隆亦官至镇守使，与龙济光战，殁于军，故其名不彰。洪固粗犷，而慷爽过人：微时旧侣从之者如归市，洪一一款接，剪烛话离衷，其倦游思归者必以厚贶，人以是义之。民国十二年，洪乞假归省，过长沙，闻方副将尚健在，息影麓山，即命舆往。既渡，步行十余里，始达其庐。方款之如宾，洪谢之，仍执亲兵礼，强之坐始坐。旋由长沙返故居，周旋乡党间，温恭一如畴昔，建桥葺路，解金为之倡率，戚畹旧雨贫无以自存者辄躬诣其门，馈遗无难色，乡党又呼为"洪善人"。居乡月余，始返粤。洪有善战名，然胆识犹恒人耳。每临战，部属有拔帜先登者，辄赏赉无算；负创而归者，亦如之，人皆乐为用。洪安居后方，固未尝与士卒共死生也。性喜渔色，广蓄声妓，部属妻女之有姿者必百计诱之，军中之浮薄者多以裙帔谋显擢。故洪部相与语曰："不怕死，不要脸，有一于此，禄位高升。"有乡人某，屈居电务员，乞假一月，洪不许。某嗫嚅曰："明知军书旁午，不能觅庖代；然有弱妹二人以细故忤慈亲意，愤而赴沪求学。二妹足未出庭户，骤行数千里外，人地生疏，沪上又为罪恶渊薮，故敢陈情军长，乞假以时日，俾克送妹归里，感且不朽。"洪曰："汝妹年几何矣？"某以及笄对。洪色霁，谕之曰："有志求学，奖进之不暇，奈何遣归？苟有所需，言之毋隐，余将有以成其志。"某曰："感军长云天之谊。部下以沪上非善地，不愿举目无亲之异乡女子涉足其间也。"洪曰："汝可迎至广州。"语已，立解五百金赐之，且促治装。某返里后，与所昵二土娼谋，诡称乃妹，相偕入粤，赁室于郊外，然后向洪销假。洪喜曰："子归何速也。汝妹何若矣？"某以告。是日薄暮，洪纡尊诣所居，小窗人静，斜阳未收，庭阶略植卉木，殊幽邃。某屏息出迎，洪止之曰："军中论秩级，私室则叙乡情，幸勿局蹐作态也。"某敬诺，命二妹治肴，内室嘤咛有声。俄顷，酒馔纷纶，某殷殷劝饮。洪曰："座无他客，令妹岂可向隅？"某呼妹出拜军长。越数日，某不复为电务员而为电报局长矣。所谓"军中之浮薄者多以裙帔谋显擢"，其事多类是，洪屡受诓，久而觉之，亦夷然不以为忤。

一〇 冯玉祥治军之严

冯玉祥治军之严及其自奉之薄，举国一人而已。初，冯以陕督陆建章力，扶摇直上。陆解职后，冯以第十六混成旅旅长驻武穴。时直、皖暗潮渐露端倪，陆为直系，微服南下入冯军，授以密计，以冯夙受培植，且与有姻亲，必能从命也。冯果为所动，振臂一呼，寂无应者。北廷怒，将褫其职，赖曹锟等缓颊，始明令革职留任。旋冯部开拔湘西，与张敬尧、吴佩孚等夹击南军。吴顿兵衡州不进，冯亦止于桃源，举薛笃弼为常德令。是时冯部约九千人，自将佐以至兵夫能一一举其名，军纪严肃，无敢越轨者。兵士皆习技能，或精木工，或为制履匠，有无互易，如上古人类之生活。兵有余饷，储积于公，以免无益之消耗。其假归省亲者，冯必有馈遗，受者皆感泣。会中日发生地方交涉，湘人排日货，冯倡导甚力。日领闻之，遣使至常德诘冯曰："君为驻防长官，民气激昂，不为釜底抽薪计，复从而助长之，如侨民生命财产何？"冯拍胸曰："烦语贵领事，保护外侨生命财产，冯某之责也。"即日传令，每一日货商店派兵二名为卫，昼夜不辍。奸人欲购日货者，望而却步。日商大困，赴诉于领署，领署请止之，冯艴然曰："自兹以往，其有危害贵侨生命财产者，恕难负责！"日领语塞；盖尔时日人盛气凌我未若今日之甚也。时三湘七泽间恶张暴，欲与偕亡，而湘南之民讴歌吴，湘西之民讴歌冯，谓湘人深于南北之见者妄也。《书》谓："抚我则后，虐我则仇"，湘人有焉。吴善治其军，起身偏裨，隐然为天下重。冯叹曰："此君鹏程万里，必不久居人下也。"吴亦耳其口碑，为言于曹锟，擢为第十一师长。吴班师北返，冯从之，一战而皖系瓦解。冯随阎相文入陕，旧地重游，军纪愈臻上乘。未几，阎暴卒，冯以近水楼台升陕督。直奉之役，张作霖倾巢入关，视曹、吴犹草芥耳。豫督赵倜亲于皖系，吴患之，未敢轻动。冯率二师二旅星夜援郑、洛，吴大悦，备致奖勉。阅兵时，且以冯部赴机迅速为训，乃并力北上，大破奉军。事定，吴威震全国，语人曰："微冯焕章之力不及此，吾何有焉。"冯以功迁豫督，声望亚于吴。贿选成，吴不得志于左右，练兵洛阳，不问朝政，举国视线集焉。冯调豫后，卧榻之侧，岂容雄狮鼾睡？其隐忍未发者，以吴势方盛，不敢为螳背之抗耳，乃深自敛抑。吴察之，乃令解豫督职，阳擢为陆军检阅使，俾移驻京师。冯郁郁不乐，又以脱虎口为庆，乃与陕军师长胡景翼、岳维峻等约为兄弟。第二次奉直战起，吴以讨逆军总司令居四照堂，电召冯至，命为第三路司令，出朝阳。冯星夜开拔，如曩日援豫状，阴回师幽曹锟于延庆楼，直系势力为之瓦解。

冯驻军北平时，兵士与路人哄，必直路人。某日，一兵士以急务坌息行，与路人撞，帽落，自拾起，趋执路人。路人骇，兵拱手曰："如未伤君，尚乞海涵，勿诉之军中，累遭革斥。"路人谢而退，平人播为美谈。又军中华服、冶游及吸食纸烟均悬为厉禁，有犯之者，冯命集合训话，引咎自责，呼军法官杖己，且曰："冯玉祥治军不严，应受谴责也。"众将愕然，趋前环阻曰："总司令乌可杖？罪在我等，愿受杖。"冯曰："累君等代刑矣。"命杖之如数，而不责犯兵。兵愧悔欲死，誓不再犯。韩复榘、孙良诚等官至上将，位列专阃，冯督责亦如之，不稍假借。诸将窃议曰："受辱如此，吾侪有何面目统率部众耶？"盖诸将之离心离德，早种因于是时。说者谓冯善将兵而不善将将，自营长以上畏威而不怀德，兵士则奉之如神明焉。

冯部下诸将亦往往师冯之所为，翘然与流俗异。试举一事为例：韩复榘主政山东时，恒微服出巡，勤求民隐，驯至升堂鞫案，察察为明，不以为苦。某晨，韩驾自动车出，衣饰朴陋，望之如一传令兵，遇一人行色匆匆，与之互撞，车覆，韩堕泥淖中，怒执其人，斥之曰："汝无目者耶！"必索赔乃已。其人惶遽万状，绝踞（裾）欲行。韩大怒曰："汝何人，敢误乃公事？"其人曰："衣服所值几何，吾不吝偿汝；抑知吾有刻不容缓者在耶？"韩转诘其故，其人曰："吾为财政厅书记。今日韩主席召集扩大纪念周，为时已迫，此可延误一分一秒耶？吾居某巷某门牌，姓某名某。汝晚间过我，必以衣值付汝，今不耐与汝聒絮也。"语已，坌息而奔，韩释手目送之去。越日，召见财政厅长，询以厅中有无某某其人，厅长思之良久曰："忆之矣，其人司誊录，微秩也，主席何以识之？"韩曰："不必问，如有科员缺，速予提升。"厅长志之而退，思必主席之戚畹也，不待缺出，立予奖进。某入谢，厅长改容曰："汝与主席有旧否？"某愕然曰："无之。"厅长曰："汝必忘之矣。"因告以韩貌。其人猛省曰："吾昨遇一人于途，信差也而主席耶？若然，祸且不测。"厅长询知其故，笑曰："汝交好运矣。主席好观人于微，子其勉之。"此事发现，鲁政界播为美谈。然韩为一省行政长官，鲁人无不识之，况某书记出席纪念周已非一次，意者明知故昧，藉以揣摩风气，亦未可知。然急智可嘉，位以科员，犹嫌乎屈辱贤者也。

一一　北洋军人中之淡泊者

湘潭杨瑞生军门为朝阳镇总兵时，王士珍隶麾下为马弁，勤勉得主人欢。会聂士成训练武卫新军，向杨求将才，杨推毂多人，王亦预焉。士珍非其本名，以位卑不足当选，有守备王士珍乞退，遂命顶名以进。其后袁世凯举办北洋武备学堂，王与段、冯同入肄业，有龙、虎、狗之称。王德量俱宏，无疾言厉色。清末官至江北提督，北洋诸将奉为领袖，顾碌碌无他长。民国以来，历任显要，而权势不属，惟于变革蜕嬗之顷辄为市民所推重，出任过渡时代之治安维持会长，故虽无赫赫之功，而三尺童子无不知此老。王颇倾诚于黎总统元洪，黎两度登台皆得其助。以王资望，直可继袁世凯之后执北洋牛耳，徐世昌百计遏之，王亦自甘淡泊，置不与较。曹锟贿选成，嬖人李彦青卜居西城，与王为比邻，征歌选色，终夜喧呶，王大恶之，见李必骂。李后为冯玉祥所戮，王引以为快。王为人恺悌慈祥，其痛心疾首形诸词色者，仅李一人而已。王服官既久，廉介自矢，每出，敝军羸马，终其身未坐汽车，而白须疏朗，仪表不凡，不类出身末弁者。晚年好道术家言。蜀人某，裘敝囊空，居京师某寺中，倡万教合一之说，王与语大悦，命组道德学社于西城头条胡同，其地为军警督察处旧址，传有厉魄为祟，某居之夷然，人以是神之。军界中人见其为王所重也，趋问休咎，叩首执弟子礼者，踵趾相接，不期年而某貂裘煌煌，面色丰腴矣。有人入其室，则土木偶纵横罗列，类小儿玩具，即某所谓万教之神也。

曾任守备之真正王士珍于解职还乡后，贫无以自存，佣于湘潭王家，终其身不改。人问之曰："子之化身已贵显矣，子盍往求之，必得当。"其人微笑不答。

一二 从羊楼司之役到龙潭之役

此节以孙传芳为中心，包括湘鄂、江浙、直奉各役及龙潭之战。

孙传芳，鲁人，日本士官学校毕业。民十五以前，士官生拥节钺，势堪炙手者遍于国中，而以偏裨骤迁显要、一帆风顺、为当时视听所集者，孙氏一人而已。孙初隶鄂督王占元部下，代理第二师长，王重其才，而左右百端抑之。民九以后，地方自治之说甚嚣尘上，湘督谭延闿发表马电划境自守，中部诸省皆作桴鼓之应。无何，谭解职赴沪，继其事者规随甚力。鄂省久处北洋军阀铁骑之下，民不堪命，荆沙自主事败，夏斗寅纠余众退湘边，编为一旅，受湘军号令，鄂人蒋作宾、孔庚、李书城辈为之奔走运筹，欲提一旅之师拯鄂人于水火。尔时吴佩孚已得志于中原，倡武力统一论，深恶省宪派鼓舌摇唇，尤以夏旅为眼中钉，频电湘省，以解散夏旅为请，湘当局不报。会蒋作宾、孔庚等间道入湘，说湘人曰："公等日言地方自治，而敝省近在邻封，抱亡省之痛，揆诸救灾恤邻之谊，讵忍袖视？矧公等孤芳自赏，其德必孤；如得敝省相与并进，行见举国从同，事半而功可倍也。夫王占元一荒伧耳，不足以当湘军之一击。湘军兼程并进，疾如鹰隼，一举而下武汉，左券可操。吴佩孚无所爱于王，必不袒一人而失六千万众之欢心。如是则邻之倒悬可解，而贵省得申大义于天下，此诚天予之机也。”湘将领赵恒惕、宋鹤庚、鲁涤平等闻之心动，援鄂之议遂决。旅湘鄂人举蒋作宾为鄂总监，夏斗寅为前敌司令。湘军鲁涤平沿湘鄂路线前进，叶开鑫由平江出通城，军容甚盛，以为饮马汉阳，直旬日间事耳。

王占元闻警，急遣孙传芳督师扼守羊楼司之线。是地层峦峭壁，路轨迺迤山谷间，号称鄂南天险。孙师阵容整肃，士饱马腾，况有汉阳兵工厂供给械弹，鏖战一来复，孙师坚守不退。其时崇、通已下，湘军原可袭咸、蒲，则孙师不战而气自索，乃湘军习用旧式战术，凛孤军深入之戒，以正面尚无寸展，右翼不敢深入，而局势因之丕变矣。先是，吴佩孚闻湘军倾巢而出，按兵不动者旬日矣；及孙师势不支，放弃羊楼司，湘军进占汀泗桥，王占元遁，乃剑及屦及曰："此其时矣！"即遣第三师南下，本人率舰队沂流而上，炮攻岳州。湘军惧后路之将断，哗然背进，于是鄂督一席属之吴部师长萧耀南。盖前督王占元为长江三督之一，与直系渊源甚深，吴不能以势取，乃假手湘军以去之，复挫湘军而占有其地，计亦黠矣。事后，湘将领鲁涤平语人曰："子春（占元字）阘茸无能，吾人以为摧枯拉朽耳，而不意馨远力战八日始退。迨吴军南来，吾力已竭，是役非吴先声夺人，馨远实为之梗也。”其后吴与湘省谋和实有深意：盖已逆料奉直之役无可幸免，本人将以全力争雄华北，而不欲树怨于南方，仍命孙师驻岳以扼湘人吭臆，而其直属部队悉撤至湘境以外焉。直奉战作，始命孙移防鄂西，位以长江上游总司令。吴之识孙始于湘鄂一役，故予以不次之迁擢，然孙蹙处一隅，终无以卓然自树。中原既定，孙乃间道入闽，另求发展矣。

直皖之战终，皖系军人荡然解纽，惟浙督卢永祥、闽督李厚基存。卢善于投机，首倡废督之说，以身作则，而易以总司令之名称，识者讥其换汤不换药。李则块然浊物耳，曾北上谒段，广袍宽袖，行跪拜大礼，人以是鄙之。直系既兴，以浙省滨海，如负隅之势，且中原诸将之首鼠两端者尚未能一网打尽，故无余力问津浙省，惟李厚基不堪一击，取之至易，直系初无染指之意，明眼人殊难索解。实则闽省无足轻重，李厚基非段死党，自段失势后，李以曩之事段者事曹、吴；矧闽南接壤于粤，直系取闽则粤军有行将及我之惧。倘不幸双方以此接触，直系万里赴援则鞭长莫及，坐视不救又不可，故不如留一尸位素餐之李厚基，无形中视为缓冲地带焉。乃孙传芳急欲脱颖而出，会闽人控案如鳞，皆欲与李偕亡。海军领袖杜锡珪，闽人也，与吴厚，复从而怂恿之。吴正以浙卢为患，如取闽省以拊浙江之背，于计良得，乃命孙为闽赣边防督办，由赣入闽。吴知孙终非池中物，然以非其嫡系，未能推心置腹，此番畀以重任，亦惠而不费之政策。无何，孙军下福州，李厚基宵遁，所部杨化昭、臧致平两旅走依浙卢，是为江浙构难之远因。孙一战而捷，所部周荫人功最高，乃推闽督一席畀之，复自请入浙，吴又袭其故智，位以浙闽边防督办，此无异督浙之先声也。

先是，江、浙两省以淞沪护军使问题争持未决，护军使杨善德调迁浙督，乃以卢永祥继之。段、卢意气相投，欲畀以湘督，因湘人热烈反对乃止。会杨因病出缺，明令调卢升任，卢表示不就。段讶之，卢曰："浙江虽好，不及上海好。"又言上海如何重要，不可委之他人；如必以本人督浙，则护军使一席必由本人推毂乃可。段许之，斯席遂属之卢部何丰林。苏督齐燮元大愤：盖淞沪为江苏辖境，而护使别立门户，不受苏督号令，苏督积不平者久矣；卢永祥望高，且有中枢为之奥援，自未便与之龂龁相争，乃卢晋迁浙督，鱼与熊掌岂可得兼？在段政府之下，齐固敢怒而不敢言，今则物换星移，正齐下手之机会，乃嗾苏绅以省治为言，力争失土。卢反唇相讥，始也鼓舌摇唇，继也张弩拔剑。闽省败将以浙境为逋逃薮，卢优容之，齐屡以拒编为请不应，事闻于吴佩孚，曾从中调处无效，吴固视卢如眼中钉者，徒以直系方在养精蓄锐，不欲牵一发而动全局；然齐不能须臾忍，竟先发制人矣。

江浙之战既兴，杨化昭、臧致平等请缨前驱，以孤臣孽子之心，抱破釜焚舟之，齐军无斗志，退昆山，羽书迭告，卢闻之喜。不谓黄雀在后，孙传芳竟由仙霞关长驱而入矣，浙军腹背受敌，不崇朝而瓦解，卢下野东渡,于是孙传芳一进而为浙督，再进而为浙闽巡阅使，雄据东南，戛戛乎与洛阳大帅并驾齐驱，距湘鄂之役丧师失地茫无所归者，才数稔耳。江浙之役，实为孙氏勃兴之一大关键。

卢永祥失利时，奉军大举入关；及卢踉跄东渡，直、奉已炮火相见。尔时吴佩孚胜算在握，志得意满，有叩以战事前途者，辄微哂不答，固问之，则反诘曰："君等岂尽童骇耶？上次作战，胡贼军容之盛远过于吾，而不及兼旬哗然溃走；今吾拥兵二十万，必要时可供调遣者数亦如之，直捣沈阳自意中事。吾所引为杞忧者，不在战场而在坫坛樽俎之间。盖吾不欲养痈贻患，必一举而覆其巢焉！彼恃日人为护符，我则与日不并立，诚恐牵动外交，所关匪细耳。"吴居四照堂发号施令，外人之投刺往谒者，吴据案微颔其首，外人叹为生平所见五官并用之人未有如此公者。

直军战略以王承斌当第一路，彭寿莘副之，为全军主力，王怀庆、冯玉祥为二、三两路。彭为吴部翘楚，故假以重任，甫交绥，忽为奉军郭松龄所败，吴自将之始转败为胜。吴语人曰："吾今当按兵不动，不出旬日，张雨亭必自毙，东省之民箪食壶浆以迎我，不劳血刃也。"人问其故，笑不答。然吴非无端自傲也。先是，吴驻军洛阳时，惕厉忧勤，日以对奉为鹄的，盖虑及痛饮黄龙之日将牵动对日外交，苦心研讨，忽拍案曰："得之矣！"乃征东三省籍官佐若干人，优其资斧，派往奉天内部，或入军官学校，或充下级干部。临发，谕之曰："汝曹皆东省未来主人翁，其矢慎、矢勤以成百世之伟业，每月作秘密报告一次，异日当再相见。”盖吴意他日与奉军作战时即以此辈为内应，则东省传檄可定，日人固无所藉口也。当江浙箭在弦上之际，吴从中调处，不辞瘏口，亦非工于作伪也，诚以潜赴奉天秘密工作之官佐羽毛未丰，欲留以有待耳。然不意直奉战机一触即发，当是时，所遣官佐已有位至团长者，密呈吴氏，谓奉军倾巢而出，如前方作战失利，渠等将乘虚捣其后方。吴信之，不料春光外泄，吴党被奉张一网打尽。

冯军回戈时，吴初犹不信，藉令有之，犹欲以孙岳一旅牵制冯军数日，然后别遣一部平之。孙幼时为曹所蓄养，性诚悫，故吴不疑有他。越数日，闻孙亦为冯用，且得冯军已抵京师耗，始大惊，乃以前敌事畀张福来，而自往讨冯。张素有“张二破鞋”之称，盖张微时喜着破鞋，故云。其人事吴唯谨，吴深信之。张骤统大军，惶遽不知所为，奉军乘势攻之，大溃。吴进退失据，仰天长叹，效项王之言曰：“此天亡我，非战之罪也！”

曹吴既败，段祺瑞起而执政，命卢永祥以江皖宣抚使名义兼任江苏军务督办，而以奉系推毂之郑谦为省长。卢引奉军二师为助。于是齐燮元去宁，避嚣于东瀛之别府，是地曾为卢永祥所栖，当时有齐、卢换防之谑。孙传芳鉴于奉军势大，静守不动，段亦优容之，思罗为己用。盖孙究非直系中坚，虽以曹吴之力得以扶摇直上，而孙自谓创业艰难，未尝受惠于人，且吴佩孚意气凌人，孙已位至巡阅使，而吴视同属吏，孙不能忍，密与王承斌相结纳，欲以学生派势力取行伍派而代之。吴既失势，则又与段之左右通款曲，段固光杆，颇抱来者不拒之态度。无何，卢永祥不胜奉系之高压，愤而辞职，段三电慰之不获，乃以奉系要角杨宇霆继任。孙跃然曰：“子嘉（卢字）去位，行将及我！与其坐以待毙，毋宁先发制人。”乃下动员密令，兼程趋沪。奉军邢士廉部两师猝不及防，悉数缴械，邢仅以身免。杨宇霆闻之，召集军事会议，诸将相顾无策。杨叹曰：“事不可为矣！”即日引军北上，抵蚌埠，邀皖督姜登选同行。孙军以破竹之势入宁，号称“五省联军总司令”，以卢香亭继任浙督。时张宗昌任山东军务督办，闻杨、姜踉跄北遁，怒甚，命施从滨南下攻孙，募白俄军千余人为前驱。俄兵魁梧奇伟，战时沽酒作牛饮，大肆淫掠，华官不能制。又俄兵均饱食，而鲁军面有菜色，待遇既殊，军心涣散。固镇之役，孙军斩俄兵数百，余皆股栗遁，鲁军因以大溃，施从滨被俘，死之。徐州既下，孙顿兵不进，盖孙仅欲囊括东南，未敢问鼎中原也。

孙驻节金陵，以陈陶遗为省长，喜延款绅耆，时为文酒之会，失意政客从之者如归市。尝纳某策士言，以三爱主义抵制三民主义。所谓三爱：一爱国家，二爱人民，三爱敌人。其最后之一爱殆师“不擒二毛”之意，闻者哂之。竟有浪人密组三爱同盟会，潜赴各省煽乱，事发，瘐毙狱中者颇不乏人，此与陈炯明之致公党如出一辙，而声势又远逊之矣。湘人徐佛苏好为大言，尝自旧都投书论时政，孙以其薄负时誉，命记室书以报之，实则徐之煌煌名论，孙固未尝寓目也。徐得书喜，驱车南下，投刺谒孙，挟十策以进。孙与之寒暄未毕，徐则离席而请曰："吾知联帅事冗，未敢作长日之谈，请假我二小时，俾畅吐胸中积蕴。"孙拊其背曰："先生不远千里而来，鄙人愿安承教，休说二小时，即二十小时无害也。"徐欣然历举所见，孙极口赞之。至第六策，寂无应声，徐疑其不谓然也，视之，隐几卧矣。乃大懊丧，出而语人曰："孺子不足与谋。"此公亲礼文士，亦作伪之一端耳。

吴佩孚败后，绕海道而南，浮舟赤壁，鄂督萧耀南虽其旧属，心勿善其所为，萧部师长陈嘉谟则与吴通信使。无何，奉、冯交恶，萧病殂，吴以讨贼联军总司令名义驻汉口查家墩。时革命军已出动，人有叩吴者曰："公以讨贼为职志，既闻命矣；公之所谓贼者，奉乎，冯乎？抑别有所在乎？"吴不答，振笔上书一"北"字，下书一"南"字，以笔尖指之曰："吾曩欲并力北征，今当转旆南下矣。"盖自冯部鹿钟麟等退出北平后，平人以黄土铺地，迎张、吴晤商时局，两雄相见，前吝尽泯，相约为兄弟。政治恩怨之云谲波诡，又不难于是见之矣。

先是，吴佩孚率田维勤等攻南口，不克，而南方羽书迭至，吴晏然曰："国民军心腹之患也，不乘其敝而尽剪之，终必为害；广东军虽盛，不足以驰骋中原，昔者负隅岭南，吾未如之何，倘逾洞庭而北，吾力足以一扫而空也。"其言虽壮，然吴自前番失败后，其直属部队已荡焉解纽，乃招致四方之士鱼龙杂处，非复旧观。各军之附吴者有所求耳，求官不得则求饷，求饷不得则哗变，吴已进退失据。初，吴欲以田维勤为察哈尔都统，卒以师久无功，得奉军高维岳炮火之助，始下南口，吴氏觍颜旋师，而察区属之奉系矣。乃其南下，北伐军已入衡岳，湘局既定，即由平、岳分限崇、通，吴军大溃。吴命赵荣华为军政执法处长，组大刀队，乘车南下督战，其有畏葸不前者，立斩以徇。赵南下甫一日即逃归，盖前线溃兵如潮，闻大刀队之至也，皆大愤，击之以枪，车窗弹孔累累。赵惧，折回武昌，而前线愈不可收拾矣。吴闻之益恚，欲自往。时北伐军已薄土地堂，吴顾谓武昌诸绅曰："吾必死于是！诸君当收吾骨也。"鄂人知吴有坚守意，心窃危之。时有刘旅长玉春泣劝吴氏移驻汉皋，而以守诚为己任，吴壮之，立畀以师长及城防司令两要职，凄然与黄鹤楼为别，渡江筹攻守之策焉。孰意北伐军长驱袭汉阳，吴仓皇出走，京汉线南段兵车拥塞，辙乱旗靡，不可名状。靳云鹗复与吴氏同床异梦，直系残余势力益呈土崩瓦解之势矣。靳之不慊于吴自河南一役始：是役也，吴以两支兵力夹击国民第二军，靳云鹗循陇海路进，寇英杰循京汉路进。吴意若曰："豫督一席，捷足者先得。"其后靳军首入开封，而豫督属寇，吴畀之省长以平其气。靳以为耻，顿萌去吴之志。时奉军韩麟春、张学良两部南下援吴，止于郑州。吴无颜北上，折而西行，挟残卒数千名经南阳达襄樊，辗转入川，从兹一蹶不振矣。

当吴军之厄于武昌也，北洋诸将皆责孙传芳兼程赴援，孙屹然不动。人叩之，则微笑曰："诸君非知兵者也。譬之绳索，扭做一团，必非利剪所能断，引而长之，任剪一段，应手落矣。是故党军进展愈速，则消灭之也亦愈易。"或曰："联帅妙喻，可解人颐；然玉帅岌岌焉不可终日，坐视不救，于心安乎？"孙不答，顾而言他，盖孙欲北伐军与吴俱敝；有谓孙曾提出条件，吴朝下野，援兵夕发者。及吴一败涂地，北伐军转旆东征，赣督邓如琢不足以当一击，孙始瞿然起曰："此其时矣！"乃扣招商船运兵九江，所部郑俊彦、谢鸿勋、孟昭月等先后奉令开拔。郑为浙卢宿将，投孙已久，其人老于戎事，孙重之，合为江西总司令（即赣督）。战鼓既鸣，双方互有胜负。孙知北伐军非易与者，遂亲往九江督师。不意德安一役，骁将谢鸿勋中弹刖足，孙军气为之夺，退守南浔铁路。无何，败音迭传，北伐军由马回岭攻入九江，孙军大溃。说者谓孙部兵士在北洋军队中为鸡群之鹤，乃为之将者在未交绥以前，骄盈之气可掬，两军既接，一战而胜，不敢深入穷追，授北伐军以集合反攻之机。败则草木皆兵，颓然不可复振，此所谓知己而不知彼也。北人作战每以持重而误机，性使之然，不独孙一人已也。又孙军守南浔线，连营蔽野，而不知于较远形胜之地稍布戍卒，此则剪绳之喻孙氏乃以自道，党军突破一点，遂成摧枯拉朽之势矣。故吴佩孚之败，败于兵多而体系不一，孙则败于运用之不当。孙每值战胜，趾高气扬、不可一世，而一聆败耗，意志沮丧，此尤失大将风度也。

孙赴赣督师后，不逾月而败，乃赴津乞援于张作霖，张许之，命鲁督张宗昌为援。鲁张不忘固镇之败，握拳啮齿，欲得孙而甘心，奉张为之杯酒释嫌焉。是时鲁张欲以顺手牵羊之势席卷江南，鲁军南下，兽行大彰，孙军如处沸汤烈火之中。无何，石头城陷，孙北走幽燕，谄事奉系诸将，闻者齿冷。其后龙潭一役，即民国十六年八月二十六日，孙军渡江而南，为背水之战，几重振（整）旗鼓于石头城下。北伐军长驱入鲁时，孙部由济宁窜扰丰沛，予北伐军左翼以莫大之威胁，亦可谓余勇可贾者矣。然卒以两役功败垂成，所部消失殆尽，始下野赴津，礼佛自忏。越数年，施从滨女剑翘歼之于佛坛。一世之雄，结局如斯，闻者悲其遇，而未尝不叹施女之孝勇绝伦也。

一三　留德学生包围使馆

欧战时，德国马克狂跌，银行限制本国人仅能以外币易马克，不许以马克易外币，并规定兑换时间，如时而往者往往以万头攒动，不能排众而入，废然而返。是时，不独以马克易外币难，即以外币易马克亦不易办。投机者设摊肆博蝇头之利，亦如山阴道上应接不暇。德人重秩序，兑换者雁行立，循序而进；摊肆主人以市价起落太速，一手兑钱，一手持电话筒询时价，往往第一人持美金一元易马克十万，第二人可易十五万，后至者初则自怨来迟，然美金挺进不已，愈迟者所易马克乃愈多。处此情况之下，德人生活极不安定，视国币如粪土，惟不动产及硬货则屹然无所动摇。有华籍留学生某，善居奇，负笈三稔，学成而囊中亦裕。某所习为工业，以处币购机器，待价而沽，一转移间获利倍蓰，盖尔时人人重外币逾于生命，外币购物仅及从前之半，而市场稍稳定又须回（恢）复原价也。某又以所存美金向银行抵借巨量马克，以二星期或一月为约。及期，马克暴跌，某不劳而获，习以为常。银行初无阻难，久而得其故，乃缩短期限，逾期不偿即在存金内扣除。某又以同样手段乞诸其他放款处，欧美留学界无不赞其机智焉。兑换马克地点除上述摊肆外，有德国无赖出没咖啡馆私相兑换，其价高于摊肆，嗜小利者群趋之，然干警律，事败，双方捉将官里去，款被没收。又有小流氓匿迹僻巷，低声呼兑换，价更高。华人有不察而入彀者，归家审视，除表面一张外皆伪票。且有以兑换为名诱人入巷，以暴力劫其财者。某日，华人甲遇此道中人，甲固武勇，追与斗殴，警士闻声至，并下之于狱。中国留学生大愤，谓罪在德人，警署不分曲直，科以同律，殊愦愦也。乃群往公使馆，公使陈箓恇怯无能，温言导众曰："诸君身处异国，宜化大事为小事，小事为无事。"众大哗。陈惧，愿自偿所损金，其事始寝。然诸生窃议之，越日，复纠众往，责其巽懦。陈宽解再四，谓此等细事，即交涉胜利不足为国荣；君等皆中国未来主人翁，学成归国，致力富强，外人当刮目相看也。众亦不欲小题大做，相与散去。无何，学生乙参观德国古物陈列馆，中有清宫亵物，系庚子年掳自北京者。乙归，遍语同学。此物暴观已久，留学生初未措意，一经道破，皆认为玷辱国体，开会请愿，结队游行，中途与德警冲突，一生被殴伤，众生包围使馆，迫陈提抗议。人丛中有人大呼曰："昔华人殴毙德教士一名而立青岛租让之约，今德人殴吾同胞，矧所殴为学生，当以东普鲁士割让与我，始彰公道。"众和之，陈惶惶无所措手。然此案卒不得要领，留学界意气用事，再衰三竭，寻亦搁之脑后矣。又有一次，风潮更扩大，陈竟以此免官。时段祺瑞当国，将对德宣战，密遣徐树铮诣德，以考察陆军为名窥测形势；讹传徐此行将与德签订秘密条件，留学生大愤。徐抵德时，拟召集留学生开会，陈急止之曰："诸生少不更事，将不利于君；君处国外，只身无扈卫，使馆员役不足以饱老拳，千万不可尝试也。"徐曰："留学生读书必明理，吾以理导之，奚害？"陈固阻，至于屈膝，乃止。留学生闻徐至，又包围公使馆，迫陈交出卖国贼，陈匿不敢出，嘱阍者阻之，谓公使赴宴未归。众扬拳作欲击状，阍者辟易。入门，又有三五仆人阻之于梯次，众呼打，仆遁。遂登楼，夫人遮于房门而言曰："公使他往，君等意欲何为？此余寝室也。"西俗不得入人寝室，况有妇人遮门，尤无用武地，众愕然止步。一生大言曰："今日之事，国家大事也；岂宜以男女之嫌遂置国事于不顾？"趋前抱夫人投之门外，众蜂拥而入，茫无所见。搜之，得陈于盥洗间，状甚惶悚。众索徐甚力，陈曰："今我自顾不暇，焉能袒人？徐君未在是，且不知何往。”众曰：“请公使以电话召之来，勿言吾辈在此。”陈曰：“确无觅处，然余可担保徐君决无卖国行为。”相持四五小时，陈舌敝唇焦，众无退意。陈不获已，乃曰：“余愿立据担保何如？”众首肯。陈执笔书曰：“陈箓谨以身家性命担保徐树铮君此次来德确无卖国行为。”签迄，众迫令加指摹，持据散。徐闻之，匆匆去德，途中电段曰：“陈使阘茸失体，乞予撤职。”段从之，陈遂治装返国矣。

一四　陕西杂军之怪风气

民国十六年，陕西军长郭坚好渔色，妾某氏有宠，财帛随所取。郭死，氏哭之恸，慷慨告部众：“将军死矣，君等将焉往？如不以阿侬为不才，俾竟将军未竟之志，将军死亦瞑目。”众嗷应曰：“愿以事将军者事夫人。”氏遂戎装佩剑，巾帼而须眉矣。时值陕西多故，弱肉强食，氏未习戎事，与某军战，不利，就俘。某军使军法处长亲鞫之，氏愿献其部曲以自赎，处长微哂曰：“此毋庸，贵部已悉数缴械矣。敝军为民众救星，而困于饷糈，闻夫人窖藏多金，愿假为军用，他日子母奉赵，夫人其许之。”氏指天誓日，力白其无。处长怒，命施榜掠，体无完肤，氏夷然不呻楚，昂首笑曰：“要命有之，要钱则无。榜我至死，奚益？”处长大窘，下之狱。退而思之，蓦然得计，乃择军中美少年数辈，令入狱中，盖闻氏在军中有健丈夫数辈更番侍寝也。如是者若干日，知氏有芙蓉癖，又进以美膏。又若干日，烟具撤，美少亦裹足不前，氏黯然神伤，不可终日。越日再讯，处长温语曰：“夫人无所苦耶？苟不吝指囷之赐，敬礼有加，供应无所缺，其深长思之。”氏俯首移时，始言某处藏镪若干，发之如数，始纵之去。

时陕军内部有同隶一军而甲营与乙营斗者，司空见惯，长官不能左右袒，佯若无闻，任其自为消长而已。驯至一营之中，第一连驻地绝对不许第二连通过，否则陈师相见，俨同敌国。又某连长委派分队长若干人，各分队长又委派师长若干人。不奇于连长委派分队长，而奇于分队长之委派师长也。

孙良诚初至陕时，召见一新编团长，团长佩枪入，以指按机纽，作准备射击状。孙大惊，察其状，执礼甚恭，殊无恶意，问之，则陕军风气如此也。且营长往见连长必须通报，连长立命戒备，双方各持武器，如临敌状。倘排闼直入，则主人不问来者之为谁何，即以暴客视之，饷以弹丸矣。长官召集军事会议时，预会者皆戎装实弹，较之鸿门宴有过无不及焉。

某营长以炭涂面，饰兵士为群盗，出外行动，大获而归，分为四组：父一，母一，兄嫂一，妹一。营长得意曰：“吾家人一生吃着不尽矣。”语未竟，闻后帐母哭甚哀，惊闻之，母曰：“汝率弟兄们倾巢而出，后防空虚，汝妹被某营掳去矣。”又有一营长克扣军饷，兵士劫其父去，营长罄其所有始赎父归。盖陕西自陈树藩去职以后，除西北军另成风气外，杂军大率类是，后经锐意整顿，颇改旧观云。

一五　粤桂将领素描

（一）十九路军各将领

从苍梧至戎墟，电轮约行一二小时可达。舍舟登陆，换乘攀峤越岭之山轿，又二十余里而抵料神村。其地系一荒僻之区，倘无显者生于斯、长于斯、钓游于斯，则此小小村落之名世人殆罕有知之者。该村现有一营盘式之巨第赫然触目，外表朴实而坚若城堡，前临为巨沼，碧波荡漾如叠锦，轻舟欸乃于其间，令人顿感宇宙之清洁，忘却人世间一切烦恼。巨第主人似深解乡居之乐，引泉绕室，清流潺潺，若向人时诉衷曲者。沼中鳞介至夥，每值残晖西没，或朝暾初上时，常浮游水面，唼呷有声，此则主人之佳肴也。沼前系一片山地，其间老树蟠曲，恍若碧玉屏风，西南所产果实多至数十种繁殖于此，主人啖之不尽。主人为何？村人皆遥指而羡之曰："此李少轩、李任潮、李达潮昆季之居也。"

李济深（任潮）自下野后，除偶居香港或梧州城外，十之八九皆消磨于其故里，其日常生活则短装跣足与渔樵为伍，操作殆甚勤苦。李初不解灌园之术，然乐此不疲，每自作聪明，举锄则伤及根芽，举手则摧折嫩朵，园丁患之，投以怒意之眼光，而李孜孜如故也。

李有子女多人，其长子且在大学卒业矣，幼者尚在怀抱。李与邻儿及诸子杂泥沼中捉鱼为戏，鱼惊走无所得，而捉之者泞泥没踝，笑谑之声远闻，此殆为李氏乡居之第二课。

当李未发迹以前，凡至料神村者须越榛莽而过，有钩棘刺肤之苦；自李还乡营宅后，由戎墟至料神村已化为一片坦途。道旁茅店数家，兜售食物以迓行者。茅店之淡月旺月恒视李之行止为转移：李行则门可罗雀，李止则过问有人。李氏乡居时，远道来访之客每日多至十余人，少亦三四人不等。乡中本无轿夫，彼健步如飞者皆应时而兴之劳动家也。李之座上客终岁在七八人以上，多至三四十人。来客初至时，侍者为备几榻，一一款应如仪，客不言须面主人，主人亦不出而延客，侍者亦不为通，客与主人彼此似不相连属者。吾人所见之惯例：客如少住即去，主人必殷殷挽客，且曰："君何去之速也？"然斯地有一独特之风气：主人绝不言此，客去客来皆若与之渺不相涉。客终岁不言去，主人与侍者皆无厌色。倘有不速之客终其身盘桓不去，主人将下令逐客否？此则系一疑问耳。

由戎墟至料神村距李居约里许，一巨川横阻其间，每值雨季，山洪暴发，奔流急湍，令人为之目眩。川上架有桥梁，系用老树十七株连缀而成，敷以薄板若干段，行旅至此，虽有孟贲之勇亦靡不呼之为"奈何桥"，有闭目而过者，有自缚轿中以防坠溺者，既达彼岸，欣欣然相庆再生。客有以此询于李氏者曰：“君胡不鸠工庇（庀）材，化畏途为坦途?”李辄纵声而笑，谓：“君等胡恇怯若是?吾乡中老妪稚子皆能安步而过，须眉顾不如耶?”客语塞，惟耸肩作苦笑而已。以上所述，足征李氏系一胸无城府之人，凡事不求甚解，对乡井琐琐如是，对政治主张亦复如是。然一至紧要关头，灼然能见其大：“八一三”事起，李毅然与陈铭枢、蒋光鼐、徐谦、翁照垣等连（联）翩北上，愿在当局鞭策下为国努力。

李与十九路军关系，尽人皆知。先是，该军奉陈铭枢为领袖而以蒋、蔡为其骨干，蒋平易近人，与各方均有相当好感，恰如“药中甘草”，蔡则兵柄在握，负有民族英雄之美誉。“一·二八”以后，蒋、蔡率师赴闽，仍欲贯彻其主张，其时陈铭枢在港，长日无所事事，旋买棹远游，蒋、蔡资望较浅，于是共奉李氏为首，演为闽中之变。尔时一度有组织“社民党”之酝酿，恐不洽舆情，遂拟另组第三党，命名曰“生产党”。闽局瓦解，伊等中止组党工作，而有“民族解放革命同盟”之组织，其最高干部为李、陈、蒋、蔡及徐谦等。该组织已于战鼓骤鸣之际，化为过眼云烟矣。

革命军誓师北伐时，陈铭枢与白崇禧同为两粤将领中之头角峥嵘者。其后淞沪之役十九路军驰名全国，陈系手创该军之人物，益为时誉所归。惟闽变一幕足为盛名之累，然综其生平行诣，究不失为一气概觥觥之军人。陈氏未达时，贫窭无以为生，夫人朱氏以纺绩供膏火，终岁无宁止，微夫人之力陈氏或无以有今日。夫人亦以此自炫，暇与女友晤谈辄扪其腿际斑斑点点之旧创，絮絮话当年事。陈氏伉俪之情至笃，不忍稍拂夫人之意。夫人居港，藏书满室，陈氏埋首其中，俨如一博览群籍之学者。陈有次妻，西名曰马格李，未尝一诣夫人之居，盖慑于夫人之严肃，未敢造次省其起居也。闻陈畏听小儿啼，闻必掩耳而走，此亦其奇特之个性云。

蒋光鼐卜居九龙之界限街，室内藏书至夥，所悬名人书画颇多精品。去年以经济关系，此屋货与莫秀英女士（陈济棠夫人），得银十万，乃移居九龙之另一私宅。蒋系粤之东莞人，赋性温蔼，其乡人皆乐与游，门庭因之若市。说者谓陈铭枢与人交，莫逆时跬步不离，参商时老死不复相见，蒋则与之恰恰相反，其处世以平易为主，无疾言厉色，亦罕有热如怒火之挚情。故十九路军与各方之关系，陈氏与部曲间之关系，皆赖蒋为之维系，始得胶合无间云。

蔡廷锴亦居香港，营宅于山村道五号，另于九龙青山置有别庄一所。当“民族解放革命同盟”甫成立时，创《大众报》为其喉舌，蔡为该报之后台老板，在港规划一切。闽北失败后，蔡远游欧美，与侨胞多所接触，备受热烈欢迎。然每到一处，侨胞辄相与蹙额而言曰：“外患日深，吾国将有覆巢碎卵之惧，非群策群力无以挽国运于垂绝，非当局集中事权无以收众流汇合之效。将军为吾辈所膜拜者，度不河汉斯言也。”此种普泛之论调萦绕于其脑际，使之深受感动，故蔡返国以后即毅然以赞助统一为其职志，与人畅论时局时必曰：“吾人今所蕲求者，首为内政之稳定，否则不俟人伐，本身即已陷于不可收拾之惨境矣。吾人无地位，无实力，惟吾人之主张不可变，从前种种譬如昨日死，今后中央苟有所命，吾人不计权责之大小，誓以全力奔赴之。倘吾人不复见用，当以国民一份子资格为社会服务，为国家努力，他非所计也。”“八一三”事起，十九路军干系中之首先入京者即为蔡将军。

蔡落落寡合，与生客初度见面时几于无话可说。某要人过港，李济深张宴以迓之，蔡默坐一隅，始终未与攀谈，某要人疑其傲兀无礼，亦冷然不与话寒暄。李顾谓蔡曰：“君不识某先生耶?”蔡即趋前握手，恨相见之晚。凡有不识蔡者，见其沉默寡言笑，疑为昂首天外，实则蔡初非骄蹇之流，徒以拙于辞令，与各方殊寡交游，然与海外华侨则相处如家人昆季。“民族同盟”分配职务时以“海外部长”一席相属，即基于此。蔡常居青山别墅，除与少数友人弈戏外，性喜出猎及游泳云。

（二）陈济棠与粤军

曩者陈济棠在粤时与中央保持相当关系，与胡汉民亦然，复取睦邻联桂之政策。其于各将领，凡官至军师长以上者皆得安享尊荣，旅团长以下直接受命于陈。陈颇以充实军备为急务，规模宏大之琶江兵工厂有防空设备，有新式机械，海外运来之飞机、高射炮皆择其最善者，一掷巨万无吝色。然陈氏系一宿命论者，赤军扬鞭西南时，陈惑于佥壬之言，以为中央威德有加，百尺竿头行见更进一步，遂萌组府之志，然议论未定而内部解纽，陈氏毅然解兵柄，其一念之勇，化堆垛为祥云，自非一般称兵构衅者所能企及也。

陈氏放洋后，余汉谋以赞助统一之功，负有整理粤局之重任。粤军由第一集团改称第四路，其间分门别类：有所谓客家系，以李振球、李洁之（广州公安局长）昆仲为骨干，辅以黄涛、莫希德、张瑞贵等师，并有“八大金刚”之称；次为西江系，余汉谋为首领，陈章、叶肇两师属焉；再次为旧四军系（一名高州系），主角缪培南，下有邓龙光、李汉魂等部。其无所附丽者，有陈济棠系之李扬敬、巫剑虹等部，徐景唐系之曾友仁、谭邃两师。粤局改组后，徐氏出任参谋长及建设厅长等要职。“八一三”以前，陈济棠虽远适异国，不无抚髀兴叹之念，即束装作归计。其时粤军暗潮甚烈，赖有明眼者流奔走陈、余之间，为之消释旧怨。陈抵广州时，余率军民倾城以迎，陈颇为感动，遂解其宦囊，以一千万捐助战费，以若干为救济乡人由沪归粤之需。先是，陈氏于去国时划出四千万存港，将以之重整旗鼓，至是移为救国救乡之用。中央鉴其忱悃，畀以国府委员一席，使居衡州，与李济深辈共负规画国防之责。陈在粤军中殆居元老之地位，将领自余汉谋以下对之敬礼有加，陈对之亦爱护备至云。

（三）广西鸟瞰

欲明广西现势，须回溯已往之史料。当李、白在武汉及平津两处战争失势时，俨如宣告破产之商店，仅余干部数人栖身香港，伊等宦囊皆不充裕。尔时，俞作柏主政桂省，其部将李明瑞等与中央不能合作，桂人亦不直其所为，李、白利用时机，遂得回桂复政。厥后，桂粤间发生战事，粤军升堂入室，其锋锐不可当，桂省几岌岌无以自保矣。然李宗仁系一干练明达之军人，在某种形势之下拿得稳、放得下，卒能化敌为友，与粤省当局打成一片。李氏不惜以桂军总司令之尊长驻羊城，其舍己从人之渊量自非一般赳赳武夫所能望其项背者也。

此一时期之粤桂关系，粤省在地位上俨然以老大哥自命，而桂省仍能固守其"不卑不亢"之独特立场，双方声应气求，有若辅车之相依也。桂省固以贫瘠闻，经济上赖粤方予以补助。当其时，李、白提倡"三自主义"及"三寓主义"，积极修筑公路，训练民团，并规画各种建设事业，在梧州设立硫磺厂（系与粤省合资兴办），在贵县附近设立规模宏大之糖厂，在南宁附近创办改良畜种之机关（广西出口以牛为大宗，次为鸡、豚，省当局以科学方法改良畜种，颇著成效），皆驰誉国中之新兴事业也。此外尚有印刷所（在南宁附近，可制近代锌铜版）、气象台、兵工厂、航空设备、军官学校等，应有尽有，此风气固陋之省区一变而为新时代之宠儿。至于教育事业，其荦荦大者：梧州有广西大学，桂林有师范专科学校。前者由马君武主持其事。马氏系一道貌岸然之名流，彼认教育系一种超然事业，为教育而教育则可，与时俗相浮沉则不可。但省当局之意则以为教育系各种事业之一环，应与军政一切布置相配合，始足适应时代之需要，此非马氏所能苟同，于是马氏拂袖求去，而当局得行其志，将内容积极扩充。同时师范专科亦改为文学院，其中教授人选多系海内知名之士，此为全省文化界之大动脉，桂人思想之锐变于此颇有深切之关系焉。

桂省有一特殊之机构，厥名曰“乐群社”，其性质与南京之“励志社”相似。省当局鉴于该省交通不便，行旅苦无投足之所，遂有此项组织，不独用以招待外宾，即本省官绅学子性喜遨游者，亦因之而生“到处为家”之美感。大都市如南宁、梧州、桂林无论矣，即小而至于一县、一要镇，无不有该社之分社。此虽小事，试一透视其内容，则为有系统的组织。中央某要人曾深入桂境，专为调查此事。可见桂当局埋头苦干之精神，虽事涉纤细，亦决不轻轻放过也。

编练民团系李、白两人之拿手好戏，其初步从调查户口入手，务求其精确无误，然后按村镇、城市之大小分配组织，倘值动员时期，当局可按图索骥，而无临渴掘井之弊。此外对于学生军训采取严格办法。桂省军额平时约有十八团至二十五团，前岁西南之变骤扩充至二十万，今值对外作战，其数量之激增自为意料中事。

桂省所患者为贫。过去特税每年收入约达千余万元，自中央厉行禁烟政策以来，此项收入殆已一笔勾销。以桂省之各项收入分配一切开支，实不啻九牛之一毛，虽得粤方解囊相助，终属杯水车薪，当局深思熟筹，乃实行贸易统制政策，凡桐油、棉花、矿产等物均由省政府吸收后再行运输出口（桐油系桂省大宗出产）。此外，“卷烟公卖”一事颇有一述之价值：例如“美丽牌”香烟在国内通都大邑胥视为一种普通价廉之烟草，然在桂人视之则不啻极考究难得之香烟，非席丰履厚者罕有一吸之机会。寻常人所吸大抵为“槟榔屿”“哈大门”等牌。但有外来之客购“美丽牌”吸之，表面装璜与外省所见者无异，而烟味远逊。初不解何以致此，后悉省当局与烟公司订有契约，凡销行桂省之“美丽牌”务须减轻成本，而后政府课以相当之税率，始恍然而悟。

桂省除“广西银行”以外并无任何银行，该行实操统制贸易之大权。自“八一三”战事发生后，始筹设中央银行办事处，此亦可注意之一事也。

（四）三位一体

广西舞台上之主角为李、白、黄（旭初）三氏，号称“三位一体”，盖分之为三人，合之则一。桂省每一机关及公共场所均悬有三人之照相。白绾军事，以机敏为时所推。黄负政治责任，坐镇后方。李则兼容并蓄，泱泱乎有领袖群伦之风度，其气宇之恢宏、态度之雍穆，似非白、黄所能企及也。凡桂省一切对外问题均由李氏出头办理。据李自述其身世，曩年卒业军校后，以啬于机缘，曾屈身为体操教习，月俸才十余元耳。旋投入军籍，获充副营长。适有战事发生，营长因畏葸去职，上级命李代之。其时，粤桂间屡有阋墙之争。某岁，桂军挫败，李营编入粤军。师长系粤人，于检阅训话时痛诋桂军之螳臂当车，李怒，率部宵走，入十万大山为游击队。厥后重入军旅，始造成今日之地位云云。此亦一段有兴趣之掌故也。

李、白、黄三人各有其独特之个性，但有一混同之点：与人谈话时，纵来客意见与之极端相反，而虚衷受教，夷然不以为忤，则三人如一也。

凡观光桂省者，开始即得深刻之印象：公务员均着灰色制服，军人均着墨绿色制服，布质粗劣，上下了无差异。其尤别致之一事，则伊等无一着皮鞋者，皆以广西式之布鞋代之。遍游梧州、南宁、桂林各都市，所见均无不同。倘有人焉，服整洁新式之洋装，或灿然绸制之华服，旁观者不假思索，即断指之为失业者或外来之客。然外客久留其地必与伊等力求同化，即文人改着灰色制服，武人改着墨绿色制服。苟非然者，大众投以异样之眼光，殊令人为之局蹐难安也。

然有一例外，使人深感诧异：盖李氏向着长统马靴，从未一着广西式之布鞋也。或谓李氏以地方领袖之尊宜与众有别，或谓马靴足以表现其英武之姿，此皆妄自猜度。

某要人以此询李夫人郭德洁女士，女士莞尔曰：“无他，避蚊蚋耳。”盖桂省为产蚊之乡，每置（至）黄昏后，信手抓来，可毙飞蚊无算，全省到处皆然。

郭女士为李氏之贤内助，亦为一省女领袖，殆与蒋委长伉俪之为全国楷模者相同。女士不矜不伐，绝不拿出“夫人”的招牌为其活动之武器。与人对话时温循周到，恪守其“女士”的身份，尤喜与下层妇女娓娓深谈。当妇女协会甫告成立时，有事须与李宗仁交涉，女士挽李友某长者代白其意，长者笑曰：“夫妇之亲，尚容他人为之作电话机耶？”女士答曰：“此为团体活动，与家政截然两事，故不如第三者从中斡旋之为得也。”白夫人之性格则系另一范畴，常深居简出，不乐与宾客相周旋，每值戎马仓皇之际辄居乡自遣，享受大自然之风趣焉。

除李、白、黄三氏外，桂省军人中之佼佼者为总参谋长李品仙，军长廖磊、夏威，参谋处长张任民，绥署秘书长潘宜之，龙州边防督办覃联芳诸氏。关于桂军将领之掌故，言之颇堪玩味：盖过去时期李、白与唐生智所统率之湘军恒立于敌对之地位（西征之役，桂军溯流而上，唐氏因以下野。厥后唐赴平津接收白崇禧所统之部队，白遂解职居港），而双方部曲则有胶结莫解之关系，不可谓非一奇迹也。曩者叶琪、李品仙、廖磊三将领号为桂军中之柱石，伊等均出身于保定军官学校，与唐生智为同窗友。唐发迹最早，学成回湘任营长职，李、廖襆被从之，叶亦服务于湘军另一部队中。迨唐扶摇直上，由师旅长而军长而总指挥而集团军总司令，叶亦隶其麾下，李、廖则分任军师长等要职。此三人者，皆以桂人而久居湘省，所率为湘军，与桂省初若风马牛之不相及，然叶与李、白为莩葭亲，唐失势时，三人皆入桂军中为要角。湘、桂地壤相接，桂军中亦不乏三湘七泽之健儿，然李、廖重绾军符系另起炉灶，非复往者之本钱矣。三四年前，叶在桂林坠马殒命，李、白哭之恸，今者墓木已拱矣。

上之所好，下必有甚。桂军诸将领类皆揣摹李、白二氏之作风而得其一鳞半爪，有谈吐类似李者，有深谋远虑肖白者，翠微（叶字）、鹤龄（李字）二氏轩昂伉爽之气概，则信乎李、白二氏之化身也。

诸将作战最勇者，允推廖磊与覃联芳。廖昔隶唐生智麾下时，人呼为“廖猛子”而不名，唐每拊其背而与之语曰：“猛子若往，吾无忧矣。”然桂省则盛称覃氏之武功，诩为桂军中首屈一指。覃赋性豪放，不治家人生产，薪禄所入不敷其个人挥霍，每值囊空如洗时，辄诣省垣求谒李宗仁氏，面请辞职，李窥其隐，辄呼而慰之曰：“君又闹亏空矣，如何?”覃应之曰：“唯。”李笑曰：“无伤，君之‘辞职病’惟孔方兄能医之。”即解囊馈以金，覃掬之入怀，欢跃而去。渠下榻乐群社，每得钱，多则一来复，少则二三天必倾其所有，至于资斧无着而后止。李知其然也，临别时必另为备路费。覃性嗜猎狩，蓄（畜）猘犬一头，爱之如友。当覃由总部退出囊橐充牣时，往往视钱币如其仇敌：用之唯恐不速，辄以丰肴饲犬。人有问之者，则笑曰："此犬不比寻常之犬，不会钻狗洞，只解搏逐野物。"其诙谑有如此者。

桂省政治里层有一出类拔萃之人物，外间多不能举其名。此君尤不愿锋铓外露，罕与外宾相接触，殆一不尚宣传从事实际之有心人也，其人即主张桂省应与中央精诚团结之王季文。前岁粤桂之变，王站在一旁静听时局之演变。彼为绝对忠于桂当局者，初不因主张未能贯彻而与李、白分道扬镳，李、白亦绝不以其倾心中枢而稍存歧视之念，盖知其为人谋则忠，而非善自为谋者可比也。尔时桂省虽与中央偶有违言，而未尝投以恶声，留有和平解决之余地，此即王氏不得意中得意之作。王富于政治头脑，对诸种学说颇能穷其奥妙，以是为李、白所敬服，相处以师友之间（李与之为两江亲同乡，礼貌尤为周挚），王亦鞠躬尽瘁以报之。曩者李、白屡请出任要职，辄逊谢不遑；此次奉令出师，李曰："天下兴亡，匹夫有责，先生可以出而仕矣。"王逊谢如前状。李强之至再，始允接受一顾问虚衔。盖此君对政治非不热中，对权位则视若浮云，愿作幕中人，而不愿献身于政治舞台之上。

与王形迹相似，同为李、白不可少之智多星尚有一人，系广西大学秘书长兼文学院长朱佛定。朱系江苏人，曩岁负笈法国，对各国政治之沿革所得甚丰，而待人接物讷讷然不以名流学者自诩，其前途未可限量也。

一六　南京光复史

徐绍祯，字固卿，广东番禺县人，曾任福建武备学堂总办及江西常备军统领。光绪某年，李兴锐为两江总督，重徐名，调为两江兵备处总办，畀以创练新军之责，成立第九镇，吾国之有征兵制自此始。其后石头城下喋血鏖兵以争国族之人格者，皆徐一手所植也。无何，简苏松镇总兵。会江北提督王士珍丁忧，清廷命徐摄篆。当是时，革命潮流已沛然莫之能御，徐与党人通声息，兼收并蓄以培其朝气，志士从之者如归市，帐下健儿如营长柏文蔚、冷遹、赵声，排长叶开鑫，什长徐源泉、方振武，号兵孙殿英，兵士张宗昌等，其后皆扶摇直上，位跻显秩，粉骨糜躯者有人，弄权藐法者有人，此则非徐始料所及也。辛亥之役，武昌首揭义旗，志士陈英士、柏文蔚、冷遹、赵声等密谋响应，拥徐为主将，第九镇假名秋操移集雨花台、马神庙、秣陵关一带。时总督张人骏、将军铁良睹灌火之亘天，靡不股栗。巨憝张勋以钦差江防大臣居一枝园，江防军驻浦口，连营蔽野，军容甚盛，江南一角之地隐然以张为重，总督将军辈伴食画诺而已。张固伧夫，对截发革履之士概目为乱党，不待鞫讯即置之重典，花牌楼、大行宫人头累累，竿于通衢，行人相顾失色，缁流中人裹足不敢出，惧池鱼之殃也。浮桥、一枝园一带刁斗森严、鹰犬塞路，人人避道而行，视张邸若魔窟焉。扰攘经旬，战鼓骤作，第九镇兵士拔刀瞋目与民贼相周旋。无如饷绌械窳，援师不继，败退至丹阳。徐只身走沪，晤陈英士，痛哭曰："大敌当前，羸师不济，有何面目见江东志士耶?"陈与于右任力慰之，宴之于一枝香，陈持剪在手曰："今日为固公剪断烦恼丝，以示再接再厉之决心。"徐怡然。

即日，议组江浙联军再举攻宁，仍推徐为联军总司令，下设各省司令，计宁军司令柏文蔚、镇军司令杜述庆、苏军司令刘之洁、沪军司令洪承典、浙军司令朱瑞、粤军司令黎天才等，并以于右任为总部秘书长，孙毓筠副之，马良为内务司长（总部内设各司，犹今之各处也）。议既定，即日集三万元为军费，送徐就道，设总部于镇江洋务局。其时人心浮动，儳焉不可终日，江南革命新机危如朝露。徐至，整躬率属，责任厘然，形势为之丕变。反攻令下，鏖战浃旬，忽接汉阳陷落之耗，且闻清军张怀芝将南下援宁，徐适策马神策门外，乃誓于其众曰："时机危迫，若不拔帜先登，吾侪无所死矣！"令下，全军嗷应，遴敢死队数百人肉搏而前，清军为之辟易。天宝城既下，宁垣俯拾即得。翌晨，张人骏、铁良、张勋辈渡江而北，乃迁总部于督辕，旋移劝业场谘议局旧址，集议北伐。斯时也，河山初复，聚讼纷纭，趣事轶闻，层出无尽。有所谓女子北伐队者，群雌粥粥，气压须眉。队长林宗实，队员唐群英、吴木兰、沈佩贞、王昌国之流出入营帐中，不时有所干谒，不呼饭而饭，不令坐而坐，饮啖笑谑，旁若无人。林队长浙江女杰也，貌昳丽而往往哮怒如虎。某日，与徐商女子北伐事，徐曰："君等在南京城不甚善耶?”林拍案曰：“恶，是何言！男子人也，女子亦人也；男能往，女亦能往。”徐终不听。

一日，徐得急足报，张勋宠妾小毛子匿迹下关，将乔装渡江，已被宪兵拘获。小毛子艳事流传，宁人耳之熟矣。骤闻娇鸟入笼，靡不摭为谈助。儇薄者流主张陈之闹市，任人观览，以辱清廷鹰犬，徐不许，为粪除门帘桥陈善（候补道，湘人）公馆居之。小毛子殊无戚容，靓妆如故，时向侍者索铅膏菱镜，求必应乃已，否则啼痕界面，如带雨梨花，侍者不敢忤其意。徐部某上书请审之，盖某君久钦艳色，欲一饱馋目也。徐作书报之曰：“小毛子一妇人耳，无被拘之价值。既拘之矣，又不宜轻纵。为今之计，惟有两策：其一，派人送之归；其二，函知张勋遣人来迎耳。吾弟以为然否?”某君乃不敢复请。事为沪上某公所闻，来电曰：“军饷匮乏，罗掘俱穷；小毛子奇货可居，请即解来沪上，陈列张园，入场券每人四角，沪人士炫于新奇，届时必空巷往观，十万军饷不难立致也。”徐览电笑曰：“某公工谑浪，今又与我打趣矣。”即婉函却之，将派员送之北上，师长陈某进言曰：“张勋为虎作伥，革命军恨不食肉寝皮，今得其妾而纵之，纵之不足，又遣人为卫，人将谓我畏张勋，士气索然矣。”徐曰：“罪人不孥，杀之徒污刃耳。矧君等之于张勋，爱之欲其生耶？抑恶之欲其死耶？如欲其死，则不必以弹洞其胸，小毛子优为之。渠祸水也，近之必不祥。”陈唯唯而退。

津浦路南段局长陶逊闻之，愿为专使，许之。小毛子得脱樊笼，輾然曰：“人谓革命军杀人不眨眼，今视之亦平易近人耳。”先是，张勋之北溃也，路局机车悉被攫去，陶逊虚拥局长之名，路局员司饱食无事。陶欲以小毛子易机车，欣然就道。张勋失姬后，郁郁无以自遣，闻明珠复投怀抱，大喜过望，命辫兵列队迎陶，珠烹玉馔，尽地主之谊，宴饮间盛称徐德不已。陶得间以交还机车利便商旅为请，张拍胸曰：“此而不允，将谓张某人头畜鸣者耶？”遽命以机车十四辆、客车八十辆交陶领归，小毛子代价固不菲矣。

徐虽蔼然仁者，顾治军绝严，对违反军纪者不稍瞻徇。其时局势未定，烽燧满目，揭竿而起者不乏草泽英雄，骥尾附蝇，自忘形秽，有倚柱拔剑争论权位者，有荡然不知自检者，革命初期兼收并蓄，不能一一绳之以法，徐忧之。有苏良斌者，自称苏军总司令，设司令部于一人巷旧盐道衙门（即今针巷口市党部地址），强掠民间女荐枕。有以告徐者，徐曰：“用人不拘细节，此君骁勇善战，置之可也。”苏闻之，欣然色喜，纵欲益甚。越数日，徐命副官迎苏商机宜，苏坦然来部，即席诛之，自是军容为之肃然。

北伐议定，粤军派姚雨平、桂军派王芝祥、海军派陆战队王湘等会师金陵，各省志士踵趾相接，乃集议建都南京，由十七省代表选举孙中山为中华民国临时总统，并推徐为南京卫戍总督。中山抵京时，驻节宝华盦，是处为前清制军款接外宾地，即今之西箭道参谋本部也。徐导属员进谒中山，中山备致慰勉，且曰："建设民国，诸君功莫大焉，本大总统谨代表四万万同胞向诸君致谢。"言次，中山一握手，来宾一鞠躬而退。

无何，南北议和，南京设留守府，以黄兴主其事，时人呼黄留守，卫戍事归并留守府。中山先生怜徐贫，慨赠八厘公债一百万，良以此老手建民国，奉身勇退，宜优其廪给，以示国家酬庸之典也。徐立以一万四千为《民立报》经费，一万为女子北伐队结束费，群雌粥粥皆大欢喜。是时，女子北伐队已变为女子参政同盟会矣。所余九十七万许悉以缴还。中山先生谕之曰："君志行高洁，固足以示范国人，然不妨留作政治用途。退一步言，部属有冻馁者亦可解囊相助也。"徐对曰："有钱者，不能革命，吾欲追随公后继续努力，故不能有钱也。"中山笑颔之。

和议既定，徐息影沪滨。一日，旧部三五人来谒，徐笑曰："今日食指动矣。"乃自作东道主，宴客于式式轩，与随弁周云桥耳语移时始偕客出。是日，饮啖甚乐。席终，茶役持账单来，徐错愕不语。某君曰："今日盛会，某愿反客为主，毋劳长者破钞也。"乃代付饭资。越数日，某君复遇徐，戏询曰："人谓固老长厚，我则知其不然：前日之会，固老自为主人，而未尝拔一毛。"徐未答，随弁率尔曰："实不相瞒，是日主人命以旧羊裘一袭付典肆，得番佛八尊，不谓公等健啖，账单所列为十三元七角，主人殊无以应也。"某君笑曰："吾已见固老窘态矣。"时距解职未及一月，闻者皆叹徐之贫为不可及。

袁世凯莅职后，重徐物望，征为第一任参谋总长，不就。曾一度为蒙古专使。自是隐居上海，不乐与时贤相周旋。中山在粤就大总统职时坚邀南下，先后任建设部长、广东省长、内政部长、总统府参军长、广东卫戍总司令各职，中山倚畀甚殷，呼固老而不名。中山逝世，仍避居沪上，不闻理乱。二十七年九月十四日卒于沪寓，时任国民政府委员。

一七　湘省光复回顾录

辛亥之役，非湘人勇于附义，则临时斩木揭竿之革命势力正如孤舟浩海，茫茫然罔知所届，论者谓民国肇造，湘人致力独多，非过誉也。

武昌举义，湘省响应，相距才十一日耳。未响应前，湘省人心浮动，志士暗中飞跃，日以制造炸弹为急务，以谘议局为大本营之宪政党与之有默契。时湘省仅有常备新军一旅，名曰“混成协”，所隶两团即四十九、五十两标。新军醉心种族革命之说，摩拳擦掌，欲饮清吏之血。时湘抚为余诚格，莅任未久，人地生疏，耳新军之不可恃，惶遽不知所为，躬诣黄忠浩之门而乞教焉。黄系黔阳人，曾就学于校经堂，小时不甚了了。某日，其师召而切责之曰：“吾门桃李不乏其人，来日穷达如何，吾虽不敢测，惟汝蠢如鹿豕，他日倘有寸进，可抉吾眸子去!”黄大恚，自兹矢志攻苦，于经学掌故皆有深诣。黄事后尝语人曰：

“微吾师谯诃之力不及此，再造之恩不可忘也。”旋以优贡纳粟为中书，受知于湘抚赵尔巽。赵与谈兵事，深中肯綮，叹曰：“真将才也！”命为某营管带。寻赵迁两湖总督，转任川省制军，先后调黄赞襄戎幕，频予迁擢，曾署理四川提督。后赵之东三省任，屡电相招；适湘省教育会改选，黄当选会长，惮于远行，且黄欲以治矿为终身事业，辞不就道。先是黄为赵抚所赏，赵去，继之者为陆春江。

值广西瑶匪侵入湘境，匪势披猖，羽书迭告。陆命提督刘光才候补道、杜俞率兵讨之。刘乃宿将，杜则钦派办理南洋军务，名重一时。既发，官军大挫。有人言于陆曰：“泽生（黄字）自负不凡，前抚军誉不绝口，公盍一试焉，奚害。”陆踌躇不决：盖黄与唐才常交厚，有新党嫌疑，陆老成持重，不欲畀以重任；然环顾无可恃者，姑遣之往。不数日，瑶匪望风而靡，黄乘势追击，深入桂境。于是闻者皆曰：“赵次公精于风鉴，诚非恒泛所及也。”乱平，黄以功署广西右江道，后随赵转徙川、鄂间，声誉日隆，及退归田里，犹为物望所归。余抚于烽燧满目之际踵门问计，黄漫应之。余忽崩角在地，垂涕而道曰：“天下攘攘，栋宇将焚，公若不忍同坠九渊，保全桑梓一隅之地，国家实利赖之，匪独一人之幸也。”黄感其诚，慨允出任艰巨，余抚连连拱手而去。即日，札委湖南全省巡防营统领要职。朋好争规之曰：“清之不腊，虽三尺童子皆有以知其然矣；君奚必作茧自缚？”黄善之而不能用。

盖黄感于余抚之虚衷延揽，不忍袖视，且疑武汉民军仓猝发难，处四战之地，不足以集事，故欲沉机观变，以待最后之决策。党人侦知其隐，有以拔帜易帜之说进者，亦漠然若无所动。黄平日治军严，宵党深衔之，不自知也。

九月一日，党人在贾太傅祠举火为号，新军由小吴门蜂涌而入，集抚衙前坪。余抚亲出接见，连连拱手曰："诸君此番举动，兄弟甚赞成，兄弟甚赞成。"新军疑其输诚革命，相顾敛手。时黄侍余侧，有李某曾为黄之帐下卒，备尝榜楚，是时虎跃而前曰："黄忠浩誓为满奴，罪不可赦。"众和之，声震屋瓦。余抚为之缓颊曰："黄军门端人也，不要难为他，不要难为他。"众不听，曳黄出城，沿途加以痛殴，流血殷然，卒死于乱刃之下。说者谓余抚向黄叩头，黄亦以一头报之，诚的论也。余抚乘隙遁入盐道衙门，与其父变服脱险。盐道汪某与余为至戚，亦偕逸。是役清吏之被杀者虽有兵备处总办王毓江、劝业道王曾绶、长沙县知县沈瀛等三人，惟被杀之王曾绶其本人实潜逃无踪，留其戚孙皙寿照料家务。孙固块然一物，逻者破扉而入，疑为主人而杀之，此君可谓做鬼亦糊涂矣。时被举为湖南军政府都督者系浏阳人焦达峰，陈作新副之。焦为人豪放疏忽。其时自由平等之说深入人心，民众甫脱专制羁绊，群情嚣张，贩夫走卒皆以革命志士自命，昂然出入公廨，干谒大都督，焦不能拒，概以长布一方，盖都督印，上书某人授某职，受之者以为荣，横披胸际，招摇过市，俨然民国官吏矣。当是时也，政局草创，遇事简陋，无所谓委状，无所谓证章，胸佩白布之公职员满衔乱跑。有裁缝某亦以同志资格效毛遂之自荐，焦皱眉曰："汝可作何官乎？"其人曰："吾闻革命党宗旨，作官者不必读书种子，人人皆国家主人翁，用是不揣冒昧，欲为国家及大都督勉竭棉（绵）薄。"焦曰："善。"立畀以交际员。盖焦有求必应，凡无可位置者概纳于交际之一途，其身佩白布满街乱跑之公职员，十九皆交际也。先是新军中诸管带人人以为都督一席非己莫属，及焦以一无权无勇之人骤跻高位，皆大失望，密筹推翻之策。

某日，风声愈急，北门外和丰火柴公司被劫，副都督陈作新自请率兵弹压。陈于光复以前曾任新军排长，受党命与军中下级干部相周旋，事闻于当道，褫其职，以是党人举为副都督。其人沉湎于酒，为一好好先生。是日，颇闻新军将佐将不利于己，欲以弹压劫案为由，一去不返。焦许之。去未久，即有乱兵拥入督府，焦饮弹踣地，僵卧血泊中，犹着长统皮靴、挂东洋指挥刀，是为湘省功成身死之第一位烈士。乱兵觅陈所在，知已跨马出城，追获之，亦伏尸道左。于是诸将相与谋曰："吾侪势不相下，不如拥立文人，庶可息争端而赋永好。"乃举谘议局议长谭延闿继任大都督，遣使迎之。新派士绅亦劝其以桑梓为重。谭惧，禀白老母，母曰："众意难违，汝权为过渡人物，以待贤者，不亦宜乎？"谭意始决。就职之日，民间均谓谭都督奉母命出而视事矣。时谘议局参预起义人物号为"朔党"，如粟戡时、黄翼球、李经畲辈皆脱颖而出。军队则扩编为五师，以余钦翼、赵春霆、曾继梧、王隆中、梅馨分任师长。惟党人恃功骄恣，诛求无厌，新兴政客如雨后春笋，建言献策者踵趾相接。武人又以拥立大功索饷索械，位置私人，稍不遂意，辄露拔剑击柱之态，谭以一书生未习戎事，周旋于党人军官之间，左拱手，右陪笑，民间遂有“谭婆婆”之称。会广西副都督王芝祥率桂军过湘，王系北人，光复前官桂省藩司，与桂抚沈炳崑同举义帜。少年时，从刘人熙游，习船山之学；其后尝语人曰：“吾粗窥学术堂奥皆艮老之赐（刘人熙字艮生），师恩不可忘也。”时刘适长湘省民政，王便道拜省，执礼甚恭。谭闻之，欲以桂军之助大举裁兵，王允之。湘军五师以王隆中实力为优（湘军旧协统杨晋，滇人，光复时闻风远遁。王隆中任四十九标标统，此外四师长皆管带耳。汉阳之役，四十九标赴援苦战，伤亡甚多），裁兵议定，外间疑其必不就范，颇以省垣糜烂为虑；不意隆中义形于色，愿解兵柄为之倡，且大言曰：“同辈中如有不愿裁兵者，吾誓以全力对付之。吾部下有梗吾令者，先责军棍三千，然后提头见我！”于是各师翕然从风，成效大著。其后五师长多郁郁以终。

一八　文坛名宿列传

（一）王闿运

王闿运为近代文学宗匠。弱冠时，以布衣笑傲王侯，与曾文正分庭抗礼，红顶大员十余辈屏息侍阶下，为之捧盥进茗，可谓扬眉吐气矣。然数窘于孺子，每呼曾伋庵、易哭庵为圣童。伋庵，文正家孙也（即曾广钧，字重伯），髫龄俊逸，恒于稠众中举僻典就教，王不能答。王女皆不栉进士。长女遣嫁日，彩舆在门，王令背诵《离骚》，讹数字，以指叩其额。次女适黄十一，南坡后人也。向例，吾国旧女子之博通载籍者，耻与文盲为偶，每于合卺之夕以文词责难夫婿。降至今日，中学女生择婿必大学生，大学女生则求偶于负笈海外者，海外女生又非博士不嫁，盖女子侈谈男女平权，而往往自居于不平等地位也。王女于洞房夜叩黄所学，黄固绣花枕，恼羞成怒，斥之曰："吾所知者，夫妇之道而已，絮聒胡为！"女不悦。越日，黄诫之曰："汝来吾家，不准看书写字。敢违吾令，挞楚随之。"女饮泣而已。不弥月，备受凌辱。女不能堪，潜归母家。王责之曰："汝今为人妇，终身弗能改矣。"遣人送归。黄怒，施杖楚焉。王闻之，亲踵其门，霁容劝解，黄漫应之，虐益甚，诟谇声达户外，邻近咸知。某日，女密函乃父，洋洋数万言，诉所苦。王执笔批曰："来书已悉，有婿如此，不如为娼。"命来价将去。价归，见黄盛气立庭中，不禁觳觫。黄厉声曰："身藏何物？"价以献。黄入房秽骂，愈骂愈怒，愈施棰楚。女又以告，王叹曰："是可忍，孰不可忍！"即日宴诸耆宿，召黄来，诮让备至，耆宿交口和之。黄侃然曰："敢问诸父执，妇不贞，将何以处之？"众哗然呼杖。黄曰："姑听我一言：吾妻将为卖笑妇，吾岳实有以教之，证据在此。"语已，出王手笔于几。众相顾错愕，黄微哂而去。众谓王曰："令婿固不肖，然壬老何唐突至此？"王语塞。

王又有一女，适武冈邓弥之之子幼弥。其人有痫疾，喜行乞于市，见人辄叩首，自承为王婿，索番饼一尊，递减至铜元（圆）数枚。人吝而不予，则自批其颊，清脆有声。得钱则欢然去，沽饮酒家，语喃喃莫辨。王过从缙绅家，邓时瞰其后，入门，叩首如前状，王赧然无以自容。其家以王故，急投以番饼遣之去。王终身畏见其面。邓固善属文，常出入庆吊之家，索纸撰联以献，一挥而就，殊工整。途遇伶人之饰旦者必崩角在地，不向索钱。人问之，对曰："不拜英雄，拜美人也。"初，王女屡遣人觅之归。邓有季常癖，殊觳觫无人状，女忿批其颊，邓叩首乞免，转眼逸去矣，遂听之。女以是郁郁卒。家人为胶续于某氏，畏益甚，而旧性不改。暮年，瘠峭如枯腊，秽恶不可近。戚友规之曰："子行将就木矣，何自苦乃尔？"邓曰："吾一日不行乞则不乐。且吾在家拜细君，出外拜路人，等是拜也。吾颊见批于妻，醰醰若有余味，久而自批之，弥感舒适。士各有志，幸勿相浼。"闻者掩耳而走。

今王墓木已拱，邓亦奄化有年矣。王有稚女从山东丁氏，文诚公之哲嗣也。公历居显秩，解组时萧然无长物。其子某，行八，即王女所适，屡握府篆，狷介无伦，早逝。女无所出，贫不能自给，遂遁迹空门，今尚居济南。说者谓王壬老善生女，其女皆有异才，而遇人不淑；惟稚女庆得所，又以寡鹄终其余年，伤已。

才女杨庄，字少姬，湘潭杨度女弟也，有宿慧。王慕其名，聘为次子妇。次子文育，性椎鲁，王课之严。某日，询少姬曰："渠读书颇有进益否？"对曰："近读《恨赋》，穷一夕之力，尚未能琅琅上口也。"王怒，召责之。文育恨妇饶舌，掌其颊，少姬不能忍，修简告兄。时杨度少年气盛，复书曰："夫妇之义同于君臣，合则留，不合则去。"少姬欲赋大归，王慰之曰："豚儿诚不足偶，汝居吾家，不为吾子妇，为女弟子何如？"少姬遂止，就翁习诗文，工五言，偶有所作，直逼乃翁。暮年习佛自遣，文育感之，亦潜心密宗，夫妇各辟静室净修梵行，情好转笃。有询以曩事者，则茫然不复省忆矣。

王原名开运，字壬父。"壬父"二字刻篆文小印，颠倒之如"文王"，盖其志欲比拟素王之改制也。中年受友教更名闿运，字壬秋。喜纵横之术，游说公卿间，欲以巨眼觅英雄。曾文正乡居练团时，王与桂阳陈俊丞（士杰）同为入幕之宾；其后陈受提携，位列专阃，王独抱向隅，盖有说焉。王屡规文正："清祚既衰，宜自为之计，帝王本无种，依人胡为？"文正顾而言他。一日，私室晤对时，又反复言之，文正默不语，以指醮茗碗余沥就几上涂画，王败兴而退，臧获辈见几上所书皆“妄”字也。终文正之世，荐章如鳞，王独不与。盖文正一生谨慎，不敢妄举贾祸也。王与人谈，于文正无所臧否，其意气之不相投可以想见。王出入文正门以友道自处。文正薨，家人刻专集，列王名为门弟子，友人告王，愤然欲鸣不平，王哂曰：“涤生之生也，吾固未尝师事之；其殁也，虽派吾为其弟子，于吾无所损，奚辩为?”乃投以挽章曰：“平生以霍子孟、张叔大自期，异代不同功，戡定仅传方面略。经术在纪河间、阮仪征而上，致身何太早，龙蛇遗恨礼堂书。”上联讥其无相业，下讥其无著述也。袭侯惠敏公见而怒曰：“是诚妄人而已矣!”受而毁之。

清末，有人奏于朝，文正公以书生治军，功业烂然，宜从祀圣庙两庑。礼臣覆议，文正于经学无深诣，不合从祀，是为文正公身后大拂意处。论者谓王联腾播人口，礼臣所见，未始非受是联之影响也。文正公晚年贻书友人，询前朝谥“文正”者几人，配享文庙应如保符例，不意半遂心愿，半成画饼，此又非文正始料所及也。

王所著《湘军志》脍炙人口，于咸、同间军务事抉发靡遗，于忠襄公（曾九帅）尤不稍假借。书成，宿将大哗，逼令毁版，转觅东湖王定安（文正门生）著《湘军记》，冗漫有逊色。惟《湘军志》所述亦不尽符实，郭意诚（崑焘）著《正谬》一书，检剔百余则之多。王下笔雄深雅健，其文章碑版三十年来海内无与匹者，尤以《湘军志》《湘潭志》《衡山志》《桂阳志》诸书为杰作。中兴诸将及名臣督抚求作墓志铭，不惜以千金为寿，故王暮年处境舒泰。王素不喜干预地方事，如王先谦、叶德辉、孔宪教之流往往以细故与大吏抗颜，王独否，戊戌新旧之争置身事外，是又善于自处也。王身当功名之会，仅为举人终，亦非无故：先是肃顺、端华等居朝招揽名士，王曾参其幕；肃顺败，被目为余党，不敢会试，乃以著述自遣。曾应征入蜀主尊经书院，蜀士多鄙啬，王至，以经学为训，士风为之丕变。廖平传其公羊之学，杨廷锐习词章，深窥堂奥，其最著者也。王泽教所及，以湘之船山书院为最久，其循循善诱，转移风气，曾文正死后推为独步。湘士多通脱好事，喜谈兵，滑稽突梯，如不羁之马，皆王薰（熏）陶而然也。

王玩世不恭，语言妙天下，门弟子传其衣钵者，以谭延闿最为神髓。《湘绮楼日记》数十年不辍，湘潭彭某为之付剞劂，原文叙家庭琐事，兼及责罚诸儿，罕有涉及文章学问者。其子代功以受责独多，乃大加删削以掩其迹。人谓此老游戏之笔不足问世，彭某斯举实为多事。谭延闿亦有日记，每接款宾客，退而刻画其形态笔之于书，此一似也。王与绅吏游意态偃蹇，遇少年新进之士则温蔼逾恒。人询其故，笑曰："位高而齿与吾若者，不如后生可畏也。"其后谭亦礼遇少年，乳臭之士谭均呼为先生，此又一似也。民国元年，王值悬弧之庆，谭踵贺。时风气初开，谭喜着西服，见王翎顶辉煌与宾客相周旋，笑曰：

"鼎革矣，丈犹夷服?"王愕然曰："然则子非夷服耶?"相与一笑而罢。越二年，袁世凯征王为国史馆长，治装待发，阻之者曰："公以八三高年为民国官吏，似不值得。"王曰："吾惟自知其老，故以作官为得。少壮时遨游公卿间，或主书院，不愁无啖饭处；今老瞶，百事莫办，惟作官能藏拙，是以愿往。"闻者默然。盖尔时迂拙者流欲王以遗老终；然王固非忠于清室者。光、宣末年，清廷授王以翰林院检讨。时科举之制如残烛待尽，有所谓牙科进士、染织翰林，士林耻之。王为诗解嘲曰："愧无齿录称前辈，喜与牙科步后尘。"弦外之音，不难窥见。故责王以遗老终者，不知王者也。

王任国史馆长时，其门弟子陕人宗育仁任协修，以勾通宗社党嫌疑被军宪拘去，递解回籍。王曰："是不可以一朝居矣！系人而不问罪，将及我。我以风烛残年，乃伺狱吏颜色耶!"即日贻书袁氏，呼"慰亭老侄总统"，解印绶付杨度，悄然去。筹安事起，杨度、夏午诒等皆王高足，外传王有电劝进，时论鄙之，谓此老行将就木，复何所求?然是电确为门人窃发，王不知也。有持电诘之者，王曰："听之可也；吾劝进与否，终须大白。"王暮年精神矍铄，饮啖如少壮。夫人早世（逝），无姬侍，雇房妪多人，周妈其一也；出入以随，举世骇笑。民元过鄂时，段芝贵宴之于督署，王携周妈入座，以箸进食曰："段将军赐食，不可不尝。"座中有匿笑者，王夷然若无所睹。居京师时，人常见之，五十许乡妪也，貌奇陋，惟善事老人，故不可须臾离耳。

王素工谑浪，又往往一语破的。陈宝箴抚湘时，王宴之于家，陈语及楚材之盛，深致歆羡。王环顾厮役，谓陈曰："此辈乘时可为督抚。"陈赧然。其后供职京师，某君就询曰："民国诸贤视咸、同间人物何若？"王沉吟有顷，笑曰："以今视昔，才智殆有加焉；惟昔人做事认真，今人做事敷衍，此其差异耳。"某君叹为知言。王尝撰联自诔曰："春秋表仅成，赖有佳儿习诗礼。纵横计不就，空留高咏满江山。"王无佳儿，惟代丰最得爱怜，故上联云然。后丰早死。考王生平行诣，固苏、张一流人物。杨度颇传其纵横之术，故杨挽之曰："旷代圣人才，能以逍遥通世法。平生帝王学，只今颠沛愧师承。"至王之倜傥不群，吐属隽永，谭组庵而外，湘士如曾重伯、易实甫之流均得其余绪。曾垂髫时，数以僻典窘王，退而语人曰："壬老殊易诓，吾偶阅《策府统宗》，见有西洋名词如所谓克虏伯者，戏而询焉，壬老瞠目无以应。"闻者为之捧腹。

（二）康有为

康有为，字长素，名、字皆夸诞。康曾密遣党徒赴长江一带组"富有""贵为"两会，隐有帝王之志；其后折节为保皇党魁，殆非始料所及也。其大父康国器，咸、同时任广西巡抚。康生时，先人冀其克缵家声，为之命名曰祖诒，乡试高捷后，乃自更其名。康未应试前，文采奔放，名噪甚。清代主考皆欲罗致知名之士为荣，盖喜其易于腾达也。中试者必谒座主，呼为受知师，终其身弗改。康既脱颖而出，房官喜而不寐。康久不拜，房官惑之，遣人将意，康大言曰："吾以学力获隽，渠不过为朝廷甄拔真才耳，宁以是沽恩耶?"唾而不顾。来者婉言至再，康曰："必欲吾往，须依吾条件：第一，不下拜；第二，称谓不以师生。"来者返命，房师恚曰："吾正欲为之师耳。彼不肯承，来亦奚益?"其人又持以告康，执不可，房官遂听之。无何，康以言论获咎，欲央人缓颊，环顾无可恃者。大吏派员究其事，其人系房官挚友。康不获已，肃衣冠往拜，执弟子礼甚恭；房官善款之，且为转圜，然心窃鄙之，二人过从殊简。时岭南有陈兰浦先生、朱九江先生皆以诗文行世，卓然可传，康及其门，创万木草堂为讲学之地，暇时涉猎梵呗，略有所窥。又以广东滨海，得风气之先，稍通译籍，于是又以洋务驰誉一时矣。其后康入都会试，时值中朝士大夫奉潘翁为魁率，颇讲公羊之学，翁同龢性耽碑版，康欲干其门，穷数十日之力成《广艺舟双楫》一书（按：原书为包安吴所著，研讨文字之学，康广其义而成此书，以投翁常熟之所好。其中鼓吹汉魏分隶，穷于剖晰〈析〉。再版时更名《书镜》），翁览之大悦，召与语，康舌锋甚厉，炫其经济原理，翁益叹为旷代逸才。其时德宗亲政，都中有帝、后两党。翁为帝王师，举康于朝，有"其才胜臣十倍"之语。康廷对称旨，骤邀恩眷，乃引谭嗣同、杨锐、林旭、杨申（深）秀、刘光第等倡新政，并组强学会鼓吹新学。京中士大夫鉴于甲午之败，知非兴学练兵不足以挽国运，惜以茅塞未开，知其然而不知所以然，骤聆康等舌底翻莲，无不惊为异才。其弟子梁启超十六举乡试，主考李端棻尚书妻之以妹。甲午之役，梁与各省举人公车上书，力主一战，以是名重都下。及康组强学会，遣梁先至上海主办《时务报》，一时风气翕然，无人不知有康、梁，亦无人不目为识时务之俊杰也。

康自负不凡，以会试不捷为奇耻，乃痛数科举流弊，主张废科举、行新法，后党深恶之，斥为人妖。先是，慈禧亦有发奋为雄之志，对维新之说怦然有动。及德宗引用康、梁，旧党哗然。时慈禧方居颐和园净修梵行，然未尝一日忘朝政也。旧党日以捕风捉影之词诉之，慈禧大恚曰："让他们闹一会吧。"盖虽有锄而去之之意，尚以舆情为虑也。不意谭嗣同少年躁进，引袁世凯为新党之助，欲将后党一网打尽。袁以直隶臬司，得谭游扬之力赏侍郎衔，练兵小站。时荣禄为北洋大臣，袁从策士言，尽以新党密谋告荣，因以演成戊戌政变之一幕。事发，康变服走津，乘英国兵舰遁去，转辗而入南洋群岛，自称清帝密使，设保皇会，四出募款。

时康遍游欧西，习闻社会主义之说，乃以其义著《大同书》一种。康又知国人迷信甚深，乃假谶纬之说，以愚徒众，谓已生平有"十不死"。及孙中山倡导革命，海外华侨弃康而就孙，康势为之日削。双方在海外互争领土，互组党报，政争笔战迄无宁日。无何，民国告成，孙被选为临时总统，康益无以自处矣。是后持复辟之说游说四方，曾与张勋合作，号为“文武两圣”。勋败，又走依吴佩孚，以吴知大义，不敢言复辟矣。康尝至长安，见某寺有宋本《佛藏》，给寺僧以翻印，载之而去；将及潼关，事闻于陕西学界，大愤，遣人追之，得其书而去。好事者夜题其门曰：“国家将亡，必有老而不死是为。”

康在万木草堂讲学时，倡“素王改制”之说，自字长素，意谓长于素王也；字其弟子韩某曰超回，字梁启超曰迈赐，意谓贤于颜回、子贡也。及其入京时，创强学会，遍访清才硕望之士，凡稍与周旋者皆列名强学会中。前清末叶，外而强邻耽视，内而政治失修，举国惶惶，切望挺生异人以挽垂危之国脉，诚饥者易为食、渴者易为饮之时，惜康得其时而不能善用也。鼎革以还，传食于军阀之间。后筑室于西湖之滨，颜曰“天游别墅”。某日出游，遇榜人女，悦而纳之，时年已七十矣。自是不问理乱，侘傺以终。

（三）辜鸿铭

辜鸿铭曾入英国剑桥大学，为吾国士林中精通英文之巨擘，无论新旧学子均以是誉之；然其人拘泥旧学，为顽固派中坚。著述甚宏，尤以英文作品《春秋大义》一书脍炙人口。是书原名《中国人之灵魂》，对三纲五伦之说阐发靡遗。辜生平推崇专制政体，终其身为复辟派，又以蹂躏女权为乐，此即深中“君权、父权、夫权”之麻醉，而欲躬体力行者也。辜虽涉足重洋，顾以为西人哲学徒堪覆瓿，惟国有儒学涵义至广，有永垂不朽之价值，学者宜以华籍译为西文，流被寰宇，而不宜摭拾西人谵语奉为拱璧。辜生平最悦裹足女人，谓与审美观念、卫生原理皆相合，闻者骇笑。盖裹足与二者适相背驰，而辜反其道而言之，宜为庸俗所腹诽也。然辜逢人解曰："凡研究生理学者，皆知身体上之一部抑于此者必伸于彼；女子应深处闺中，其足部发达与否无关宏旨。"闻者益为绝倒。辜又赞成多妻制。一日，有美国女作家往访，询之曰："颇闻君倡多妻之说，然乎？"辜应之曰："然。"曰："君亦倡多夫之说乎？"曰："否。"曰："然则男子可以多妻，女子胡不能多夫也？"辜以目四瞩，指几上茶盘曰："请以此物为喻：盘上置壶一杯四，倘吾人变更之而壶四杯一焉，可乎不可？壶犹夫也，杯犹妇也，杯可多而壶不可多，亦犹男子可拥多妻，而女子不能事多夫也。"女士知其不可夺，默然而退。又某君言，辜之记忆力极强，英文外兼通德、法、日、西班牙、腊（拉）丁、希腊诸国文字，似生而知之者。其乡人蜚声文坛者，有严复、林纾诸氏。

（四）易实甫

汉寿诗人易实甫，与樊樊山齐名，尝以贾宝玉自况，涂脂抹粉，征逐花丛，人咸笑之。易曾任湖南淮盐局总办，该局例有干俸数名以位潦倒之士，或由巨绅推荐，或系总办私人。易莅任时，属吏以名单进，易不假思索，振笔书曰：“一个将军一道令，一朝天子一朝臣，撤，撤，撤。”闻者绝倒。

易尝居京师营谋外放，苦未得其间。或谓：“荣相颇听门子之言，子盍往求之。”易如言馈门子千金，门子曰：“子归，稍安勿躁，终有以报也。”一日，荣与门子谈，外间清议如何。门子曰：“人言啧啧，谓主人患贪，小人窃为危之。”荣曰：“然则将何以洗之？”门子沉思有顷曰：“名士易顺鼎贫窭无以自存，如破格录用，外间皆知主人之不受苞苴而以人才为重矣。”荣笑曰：“亏汝小心眼，倒也玲珑。”无何，易外简广西右门道。寻为桂抚岑春煊所劾，弹章中有“名士如画饼不足充饥”之语。然易以荣禄力得再用广东肇梧道，每日必以公文一角呈督辕，皆洋洋洒洒之条陈；又为文谕盗卖刀买牛。或谓：“观察以不入耳之言谋及盗匪，何不惮烦之甚也？”易曰：“吾非欲见诸实行，且吾意不在是，盖欲汇为文集，以供后世之浏览耳。”

易暮年捧鲜灵芝。鲜固有夫，即男伶丁灵芝也。约束綦严，不离跬步。会鲜病居德国医院，易日必驱车问疾。一日，丁亦莅院，适看护持易刺入，鲜怒投之地曰：“何物狂奴，时来溷我，欲陷我于死地耶？”拒而不纳，然易踪迹益勤，瞷丁未往，探怀取刺，纳之看护手中。看护哂曰：“先生休矣，鲜姑娘嘱不见客。”易曰：“吾固未尝挟必见之心，然不可不来也。”出而炫人曰：“吾今日又视鲜姑娘疾矣。”易每夕包厢拉友捧场，寒暑不懈。其后易死，有人发其箧，得鲜书数十通，情词悱恻，见之者曰："鲜伶待此老不薄，毋惑乎此老之迷惘失志也。"其女公子语人曰："此皆吾父自纂者也。"闻者谓易至死尚能骗人云。

（五）杨增荦

杨增荦，号昀谷，江西新建人，前清进士，曾任刑部主事，以候补知府分发四川，启程时，京中名流赋诗饯别者百余人，传为韵事。张鸣岐督粤，邀入幕。黄花岗之役，杨瞿然曰："乱将作，清其不腊乎！"废然弃职，卜居汉皋。革命后，其乡人张勋拥雄师镇兖州，遣使迎之至再。杨曰："吾生平疾恶如仇，军营中良莠杂处，倘有所获咎，转为绍轩累。"固辞不往，举南海弟子潘若海自代。潘倚势谋复辟，杨闻之，悔曰："吾误绍轩矣！共和政体大势所趋，冒天下之不韪者，徒取败辱耳。"乃北上谒张，痛陈利害。时赣同乡刘廷琛等为座上客，皆劝张复兴清室，愤然与杨辩，张不能解。杨谓张曰："吾曩荐潘君，重其学问也；闻潘别有怀抱，吾不忍误公，请遣之。"张踌躇曰："潘君无过失，吾为转介于华甫何如？"潘入冯幕，密谋益力。复辟既成，不崇朝而瓦解，张匿居交民巷。时杨已移寓北京，张频邀过谈，悔不能早用其言，杨善言慰之。杨清介绝俗，久居京师，潜修佛乘，诗文皆擅绝艺，海内舍陈散原外，无能望其项背者。不乐与人游，居古寺中，不三月撤席去，恶人知其处也。主赣政者先后有陈光远、蔡成勋等，慕其名，聘征数至，不顾也。曾一度回乡，径投荒山败寺中，妻女过寺访询始获一见，迎归不可。徐世昌当政，与杨有世谊（徐伯父曾服官赣省，其从弟皆就学于杨），屡欲官之，辞不就，与谈诗文，则畅话终日。后段祺瑞亦从之学，一日不见则爽然自失，知其淡于宦途也，遣心腹王揖唐、曹汝霖等尊以师礼，终执政之任不敢以爵秩相浼，杨视段亦犹恒人。居京时，喜与屠贩游。武丑张黑以技击闻于时，杨与之友善。杨亦擅武功，尝寓古刹，盗疑为富豪，纠众数十人毁门入，捉腕系足，杨猝然蹐地，群盗亦蹐，杨振衣起，鞋底麻索寸寸断，盗辟易而散，其勇武如此。然绝口不谈，外间亦鲜有知者。杨仆死已数年，瘗之郊外。某日，杨过之，恶其地洼下，尽出囊金千余元为别营窀穸。仆家无壮丁，杨按时给值，如仆生前。杨精于八股文，民国后，穷数月之力，选辑八股名篇，自天（启）、崇（祯）迄雍（正）、乾（隆）裒然成帙。十六年，与樊樊山、郑叔进、杨哲子、夏午诒等举文会于京师，杨撰八股三章，题为《颜渊季路侍》，对孔门大同精义阐发甚力，传诵一时。杨诗幽睿清峭，独辟蹊径，无一句闲笔，论者比之于孟（东野）、梅（圣俞）；惟杨孤芳自赏，不欲以诗文闻世，除朋友雅集外，有誉之者辄艴然掩耳，与世之沽名者相背驰，故其名不彰，而文坛中自有口碑也。杨生平布衣蔬食，出必徒步，躬亲操作，自食其力。近年移居津门，以疾去世，年七十有四，海内耆宿无不震悼。夫杨以一遗老而不苟同于复辟，与徐、段游而终身无所染，高风亮节翘然异于众，孰谓今人不及古人耶？

（六）苏曼殊

苏曼殊以诗人致力革命，所著诗文小说脍炙人口。擅语言学，梵文及英、日、德、法诸国文字无不精谙。母为东瀛产。曼殊髫龄时，就塾扶桑三岛间，种情于一日女，《断鸿零雁记》一书盖其自述也。以身世言，日本为其第二祖国，而生平恶日人如寇仇，侨居数稔，不肯操日语，宁辗转觅舌人，不惮烦也。曾染流行病，友人访之，讶曰："胡不就医？"曼殊不答，且乱以他语。友强之入医院，则曰："盛意殷拳，弥可感念；然拙性君所知也，倘不以通事为劳，将从君请。"友笑曰："此事优为之，毋虑。"乃相偕赴医院，医者款接殷勤，叩所苦，曼殊无语，友代告，医且询且笔之于纸。俄顷，失曼殊所在，遍觅不得，友向医者致歉而别。还询其家，曼殊在焉。友让之曰："君殊有童稚气！去而忽返，而不谋之于我，何也？"曼殊曰："我不任咎：君译词乖误，疾病岂可乱投药剂耶？"友赧然曰："然则君自言之，奚害？"曼珠殊曰："君忘吾不操日语乎？"友语塞而去。曼殊性脱略，无人己之界。囊空如洗，不称贷友人。有周济之者，受而不谢，亦不复偿欠。尝断炊数日，偃卧呻吟，自忘所苦。友至，叹曰："吾迟来一步，君为饿殍矣！"为之具饭食，馈百金而去。越数日，复往视之，偃卧呻吟如前状，骇曰：

“君欲绝食自毙耶?”曼殊喃喃曰：“吾囊得君钱，饥顿解，欣然行于市，见自动车构制绝精美，好之，购置家中；又遇乞人，不食已三日矣，倾余囊以献。”友曰：“君未习乘坐法，购车奚为?”曼殊曰：“无他，从心所欲而已。”友笑其痴而哀其遇，遣一仆伴之。光绪末年，曼殊入长沙，任实业学堂舍监。舍监位最卑，恒为生徒所侮。曼殊背人兀坐，歌哭无常，见人时目炯炯直视，数分钟不转瞬，举校呼为“苏神经”。寻襆被去，无识为诗人、画家、革命志士者。曼殊饮食无常度，或兼人之量，或数日不举箸，终以胃疾死。